Publication

© Copyright 2024 FB Romans – Florence Barnaud Tous droits réservés

Édition : BoD · Books on Demand GmbH, In de Tarpen 42, 22848 Norderstedt (Allemagne)
Impression : Libri Plureos GmbH, Friedensallee 273, 22763 Hamburg (Allemagne)
ISBN : 978-2-3225-5740-0
Dépôt légal : octobre 2024
Première édition : octobre 2024

***

Couverture : 99 Design – Sheila
Correction : Florence Clerfeuille

Ce livre est une fiction. Toute référence à des événements historiques, des comportements de personnes ou des lieux réels serait utilisée de façon fictive. Les autres noms, personnages ou lieux et événements sont issus de l'imagination de l'autrice. Toute ressemblance avec des personnages vivants ou ayant existé serait totalement fortuite.

Les erreurs qui peuvent subsister sont le fait de l'autrice.

Le piratage prive l'autrice et les personnes ayant travaillé sur ce livre de leurs droits.

***

Note de l'autrice : ce livre comporte des scènes pouvant heurter la sensibilité des plus jeunes. Âge minimum conseillé : 18 ans.

LA MEUTE DES WAROUS

Tome 1 - Complot

Florence Barnaud

« Ayez le courage de suivre votre cœur et votre intuition.
L'un et l'autre savent ce que vous voulez devenir.
Le reste est secondaire. »
Steve Jobs

1 – Tiago

— C'est l'heure !

La voix grave de Versipalis résonne dans mon dos.

Je soupire.

Le soulagement et l'inquiétude me saisissent. Curieux mélange. Ma poitrine se serre, puis je respire.

Enfin...

À genoux sur la Dalle, j'ouvre les yeux et observe la forêt.

MA forêt...

Mon instinct de territoire fait ronronner ma gorge.

Je hume l'air à grandes goulées afin de m'enivrer de toutes ces odeurs qui m'apaisent et me renforcent.

Le parfum des feuilles sur les arbres, de l'humus qui sèche. Ce mois de juillet est si chaud. Mes sens cherchent la fraîcheur et immédiatement mon odorat la débusque. Ma tête pivote automatiquement vers ce terreau humide caché sous des feuilles fanées de l'hiver dernier.

Je me relève.

Sept ans que ma meute vit à couvert grâce aux sorcières Duroy. Ces dernières nous ont mis à l'abri, camouflés dans l'espace et le temps.

Oubliés de tous !

Disparus !

Un sortilège en béton, comme ces murailles qu'elles ont érigées autour de nous. Évidemment, ça ne pouvait pas durer et c'est heureux.

Fini l'inconscience de mes responsabilités.

J'ai reconstruit ma horde sur les cendres de nos morts.

Mon cœur palpite chaque fois que j'y pense.

Mon père, ma mère, mon frère aîné, ma sœur... Tous partis, trop tôt[1].

Tous assassinés !

Je n'étais pas destiné à régner sur les Warous. Cette lignée originelle, celle qui a connu le premier retournement de peau. Toujours, nous avons réussi à assurer notre descendance afin que l'un d'entre nous reprenne le flambeau.

Et c'est mon tour alors que ce n'était pas prévu !

Du haut de mes 26 ans, déjà sept que j'assume mon rôle d'Alpha. J'ai recueilli les Mordus égarés des meurtriers Vircolac, alors qu'à l'origine, nous n'avons que des métamorphes de naissance naturelle. Jamais nous n'agrandissons notre horde en contaminant un humain innocent grâce à une morsure de loup-garou. Nous avons toujours été contre ces pratiques. Cependant, lorsque les Duroy et mes bêtas ont dû faire face à notre terrible situation, ils ont décidé qu'il y avait eu bien assez de morts.

Et je ne regrette pas de les avoir accueillis, ces Mordus.

Ils ont gonflé mes effectifs, ont intégré le bas de l'échelle et ont rejoint le rang de mes omégas. Ces pauvres âmes avaient tout à apprendre... comme moi. Alors, nous avons appris ensemble, avec le soutien de mes bienveillants Warous. Grâce à eux, il me semble que je suis un chef juste. Malgré tout, je n'ai connu encore aucune vraie difficulté à gérer.

Je me détourne de ma si chère nature.

L'oisiveté est terminée.

Enfin, je n'ai pas chômé, mais j'ai pris le temps de vivre, de me divertir et de me renforcer.

Versipalis, mon mage lupin s'écarte.

Ma lèvre s'étire en un rictus quand j'aperçois Teruki. Debout, devant la Dalle, elle est splendide.

— Jeune sangsue !

Je la salue d'un air canaille.

— Cabot fougueux !

Sa moue désabusée me fait rire, mais je me retiens.

Assez joué !

— Merci, sorcière, dis-je en pressant chaleureusement ses épau-

---

[1] Lire la trilogie *Sangs éternels forever*.

les.

Ses yeux se lèvent au ciel. J'utilise toujours une seule de ses particularités à la fois. Je dois bien admettre que les terribles événements que nous avons traversés nous ont rapprochés. Étant deux jeunes égarés de nos prestigieux clans, nous nous sommes soutenus et nous avons grandi ensemble. Nos aînés nous remettent régulièrement sur le droit chemin pour dompter notre nature tempétueuse.

— Tu es fort maintenant. Tu feras face ! avoue-t-elle, confiante.

Ses doigts effleurent mes rouflaquettes fauves et je sens la fierté d'une mère. C'est un peu ce qu'elle est devenue pour moi. Elle a remplacé ma mère et ma sœur.

En cet instant, je suis triste pour elle. Je ne peux ignorer que je ressemble à mon aîné et que Teruki aurait pu être mon Alpha. Mais le sort en a décidé autrement. Cette vampire-sorcière a rejoint ses sangsues et a pris sa place au sein des Duroy. Elle a enfin rencontré l'amour et le bonheur. Grâce à sa magie noire, mes Warous ont retrouvé leur puissance et je suis prêt à faire face à mes obligations : trouver une compagne louve-garou pour régner sur la meute originelle et perpétuer ma lignée.

Je soupire et écoute mon bras droit, maintenant devant moi.

— Nous avons retenu quatre clans sur toutes les réponses reçues, annonce Marko, un de mes bêtas.

Ma bouche se pince. Ce n'est pas de gaieté de cœur que j'accueille cette idée.

Malheureusement, l'aura surnaturelle des Warous ne suffira pas pour nous maintenir à l'abri des jaloux, des conquérants. J'avoue ne pas être tombé amoureux au sein de ma meute. Mon père nous a toujours inculqué l'esprit de sacrifice. Alors, autant mettre ma personne entièrement à disposition des miens et que cela serve nos intérêts. Nous sommes diminués et nous lier à une autre horde renforcera notre position.

— Qui viendra ? je demande, en les invitant à reprendre le chemin de notre village.

J'ai une sorte de comité de direction constitué de mes deux bêtas : Marko et Falko ; mon mage : Versipalis et ma maîtresse des hautes œuvres : Inanna. Nous avons discuté en toute franchise des avantages et inconvénients de cette idée. Même si Teruki n'appartient pas à ma meute à proprement parler, elle est souvent présente à titre de soutien magique ou en représentation des Duroy pour garantir l'alliance de nos clans. Néanmoins, ils m'ont tous laissé prendre la décision. En échange, je leur ai demandé de sélectionner les meilleures candidates pour retrouver notre place dans le monde lupin. Celle que nous n'aurions jamais dû perdre si nous n'avions pas affronté de terribles complots.

Marko sourit pour me mettre en confiance et se lance.

— Les Ulvsen.

J'acquiesce.

— Les Danois sont d'excellents prétendants.

— Les Louvois.

— Très bien. J'aime beaucoup le potentiel des Français.

Marko hoche la tête.

— Les De Luna.

Je dodeline de la tête.

— Les Italiens sont un peu... « volcaniques », non ?

— Oui, mais ils offrent de nombreuses possibilités. Et l'héritière est magnifique !

J'observe le sourire narquois de mon bêta.

— Elle est à ton goût ou au mien, Marko ?

Celui-ci ricane.

— Elle est à tous les goûts !

Je m'humecte les lèvres.

Bien sûr, il m'est arrivé de m'encanailler avec les louves de ma horde. Malheureusement, aucune n'a retenu mon attention et aucune ne peut prétendre au titre de chef avec moi. Dans mon monde, une meute se gouverne en couple afin que les Alphas soient forts. La répartition de la domination est différente d'un clan à l'autre. Chez les Warous, le pouvoir est réparti d'égal à égale et il en a toujours été ainsi.

Alors, ces derniers temps, je me suis contenté d'humaines à la maison des plaisirs des Duroy, et jamais la même. Je ne désirais aucun attachement, que ce soit d'un côté ou de l'autre. Nous avons déjà géré trop de complications.

— Seulement trois meutes ? je demande, en fronçant les sourcils.

— Non, il y en a une quatrième.

Tous s'arrêtent. Ma cage thoracique se serre. Je déteste ces ondes sombres qui s'élèvent autour de nous comme une spirale infernale. Côté enfer, j'ai déjà assez donné.

— Je t'écoute, Marko !

Je cille et mon aura gonfle automatiquement, concentrée sur mon second. Celui-ci baisse la tête.

Je suis le premier à être surpris de l'ascendance que j'ai pris sur l'ensemble de mes Warous. Mais c'est ainsi. Je sens chacun d'entre eux dans mon ventre où siège maintenant la source de ma meute. Je peux choisir un lien et le presser afin que ce loup se soumette et il ne peut que plier. Ces sept ans m'ont été bien profitables pour maîtriser ce chaudron bouillonnant et trouver le bon équilibre de chaque ingrédient.

— Alors, Marko ? j'insiste.

Je perçois qu'il n'est qu'à moitié ravi de ce qu'il doit me révéler. Je lâche ma prise. Il soupire et souffle :

— Les Vircolac !

Ma gorge gronde.

Il n'en est pas question !

2 – Tiago

— Je ne veux pas de ces satanés Roumains chez nous !

Tous plissent la bouche devant ma réplique. Je me rembrunis.

Ça ne va pas être possible !

— Pas ces assassins ! je me lamente.

— Les vampires avaient assujetti les loups. Ils ont eu sept ans eux aussi pour se reconstruire... annonce Versipalis, imperturbable.

J'observe la cicatrice de son cou.

— Ils ont failli te décapiter !

Ma colère monte. J'ai passé des années divertissantes, pendant lesquelles j'ai travaillé d'arrache-pied pour panser les blessures des miens. Malgré tout, je n'ai rien pardonné. Ces maudits lycanthropes ont assassiné ma famille. Bien sûr qu'ils n'étaient que le bras armé de ces vampires démoniaques. Mais je ne peux accepter. Ils sont à l'origine de nos tourments et de ces obligations qui sont devenues subitement les miennes.

— Et je ne l'oublierai jamais. Des cauchemars me hantent encore, annonce mon mage lupin.

— Alors, pourquoi ?

Je les toise tous, tous crocs dehors, c'est plus fort que moi. Mes consultants sont crispés, mais leurs regards demeurent déterminés. Mon loup gratte à l'intérieur, prêt à bondir pour arracher des gorges et faire taire ces mots que je ne désire pas entendre. Mais ceux-là sont aussi bien mes amis que mon comité directeur. Et s'ils insistent, c'est que la situation est grave et que je ne peux pas tout balayer d'un coup de patte. Je fais taire mon loup. Je dois garder ma raison.

Quel sournois calcul ces Roumains ont-ils élaboré ?

— Nous avons fait le tri dans leurs rangs, affirme fièrement Inanna.

Notre bourreau sait de quoi elle parle et je lui fais confiance pour avoir éradiqué les plus menaçants. À l'époque, je n'ai rien ordonné. Je n'étais ni Alpha ni capable de prendre de telles décisions alors que mon monde venait de s'effondrer. Ma maîtresse des hautes œuvres a rendu justice... à sa façon.

Je me tourne vers Teruki et je souffle d'exaspération.

C'est la poisse !

Ma suceuse de sang ne cille même pas. Elle patiente, le temps que je revienne à plus de raison. Mon sourcil s'arque devant sa moue qui passe de l'impassibilité à un ennui apparent.

Alors, je devine qu'ils en ont beaucoup discuté et probablement aussi avec les Duroy.

— Les Vircolac ont été très insistants, explique Teruki. Ils ne demandent pas de faveur. Cependant, ils veulent la même chance que les autres clans pour former une alliance où tous seraient gagnants. Ce serait maintenant un affront de refuser leur venue. Ils ont appliqué le code lupin à la lettre depuis que Fiodor a été éliminé. D'ailleurs, leur meute a été contrôlée plus souvent qu'à son tour par le Grand Conseil ces derniers temps.

— Nous les avons déjà libérés du joug des vampires ! dis-je de mauvaise grâce afin de justifier que nous ne leur devons pas davantage.

Je maugrée de ce terrible passé qui nous embrase les entrailles.

— C'est vrai ! sourit Teruki.

Et aussitôt, elle m'agace. Elle est pire qu'un morpion. Toujours là à s'accrocher. Mais c'est aussi une excellente conseillère, je dois bien l'admettre.

— En digne chef, Tiago, tu ne peux refuser leur venue. En revanche, rien ne t'oblige à choisir leur héritière. Les quatre clans retenus savent qu'il n'y aura aucun favoritisme, aucun chantage possible. En dernier ressort, tu désigneras ta compagne en menant les négociations comme tu l'entends !

Son sourire s'agrandit et deux canines pointues dépassent de ses lèvres, lui donnant un air machiavélique. Si je ne la connaissais pas, elle me foutrait la frousse.

— Les Duroy sont derrière toi pour s'assurer que tout se passe bien.

Cette alliance dure depuis plus de deux cents ans et j'en suis heureux. Sans ces vampires, ma meute aurait probablement disparu.

— Tu choisiras la louve qui deviendra notre Alpha et j'exécuterai tous ceux qui se dressent contre toi, confirme Inanna, en s'agenouillant devant moi.

Mon bourreau baisse la tête. Je ne discerne plus que la tête de loup posée sur son crâne. Cette même peau qui appartenait à la précédente maîtresse des hautes œuvres, sa mère. Elle portera ce symbole tant qu'elle tiendra ce poste. Et la fille d'Inanna se vêtira de la peau de la louve prosternée devant moi. Ainsi va le rituel, ainsi vont nos vies.

Ma poitrine se gonfle. Je dois assumer cette démarche, nous donner la possibilité d'agrandir notre territoire, de créer de nouvelles alliances, d'être plus puissants, d'assurer notre avenir.

Je souffle, mécontent, mais résolu.

— Soit ! Nous les accueillerons... mais je ne choisirai pas leur héritière !

Tous acquiescent, bienveillants, et je soupire d'espoir.

Ça va bien se passer !

— Relève-toi, Inanna !

Ma maîtresse des hautes œuvres se redresse et bande ses muscles dans une attitude guerrière.

— Je connais votre respect et votre allégeance, mes amis !

J'insiste en les saluant d'un coup de tête et ils répondent à l'unisson.

Je soupire et nous reprenons le chemin, laissant la Dalle derrière nous. Cette pierre sacrée fait partie des Warous depuis toujours et participe à notre puissance. Versipalis est le garant de son fonctionnement et de notre magie. Bientôt, je m'accouplerai sur la Dalle avec la louve que j'ai choisie et j'en ferai mon égale, notre Alpha. Ainsi sera célébrée notre union.

Nous cheminons tranquillement, croisant mes omégas. Leur expression bienheureuse me satisfait et je me demande si je ne vais pas bousculer toute cette harmonie inutilement. Pour autant, je dois bien aller de l'avant et concrétiser ce projet. Par conséquent, je poursuis mon interrogatoire.

— Ont-ils accepté de venir en petit comité ?

J'ai exigé que peu d'émissaires viennent. Ma meute comprend

moins de soixante-dix membres. Alors, nous ne pouvons nous permettre d'accueillir trop de déséquilibre sur notre territoire.

— Oui. Chaque Alpha se déplace bien sûr pour parlementer directement avec toi. Un seul bêta les escorte. Nous avons validé qu'une oméga accompagne l'héritière pour son bien-être, explique Marko.

Intérieurement, j'en ricane. J'espère qu'ils ne m'envoient pas des princesses. Je ne suis pas rompu à la galanterie. En ce qui me concerne, nous devons négocier une bonne affaire, mais surtout, je désire une compagne qui soit capable de commander avec moi. Pour cela, elle doit être puissante physiquement et aussi par sa magie. Il n'est pas question que j'affaiblisse davantage mes Warous.

Au contraire, j'espère retrouver notre domination d'antan. Nous étions craints. Nous comptions parmi les métamorphes les plus influents. De par le monde, tous ont les yeux rivés sur moi et attendent de voir ce que j'ai dans le ventre.

— C'est une grande confiance de venir en si petit comité, explique Versipalis.

— C'est vrai !

Ils ont du cran.

— Maius te rendra visite ce soir, annonce Teruki.

Je lève le nez vers la cime des arbres. Le jour décline, mais ce vieux buveur de sang n'arrivera pas avant quelques heures encore. L'été est la période où les vampires sont éveillés le moins longtemps.

Nous nous séparons et chacun vaque à ses occupations. Je pénètre dans mon chalet, celui où habitaient mes parents, et tous les Alphas avant nous. C'est le plus spacieux du village, constitué de maisons de bois. Mes omégas m'ont aidé à refaire la décoration intérieure, car la désolation régnait en maîtresse entre ces murs et affectait ma puissance en devenir. Mes géniteurs étaient trop présents et m'empêchaient de cultiver les liens à tisser. Maintenant, je m'y sens chez moi. La lumière pénètre à flots avec les fenêtres que nous avons ajoutées. Je peux contempler mes loups vivre, tester plus facilement chaque liane qui a pris racine en moi pour se connecter à chaque Warou.

J'étale la carte d'Europe sur ma table basse et j'observe d'où viennent les postulantes et les atouts qu'elles vont me proposer.

Soudain, un toc à la porte me sort de mes rêveries de croissance.

Lorsque je regarde par la fenêtre, il fait nuit.

Je hume l'air...

Maius.

Je le sens. Pour nous, les vampires ont un léger vestige de parfum de charogne et de sang. Mangeant de la viande crue, bien souvent, je ne la trouve pas si désagréable, cette fragrance. Et finalement, j'ai grandi avec cette odeur. Pour moi, c'est la sécurité d'avoir des alliés fidèles et solides. Évidemment, les humains ne sentent rien et sont même subjugués par leur charisme. C'est la raison pour laquelle ils se transforment en encas en un claquement de doigts.

J'ouvre la porte et salue mon visiteur en opinant du chef.

— Allons à la Dalle, jeune loup !

3 – Tiago

La nuit, nos capacités de prédateurs sont à leur paroxysme. Nos sens ouverts traquent les odeurs, les bruissements, le moindre mouvement. Notre loup, à fleur de peau, est plus présent que jamais.

Un seul corps pour ces deux êtres fusionnés.

Actuellement, nous sommes tous les deux satisfaits. Nos cellules s'excitent. La paix a un fumet bien savoureux et nous avançons de concert, sereinement, vers notre lieu de rituel.

La pleine lune me titille et l'envie de retourner ma peau est encore plus forte. Qu'il est divin de laisser prendre la place à mon loup !

Cette nuit, mes Mordus vont en profiter pour sortir leur animal et s'adonner à des plaisirs plus bestiaux sous le contrôle de mes bêtas et d'Inanna. Je les rejoindrai plus tard.

Je lorgne Maius. Cette vieille sangsue est un indécrottable observateur. Il est à l'origine de tous les vampires, mais pas que…

— J'ai été témoin du premier qui a retourné sa peau et cela s'est produit sur cette pierre ! Avoue l'Ancien, en me montrant notre Dalle de son œil acéré.

Plus de deux mille ans à son actif.

Il a dû en voir, des choses !

Étourdi par tout ce qu'il a vécu, je hoche la tête. Pour l'instant, il ne m'apprend rien. Cependant, je me tais. S'il m'a amené jusqu'ici, c'est qu'il a des révélations à faire et j'imagine qu'elles me serviront tôt ou tard. Je ne saisis pas toujours immédiatement la portée de ce qu'il me raconte. Ce vieux buveur de sang est parfois trop énigmatique à mon goût, trop subtil.

Maius passe sa main au-dessus de la Dalle. De par son côté obscur, en tant que créature de la nuit, il partage notre magie, mais nous ne pouvons pas en faire le même usage. De plus, les dons vampiriques n'ont rien à voir avec la sorcellerie de Teruki. D'ailleurs, je n'ai jamais rencontré un être si complet.

— Je perçois encore la puissance de Giulia !

Je sursaute à cet aveu. Ce prénom, je ne le connais pas.

— Giulia ?!

— Cette pierre a été façonnée par une sorcière de sang. D'un vulgaire granit, elle a fait sa Dalle de pouvoir, celle qui lui a permis de s'adonner à tant d'expériences.

J'observe sans détour cet antique Romain. Il a conservé sa coiffure d'époque et une tenue vestimentaire désuète. Un look improbable de nos jours. Néanmoins, Maius a la faculté hyper intéressante de devenir invisible. Il n'y a qu'ici qu'il ne se cache plus et déambule en toute tranquillité. Lui aussi a trouvé un havre de paix sur nos terres. Régulièrement, il repart à l'aventure faire son travail d'observateur, compléter ses analyses. Il a délaissé ses antiques encyclopédies. Je le soupçonne pourtant de notifier ses travaux quelque part. Cette vieille sangsue demeure un mystère. Malgré tout, il revient invariablement avec des nouvelles du « monde de l'ombre » comme il dit.

— Combien de créatures a-t-elle pu concevoir ?

Il sourit en entendant la fascination dans ma question.

— À ma connaissance, un vampire et un loup-garou. Ce dernier a été la transformation de trop puisque j'ai éliminé cette sorcière pour ses crimes. Il me paraissait inenvisageable qu'elle puisse convertir plus d'humains en monstres sanguinaires... Elle en avait déjà fait bien assez ! Heureusement, elle éliminait ses expériences ratées.

J'acquiesce. Et pourtant, je n'ai pas de regret d'exister. Les Duroy et les Warous sont bien la preuve que nous pouvons vivre en paix au milieu des humains.

— Je dois bien avouer maintenant que je ne saurais dire si elle a créé d'autres engeances telles que nous. Je ne suis plus sûr de rien. Cependant, une chose est certaine : je suis le premier buveur de sang et ton ancêtre est le premier à avoir retourné sa peau !

Cela me renforce dans l'idée que je dois redonner à ma meute sa place dans le monde de la nuit et continuer d'être exemplaire comme mon père me l'a inculqué. Et je mettrai un point d'honneur à réussir.

— J'ai un autre aveu à te faire, Tiago (il m'observe et une fois qu'il est certain d'avoir mon attention, il poursuit) : quand j'ai tué de mes propres mains Giulia, je pensais qu'elle était la seule sorcière de sang. Malheureusement, Ecaterina nous a prouvé le contraire. Ces harpies ont survécu et perpétué leur espèce. Elles se sont acoquinées avec les pires d'entre nous.

La culpabilité résonne dans sa voix. Alors, je tente de le tranquilliser.

— Certes, mais Ecaterina et sa fille Wanda sont mortes... Et nous n'avons pas trouvé d'autres descendantes avant de quitter le château des Vircolac.

Son front se plisse.

— Et tu crois que ces données sont suffisantes pour nous assurer qu'il n'y a plus aucun danger ? Je pensais avoir éliminé la seule sorcière de sang à l'époque où j'ai souhaité interrompre sa folie démoniaque.

Je hausse nonchalamment les épaules.

Je ne suis pas devin.

— Avez-vous eu une nouvelle vision, Maius ?

Son don de prophète s'exprime peu, mais là encore, le passé nous a montré combien il pouvait s'approcher de la réalité.

L'Ancien soupire et observe à nouveau la Dalle. Lorsqu'il clôt les yeux, et que ses paumes se promènent au-dessus, comme s'il aspirait une dose de pouvoir, j'en frémis.

Qui pourrait s'en nourrir autant que lui, autant que nous ?

— Non, je n'ai plus de visions.

Pour autant, il n'a pas l'air serein.

— Alors, pourquoi cette mise en garde ?

Maius sourit et ouvre les yeux pour me regarder.

— Jeune loup, vous étiez sous cloche, préservés par la redoutable magie des sorcières. La Dalle ne craignait rien, les Warous étaient trop puissants et surtout respectés. Ses secrets n'ont jamais été révélés. Les protections vont être levées dans les heures à venir... Va savoir quel genre de créature peut être attiré par cet artefact... Seuls les vampires avaient retenu mon attention... et jusqu'à il y a sept ans, je pensais qu'il n'existait plus de sorcières de sang !

Je tique et papillonne des paupières.

— Mais vous êtes retourné chez les Vircolac... Plusieurs fois même.

— C'est vrai ! Les buveurs de sang tentent de respecter leur nouveau code de conduite... Les lupins apprennent à vivre libres et à faire les bons choix. Quant au reste...

Comme il pince la bouche, je ne suis pas sûr que ce vieil homme exigeant soit satisfait. Je patiente.

Où veut-il en venir ?

— Ils ne s'en sortent pas si mal et je n'ai pas senti l'ombre d'une sorcière là-bas ! Cela dit, Ecaterina m'avait bien berné, ou alors, je n'avais pas regardé dans la bonne direction, trop accaparé que j'étais par les buveurs de sang et ce Fiodor !

— Alors, quel est le problème ?

Je suis un peu paumé. Quand je disais qu'il était trop énigmatique pour moi !

— Je ne saurais dire. Néanmoins, s'il reste des sorcières de sang, elles pourraient être intéressées par la Dalle. Leur ancêtre y a mis beaucoup de magie. De la sorcellerie si puissante, si redoutable... Va savoir ce qu'elles pourraient en faire... avoue-t-il en haussant les épaules, le regard perdu. Jeune Warou, sois prudent ! Cette pierre antique a de grands pouvoirs et elle doit demeurer dans les mains de ses gardiens, c'est-à-dire vous, les Warous ! C'est la mission que j'ai donnée à ton ancêtre !

Je sursaute devant cette révélation.

Je n'avais pas compris que nous étions les protecteurs officiels de cette pierre de granit. Il y a des secrets qui ne se transmettent que d'Alpha en Alpha. Malheureusement, mon père n'a pas eu le temps de me donner l'ensemble de l'héritage qui accompagnait mes nouvelles responsabilités.

J'en suis désorienté. Mes doigts fourragent mes rouflaquettes, comme chaque fois que je plonge dans d'intenses pensées.

Pour moi, la Dalle a toujours fait partie de nous. Elle célèbre nos rituels, résonne dans mon ventre, augmente notre puissance. Elle est l'essence du don de Versipalis, mon mage.

— J'imagine que chaque meute a son autel sacré ?

— En quelque sorte... Chaque Versipalis a déposé de la magie dans un objet ou un lieu, le rendant sacré. Il l'entretient par différents cérémonials pour la survie de sa horde. Cependant, ces autels n'ont rien à voir avec le vôtre.

C'est un titre bien particulier, celui de mage lupin. C'est une vie de dévotion et de sacrifices. Tout comme celle d'Inanna. Tout comme celle du couple d'Alphas.

— Puis-je recevoir les émissaires pour choisir ma compagne ?

— Bien sûr, Tiago. Tu dois pérenniser ta lignée, cette meute originelle ne doit pas s'éteindre. Je dois y aller maintenant !

Et il me laisse là, totalement interdit.

Est-ce que nous courons un quelconque danger ?

4 – Tiago

Les préparatifs pour accueillir mes invités sont terminés. J'arpente mon village afin de vérifier que mes Warous vont bien, qu'ils sont prêts. Mes Mordus sont un peu stressés.

Comme je les comprends !

Ils vont être de nouveau au contact des Vircolac, ceux qui les ont contraints à devenir ce qu'ils sont désormais. Ces humains infectés sont maintenant soumis aux forces obscures, à l'attraction de la lune. Chaque fois que cette dernière sera pleine, ils retourneront leur peau et devront faire face à leurs instincts bestiaux. Néanmoins, en intégrant ma meute, ils ont appris à maîtriser ces nouvelles particularités et à en retirer une certaine jouissance. Je leur assure ma protection en échange de leur travail au profit des Warous. Ils connaissent une vie qu'ils n'auraient pas pu espérer en Roumanie.

Ma soirée à la maison des plaisirs m'a permis de me changer les idées. Je ne sais malheureusement pas si j'y retournerai. Si j'ai une compagne avec qui partager les délices de la chair et pas uniquement notre nécessité de nous reproduire, je ne devrais plus avoir besoin de tels divertissements.

Perplexe, je me demande si je vais goûter à l'amour, l'attachement. Mes parents s'adoraient. Autour de moi, les couples se sont formés de manière bien différente, sans faire appel à des négociations commerciales ou politiques. Tout cela me turlupine.

Je me faufile dans la forêt pour me changer les idées et affronter ce lendemain qui va entériner ma destinée, faisant des détours avant de rejoindre mon lit.

Jusqu'où suis-je capable d'aller finalement dans le sacrifice pour les miens ?

Mes sens aux aguets, je perçois mon bêta approcher.

— Alpha, nous les avons installés dans les maisonnées, comme prévu, annonce Marko dans mon dos.

Je me retourne pour lui faire face. Nos invités séjourneront aux quatre coins du village et n'auront pas besoin de se côtoyer s'ils ne le désirent pas.

— Tout se passe pour le mieux ?

Ma question le laisse en suspens et il trifouille dans sa barbe, en pleine réflexion. Je me marre intérieurement. Je crois que mon tic, je le tiens de lui.

— Ils sont tous là... sauf les Français. Ils ne viendront pas.

Je fronce les sourcils.

— Pourquoi ?

— Ils sont malheureusement retenus par une affaire urgente du Grand Conseil. Ils ont dû annuler leur participation ici, l'Alpha ne pouvant se déplacer. Sa présence est exigée... ailleurs, mais ils n'ont fourni aucun détail pour l'instant.

Je me rembrunis.

— Ça tombe mal !

— Je comprends. Nos intérêts avec les Louvois étaient très attrayants... Il reste les Danois et les Italiens...

— Mmm... J'ai encore une chance d'échapper aux Vircolac.

— Nous sommes tous derrière toi pour te soutenir, Tiago !

— Merci, Marko !

Notre accolade virile nous secoue. Du fait que je ne devais pas gouverner, un attachement profond nous lie, ainsi qu'une certaine promiscuité. Ma position de petit dernier dans la fratrie n'a fait que renforcer nos liens.

— Et puis, si aucune prétendante ne te plaît, Tiago, tu peux toujours refuser toute négociation.

Son sourire franc me fait ricaner.

— Ce serait un affront, non ?

Il hausse les épaules comme si ce n'était qu'un détail.

— En tant qu'Alpha, tu auras des décisions difficiles à prendre. Chaque choix a des conséquences, mais les Warous ont systématiquement fait front ensemble !

Mon ventre bout sous cette montée d'émotion. Dans une meute, les relations sont viscérales.

— Et comment est l'Italienne ? je plaisante.

— Ah ! Elle est belle ! Mais tu as la primeur, bien sûr ! Cela dit, si tu n'en veux pas, je veux bien me mettre sur les rangs. Un bêta, ce n'est pas si mal pour une alliance.

Il se redresse inconsciemment pour prouver sa force. Dès qu'il s'en rend compte, ses yeux roulent dans leur orbite et mon bêta se relâche.

Nous ricanons. Marko n'est jamais le dernier à aller à la maison des plaisirs. C'est lui qui m'a initié à bien des divertissements, tout en me soutenant dans mon parcours d'Alpha, me conseillant tout en respectant mes décisions.

— L'assemblée a lieu comme prévu, annonce Marko.

Je souffle d'exaspération. Je fais taire mes doutes et je hoche la tête pour lui signifier que je suis prêt.

Soudain, un éclair claque au loin, nous faisant instantanément pivoter. Le champ électromagnétique de l'orage résonne avec nos parties lupines. Alors, immédiatement, nous retournons notre peau. C'est rapide et facile pour des métamorphes de notre envergure. Il suffit d'y penser. Nos gorges se serrent. Nos os craquent. Nos vêtements tombent et nous voilà à quatre pattes.

Par réflexe, mon loup et moi, nous étirons notre dos, comme pour replacer notre squelette. Puis mon museau s'élève vers le ciel et je hume dans toutes les directions.

Un orage arrive. Il se précipite même sur nous. Comme une tornade, il déboule de nulle part.

Étrange...

L'air est chargé de quelque chose de différent.

Que se passe-t-il ?

Mes sens sont exacerbés. Mes yeux lupins voient comme en plein jour dans cette nuit noire. Les odeurs sont décuplées. Le vent s'élève et les bourrasques enflent, entraînant le parfum des feuilles, de l'humus, de ma chère forêt. C'est comme une grosse bouffée d'apaisement.

Je renifle de plus belle.

Quelque chose est différent dans cet orage.

Je couine vers Marko comme pour l'interroger. Dans cet état, nous échangeons nos pensées encore plus facilement.

« Magie ! » résonnons-nous à l'unisson.

Je bats des paupières, comme si j'évaluais tout ce que mon loup perçoit.

Cette tourmente ne me semble pas totalement naturelle.

Même si les branches sont secouées comme dans toute tempête, l'air est électrique, empli de magie noire.

Je cille pour deviner l'identité du responsable.

Mon flair s'active pour découvrir la plus petite substance. J'ai beau forcer, aucune conclusion ne me vient. Je ne reconnais pas cette empreinte ensorcelée.

Versipalis serait capable d'élever le vent et de transporter ainsi sa sorcellerie lupine. Pourtant, ce ne sont pas les sortilèges de mon chaman. Aucun autre n'est présent dans la région. Ceux de mes invités sont demeurés dans leur meute pour mieux la protéger. Perdre temporairement leur Alpha, une héritière et un bêta représente déjà un gros risque pour les clans. J'imagine qu'ils ont mis en place des défenses hors norme grâce à leur mage.

Alors, qui déclenche une telle tempête ?

Tout à coup, la foudre zèbre le ciel encore une fois et tombe aussitôt. Un arbre craque à côté de mon village. Avec Marko, je fonce vers cette zone de danger.

5 – Tiago

Le tourbillon se déplace à une vitesse vertigineuse. Tout bruit cesse. Surpris, j'accélère encore. Mon palpitant tambourine comme un fou dans mon poitrail.

Le silence est ensorcelant.

Je reconnais Versipalis et son fils aîné, Irmo, qui courent vers nous pour nous rejoindre.

« *Tu vas bien ?* » demande Versipalis.

Je lui envoie mentalement une réponse affirmative et nous filons vers cette tornade qui pénètre maintenant au cœur de mon village.

Inquiets, nous la suivons, sans nous approcher de trop près.

Mais alors que je devine sa destination, je grogne, plus mécontent que jamais. Ce tourbillon charge droit sur ma maison.

Et tout aussi vite, la foudre tombe à nouveau, cette fois sur mon toit, infiltre la flèche qui me sert d'antenne. Les arcs électriques, fous furieux, descendent le long du métal et s'engouffrent dans ma demeure.

Un éclair traverse mes murs à l'horizontale, si lumineux que nos paupières se ferment instinctivement. Atterrés par cette vision cauchemardesque, nous sommes sidérés, désemparés.

L'orage disparaît dans un coup de vent et tout s'arrête encore plus rapidement que ce curieux phénomène est apparu.

Illico presto, je me remets sur mes jambes et avance vers ma maison. Mes loups m'entourent pour mieux faire face à toute menace. Dès que j'ouvre la porte, Marko et Irmo se faufilent devant moi et vont explorer le moindre recoin, à l'affût du plus petit danger.

Étrangement, à l'intérieur, rien n'est endommagé. Et même, rien n'a bougé.

Ahuri, j'observe autour de moi.

— Ton bunker ! annonce Versipalis, de nouveau sous forme humaine.

Nous nous dirigeons, nus, vers un battant secret. Seul mon comité directeur connaît ce passage. La porte s'ouvre sur un escalier qui descend sous terre. Mes loups avancent devant moi pour me défendre si besoin. Mon sang a des particularités surpuissantes, je n'en connais pas encore toutes les possibilités. Alors, depuis sept ans, les miens me protègent plus qu'aucun Alpha ne l'a été.

Je pénètre dans la chambre forte.

Aussitôt, une odeur de cramé remonte dans nos narines. Je me pince le nez pour m'épargner le pire. Mes congénères arrêtent même de respirer. À l'intérieur, le circuit électrique a complètement brûlé, tout comme mon ordinateur.

Cet outil est indispensable en termes de recherche. Il est relié à la base du Grand Conseil et nous permet de contrôler aussi bien l'identité des loups que les informations déclarées des meutes. Ce système est réservé aux Alphas.

Je ne peux plus consulter toutes ces données !

— Quelqu'un a des choses à cacher, annonce Versipalis.

C'est certain.

— Qui a pu faire ça ?

— Nous le saurons bien assez tôt, prévoit-il, placide.

— Examinez le village et vérifiez que tout se passe normalement.

Mon ordre à peine formulé, Marko et Irmo s'exécutent. Ils me feront un compte-rendu au plus vite.

— Repose-toi maintenant, requiert Versipalis en posant sa main sur mon épaule.

J'acquiesce.

— Je vais demander à Teruki de faire remplacer le matériel et organiser les réparations nécessaires... Taisons cet événement pour l'instant et préparons-nous à la rencontre de demain.

Versipalis opine du chef et se retire.

Je referme derrière lui, m'isolant dans cette pièce spartiate qui est censée me préserver un temps si notre village était occupé. Je me dirige vers un couloir dérobé. À ma connaissance, tous ignorent son existence. Un passage souterrain lie les soubassements de ma maison et le château des Duroy. Ce tunnel est là pour fuir si nous n'avions plus d'autre option que périr.

Dès que j'ouvre la porte, je hume l'humidité de ma chère forêt.

J'élève mon champ électromagnétique pour deviner la moindre présence.
Rien !
Tout a l'air normal.
Avant de me coucher, je téléphone à Teruki. Elle me confirme que les siens ont senti un sortilège de magie noire. Une sorcière, un mage lupin, une tout autre créature surnaturelle ?... Elle ne saurait le dire.
Mais s'il ne s'agit ni des sorcières Duroy ni de mon Versipalis, qui est à l'origine de l'anéantissement de mon système d'information ?
Car pour le reste de ma maison, tout fonctionne correctement !

***

Le moment est venu. Je dois faire connaissance avec ces émissaires.
Les Duroy ont commencé les réparations dans le plus grand secret. Nous avons confirmé, avec mon comité directeur, que nous ne communiquerions pas sur ce curieux événement. Aux dires de mes bêtas, tous dormaient dans mon village.
Je me dirige vers notre lieu de cérémonie. C'est là que nous avons prévu de tous nous rencontrer pour la première fois. Ma meute est déjà installée, je le perçois au plus profond de moi. Des étrangers sont présents avec eux. Leurs ondes sont différentes et ne résonnent pas avec les miennes. Ceux qui les émettent ne m'appartiennent pas.
J'avance dans une allée séparant l'hémicycle pour rejoindre la Dalle. Je regarde à peine autour de moi. Je me sens chez moi. Mon assurance et mon champ électromagnétique gonflent naturellement pour prouver ma supériorité au milieu des miens. En réponse, les vibrations des trois Alphas s'étendent et encerclent les leurs. D'instinct, je reconnais leur position et leur puissance. Ils ont tous l'âge d'être mon père.
Sont-ils plus forts que moi ?
Je n'en suis pas si sûr. J'ai été nourri à la magie de Teruki pendant ces sept années et je vois maintenant que le pouvoir de cette vampire-sorcière est allé au-delà de ses promesses. Nous avons aussi multiplié les rituels avec l'ensemble des Warous jusqu'à ce que

nous sentions tous cette attache qui nous lie.

Mes lèvres s'étirent naturellement dans un rictus de conquérant. Les doutes s'envolent. Je finis de prendre définitivement ma place d'Alpha, celle où je dois faire face à mes homologues.

De l'indécision s'élève du premier rang quand je le dépasse.

Alors, ces Alphas pensaient qu'ils allaient me bouffer tout cru ?

Je suis satisfait de n'avoir exigé qu'un petit comité pour accompagner chaque héritière. Dans le cas contraire, nous aurions été en danger.

Je m'élance et saute sur ma Dalle en véritable conquérant. Aussitôt, je me tourne face à toute cette assemblée. Mes pieds nus épousent le granit et l'énergie grimpe le long de mes jambes, m'emplit, me revigore. Je m'humecte les lèvres sous cette délicieuse volupté. Les iris de mes Warous flamboient. En réponse, un coup de fouet magnétique se produit. Si puissant que j'en écarquille les yeux. Je sais que mes iris brillent de mille feux, comme des ambres enflammés. Une bouffée de nostalgie m'effleure. Je revois mon père. Probablement que je lui ressemble beaucoup en cet instant.

Mes Warous sont émus.

Je les salue.

Mes Mordus baissent la tête en signe de soumission et d'obéissance. Aucune contrainte en eux. Je ne perçois que la bienveillance et la reconnaissance de les avoir recueillis. Cependant, cela permet de clarifier devant les Vircolac à qui ils ont porté allégeance. Je suis fier de cette reconnaissance et ma puissance enfle encore, augmentant mon aura autour de moi.

Enfin, mon regard descend l'hémicycle pour découvrir mes invités.

Un à un, je salue les Alphas en premier. Circonspects ou curieux, ils semblent satisfaits d'être ici.

J'identifie rapidement leur nationalité. Je peine à opiner du chef devant Liviu, le leader des Vircolac. Alors, je découvre les héritières. Toutes sont belles, chacune à sa façon, il faut bien l'admettre. Toutes se redressent et bombent la poitrine. L'Italienne est très voluptueuse, Marko avait raison. Les phéromones lupines s'échappent d'elle comme des volutes de parfum capiteux.

Je cille.

Aussitôt, le souvenir de l'enfer qu'a vécu Adam, mon aîné, quand il a dû choisir une compagne parmi des prétendantes me revient. L'ambiance était pesante et presque malsaine. Nos mâles peinaient à se concentrer dans ce bain hormonal qui n'invitait qu'à l'accouplement et aux démonstrations de force.

Elles ne sont pas là pour me séduire. La seule compagne que je désire, c'est une qui sera capable de former un vrai couple avec moi pour mes Warous. Le reste est anecdotique, pourvu que ma lignée perdure.

Quand mes yeux retournent sur les Vircolac, le dégoût me saisit.

Je vais devoir garder les louves à distance et les occuper avant que ma vie ne devienne un enfer !

6 – Tiago

Je me reprends.

À ce stade, je cours à l'incident diplomatique !

Je m'humecte les lèvres et ma voix s'élève dans notre lieu sacré.

— Chers amis, merci d'avoir répondu à notre invitation. Les Warous sont très fiers d'accueillir de futures alliances. Bien sûr, il y a un mariage à la clé, mais aussi de nombreux marchés sont possibles. Nous sommes à un tournant de notre histoire. Nous, les lupins, vivons toujours dans le plus grand secret. Cependant, nous devons être prêts à toute éventualité. Ma meute mettra un point d'honneur à retrouver sa force ancestrale. Vous pouvez tous compter sur nous, sur moi, pour nous réapproprier notre grandeur d'antan. Je serai très heureux d'étendre encore notre horde, avec une Alpha pour me compléter, mais aussi des membres de son clan. Ce n'est pas un partage que je vous propose, mais un enrichissement qui sera profitable à tous.

Au fil de mon discours, mes Warous se redressent. Je vois la fierté dans leur expression, mais également l'avidité. Probablement ce besoin d'être toujours plus puissant pour garantir nos territoires et la sécurité des nôtres.

Nos invités acquiescent régulièrement, plus ou moins souriants. Je ne saurais deviner leurs réelles motivations. Toutefois, je dois garder ma foi dans mon entreprise. Je suis à un point où je dois faire croître ma meute pour le bien des miens. Diminuer encore notre nombre nous condamnerait à disparaître.

Et ça, il n'en est pas question !

— Nous commencerons les négociations dès demain ! je conclus avec force. Avez-vous des interrogations ?

— Peut-être souhaites-tu rencontrer chaque héritière en tête à tête ? demande Orféo, le chef des Italiens, en arborant une moue grivoise.

Clairement, il pousse sa fille dans mon lit. Celle-ci se redresse davantage. Et son sourire avenant me prouve combien elle est prête à tester notre compatibilité, et ce à bien des égards. Dans un premier temps, je demeure impassible et j'observe les autres prétendantes. La Vircolac paraît tout aussi ouverte à toute tractation. En revanche, cela ne semble absolument pas le cas de la Danoise.

Peut-être que je ne lui plais pas ?
Ou est-elle choquée par de telles propositions ?
Je me racle la gorge.

— Nous allons en rester aux pures négociations pour l'instant.

L'Italienne grimace et la Danoise sourit. Mon front se plisse. Je discerne déjà les difficultés relationnelles qui ne manqueront pas de survenir.

Immédiatement, Orféo réagit. Clairement, nous sommes en total désaccord sur ce point.

— Pour engendrer une bonne lignée, il est important d'avoir une compagne à sa mesure. Un jeune et puissant Alpha comme toi a besoin d'une louve dans son lit. Une des postulantes pourrait te rejoindre chaque nuit. C'est ton privilège, Alpha !

Sa descendante semble approuver cette idée. Marko, lui, serait ravi. Cependant, je ne sais pas pourquoi, mais elle ne me plaît pas vraiment. Quand je la connaîtrai davantage, peut-être…

— Je refuse les faveurs sexuelles. Je respecte vos filles et nous aborderons ce sujet plus tard bien évidemment. Pour le bien de tous, j'exige que ma compagne soit consentante ! Mais plus encore, chez les Warous, le couple d'Alphas gouverne d'égal à égale. Ma future compagne et moi, nous devons donc être compatibles à bien des égards.

Mes Warous acquiescent régulièrement, et finalement tous mes invités aussi. Il semble que j'aie marqué des points.

— Mes Omégas, allez vaquer à vos occupations maintenant.

Mes loups se lèvent et quittent notre lieu sacré.

Je saute de la Dalle pour rejoindre ces émissaires. Je m'approche de chaque Alpha pour lui serrer la main et lui souhaiter la bienvenue. Arrivé au Vircolac, je me raidis et Liviu, leur chef, plisse le front.

— Nous venons en paix, Alpha, et nous te remercions de nous recevoir. Nous espérons nous racheter de ces années d'errance et c'est en toute bonne foi que je t'offre ma fille, Sabaya !

Liviu la pousse dans mes bras et je la rattrape avant qu'elle ne s'écrase sur mon torse. C'est trop de promiscuité avec le clan qui a assassiné ma famille. J'enrage. Je la remets sur ses deux jambes et Sabaya érige un sourire contrit. Elle jette un œil noir à son père pour cette blague de mauvais goût.

Ou est-ce une machination pour mieux me convaincre que cette alliance scellerait la paix en Europe ?

Je ne saurais le dire.

J'opine du chef pour montrer à Sabaya qu'elle est excusée.

Elle est jolie et paraît robuste malgré la finesse de ses traits. Une force naturelle se dégage d'elle. Son débardeur ne camoufle pas grand-chose de ses atouts féminins.

Soudain, elle échappe à ma vue et l'Italienne me fait face.

— Voici Chiara, annonce Orféo.

Le Roumain gronde devant le culot de l'Italien.

Il est lourd !

À en croire Liviu, je n'avais pas eu suffisamment de temps pour faire connaissance avec Sabaya.

Alors, pour gérer les susceptibilités, je me tourne tout sourire vers les Danois.

— Nilsa, la présente son père en me saluant.

Cette héritière est raide, en retrait.

Est-elle timide ?

Est-elle ici de son plein gré ?

C'est une énigme.

Malgré tout, pour prouver à Nilsa que je n'ai pas d'exigence particulière à son encontre, je lui serre la main sans la retenir. Nos chaleurs se mélangent et se quittent aussitôt.

Je me recule et prends la parole à nouveau, pressé de mettre fin à cette rencontre.

— Merci, chers amis ! Je vous invite à aller vous reposer. Et n'hésitez pas s'il vous manque quoi que ce soit.

Mes convives comprennent que je les congédie et ils regagnent le chemin du village.

Tout à coup, je suis fatigué, dépassé. Cette mission de trouver une compagne dans une meute étrangère ne va pas être de tout repos.

Mon comité de direction se rapproche et m'entoure. Leur proximité me fait immédiatement du bien et je me sens à nouveau chez moi parmi mes proches.

Je souffle devant la tâche qui m'attend.

— Alors, elle est belle, l'Italienne, n'est-ce pas ? s'exclame Marko, une banane jusque chaque oreille.

Falko, mon second bras droit, pouffe de rire.

Inanna cille et son visage devient plus sévère encore. Elle les jauge comme si elle avait affaire à des garnements. Et c'est un peu ça : mes bêtas sont les premiers à partager une compagne dès qu'ils en ont l'occasion.

— Est-ce que l'une d'entre elles te plaît, Tiago ? demande Versipalis.

Je le fixe dans les yeux.

A-t-il senti quelque chose de particulier parmi les postulantes ?

— Pas vraiment...

Je suis le premier à être déçu par cet aveu.

— Pas d'attirance... sexuelle ? insiste Falko.

Je les regarde un à un.

Vont-ils me juger pour ce que je vais exiger ?

— Dis-nous ce que tu recherches, Tiago. Nous t'aiderons à l'obtenir. Il en va de la survie des Warous !

Mon mage me réchauffe le cœur en s'exprimant ainsi. Alors, j'ose avouer.

— Je veux que cela dépasse une simple attirance sexuelle. Je souhaite que nous accueillions une louve forte, audacieuse et qui soit mon égale, comme ma mère l'était pour mon père !

Tous me fixent, presque horrifiés, et je comprends qu'il va être difficile de trouver cette perle rare.

— Des négociations avec les Alphas ne suffiront pas, conclus-je à regret.

— C'est certain, confirme Inanna. À nous de leur faire sortir ce qu'elles ont dans le ventre et ainsi savoir si l'une d'entre elles est digne de devenir une Warou !

Ainsi soit-il !

Mon cœur tambourine comme un fou, me redonnant une bouffée d'espoir.

7 – Tiago

Je reprends le chemin de la Dalle. J'avance dans l'obscurité. Je salue mon oméga pendant sa ronde. Aucunement besoin de parler. Le lien entre nous est détendu. Cette sentinelle est sereine, mais concentrée. Mes loups seront quelques-uns à se relayer à chaque instant pour assurer notre sécurité. Je n'ai pas confiance en mes invités.

Mon ordinateur pour se connecter à la base de données du Grand Conseil ne fonctionne toujours pas. Tout le tableau électrique de mon bunker est à changer. J'ignore toujours qui est responsable.

Est-ce l'une de ces délégations ?
Une sorcière a-t-elle été engagée ?
Rien ne me permet d'arriver à cette conclusion.
La tempête magique n'a laissé aucun indice.
Je fulmine intérieurement.
Heureusement, j'ai des alliés sur qui je peux compter.

Les Duroy ont posé des dispositifs magiques d'alerte adaptés à ce nouveau phénomène et veillent aussi jour et nuit sur un périmètre plus large. Ils sont en retrait, bien sûr, afin de n'attiser aucune animosité. La particularité que les Warous partagent avec les Vircolac est de vivre avec leurs ennemis naturels : les vampires. À ma connaissance, ni les Danois ni les Italiens ne connaissent une telle proximité.

La nuit est sombre sous mes arbres. Je respire ce parfum enivrant. Je vais me recueillir un peu, recharger mes batteries et je retournerai ma peau, histoire de me dégourdir les pattes, fureter et traquer un gibier.

À peine arrivé en haut de l'hémicycle, je stoppe net.

Une de nos invitées est au bord de MA Dalle. Je grogne intérieurement. Les lieux de rituels sont sacrés, réservés, respectés. Cela peut être vécu comme un affront de s'approcher autant sans y avoir été invité.

Je croise les bras sur mes pectoraux et j'observe.

Cette femme semble très jeune. Je hume. Son parfum est très floral. Une légère odeur de musc m'indique qu'elle a transpiré ou qu'elle est stressée. Curieusement, ce mélange m'attire.

Son aura est surprenante et me titille. Sa louve est puissante. Je la sens remuer sous sa peau blanche et s'agiter. Sa forme lupine me perçoit, alors que sa propriétaire ne m'a pas décelé.

Comment est-ce possible ?

Sa louve aurait dû l'alerter d'un danger.

Ou cette demoiselle l'ignore.

De dos, je ne vois que sa chevelure brune qui tombe sur un fessier rebondi. Elle ne paraît pas très grande et je ne reconnais pas une des héritières.

Qui est-elle ?

Sa main passe au-dessus de ma Dalle et je n'aime pas ça !

Que fait-elle ici ?!

La colère me titille.

C'est un lieu interdit pour tous les étrangers. Mes bras se décroisent automatiquement et je bondis pour la rejoindre.

Mon invitée sursaute et protège son visage de son bras.

Je me rembrunis : il n'est pas dans mes habitudes de frapper avant de questionner, à moins que la menace soit avérée. Mais ce n'est pas le cas en ce moment.

Comme le coup ne tombe pas, son bras descend… à peine et dévoile un œil du même vert que ma forêt. La terreur brille dans sa prunelle écarquillée. Je cille pour masquer ma surprise.

Est-elle brutalisée fréquemment ?

Bien sûr que nous pouvons administrer des corrections à un loup récalcitrant, mais les Warous ont d'autres pratiques avant d'en arriver à ces extrémités. Un lycanthrope battu gardera-t-il tout le respect dû à son Alpha ?

— Je suis désolée, bafouille-t-elle, apeurée.

— Que fais-tu là ?

À son hochement de tête, je devine qu'elle déglutit. Néanmoins, elle ne baisse pas sa garde, ce qui m'agace au plus haut point. L'idée d'être pris pour un tortionnaire ne me plaît absolument pas.

— J'ai... J'ai été attirée.

Son visage pivote vers la Dalle.

J'en déduis que c'est une des accompagnatrices des héritières. Celles-ci étaient absentes pendant notre première rencontre. Notre artefact est puissant et je peux comprendre qu'il agisse comme un aimant pour tout métamorphe trop proche, même s'il ne fait pas partie des Warous. La magie lupine déborde de ce granit et cette attraction surnaturelle est universelle pour tous ceux de notre espèce.

— Baisse ton bras !

La jeune femme se tend davantage devant mon exigence, mais son hésitation l'empêche d'obéir à mon ordre.

Je plisse le front de contrariété et décide d'attendrir mon ton. Après tout, si elle représente véritablement un danger, je l'arrêterai immédiatement, étant bien plus fort. Sa louve est puissante, mais sans commune mesure avec moi.

— Je ne te veux aucun mal, tu peux baisser ton bras.

Elle soupire à regret. Elle redouble d'efforts pour s'exécuter. Je cille, à l'affût de ses moindres mouvements. Son membre descend lentement, prêt à remonter illico presto pour la protéger. Quand j'aperçois enfin son biceps, j'y découvre un hématome noir et j'en suis choqué.

Cette louve est battue, cela ne fait aucun doute !

Mon instinct protecteur d'Alpha se réveille et rugit dans mes entrailles. Lorsque je fixe à nouveau son visage, elle hausse les épaules comme pour s'excuser de ce que j'ai vu, de ce qu'elle est, et dissimule bien vite cette marque avec sa main.

Ses paupières papillonnent sur ses magnifiques iris forêt. Sa moue contrite exige que je ne fasse pas attention à elle.

Un feu couve dans mon ventre face à cette louve craintive. Je n'ai qu'une envie : la préserver, la mettre à l'abri du moindre danger. Probablement que sa faiblesse est trop forte et attise mon pouvoir d'Alpha.

— Comment t'appelles-tu ?

Elle sursaute devant ma question et ses sublimes prunelles roulent, comme si c'était un sacrilège de s'intéresser à elle.

Je lève mon visage de manière déterminée. Je désire qu'elle me réponde sans avoir à me répéter. Mon regard devient incisif.

— Horia, souffle-t-elle à regret.

J'acquiesce devant l'effort qu'elle a consenti, pour l'aider à prendre confiance, car je souhaite en connaître bien plus.

— Et que fais-tu ici, Horia ? Tu ne sais pas que ce lieu est sacré et inaccessible sans invitation ?

La louve baisse la tête, honteuse, et je regrette mon ton trop dur.

Déstabilisé, je lève son menton pour rencontrer à nouveau son regard. La honte se mêle à la peur et ses sentiments m'étreignent.

Pourquoi suis-je si ému par cette étrangère ?

Elle humecte ses lèvres, attirant mon attention malgré elle, et ses paupières se ferment encore sur son visage levé.

Sa bouche charnue est très appétissante. Sa louve roule sous sa peau de velours et m'appelle. Ma forme lupine réagit automatiquement et mon aura gonfle comme pour se mélanger à la sienne. Mon loup est très intrigué par cette femelle et souhaite faire plus ample connaissance.

Contrarié, je me racle la gorge. J'aurais dû m'acoquiner davantage avec les femmes de mon espèce, car Horia m'attire bien trop.

Malheureusement, ce n'est pas une héritière !

— Regarde-moi quand je te parle !

Ses prunelles réapparaissent, pleines d'hésitation. Je l'invite à répondre, d'un simple sourire que j'espère avenant devant cette gazelle effrayée, mais je ne lâche pas son menton. J'ai trop peur qu'elle se cache de moi à nouveau et que je ne puisse plus profiter de son si joli regard.

— Je... Je m'excuse, Alpha ! Je n'aurais pas dû. Je sais que c'est interdit !

J'acquiesce, comme pour lui pardonner.

— HORIA !

Nous sursautons.

Le bêta des Vircolac descend en courant et arrache cette jeune femme à mon emprise. Mon loup gratte comme pour se rapprocher à nouveau, pour retrouver ce contact charnel.

Je plisse le front, soudain empli de mécontentement.

Horia fait partie des assassins de ma famille !

8 – Horia

Mon père me serre tellement le bras qu'il ravive une blessure qu'il m'a lui-même infligée. Je me ratatine sur moi-même. Je vais encore prendre une raclée. Pourvu que ce ne soit pas devant cet Alpha. J'ai déjà assez honte de ce que je suis.

— Ma fille s'excuse, Alpha, annonce fièrement mon père. Je vais lui rappeler les règles de bienséance immédiatement.

Le visage paternel est déformé par la méchanceté. Depuis toujours, je suis son bouc émissaire, la cause de tous ses tourments. C'est une chance que je sois encore en vie, malgré tous ses mauvais traitements.

Quoique, parfois j'aimerais disparaître à jamais !

Malheureusement, mes facultés lupines de guérison me remettent systématiquement sur pied pour bien profiter de mon enfer personnel.

Je me recroqueville davantage et cache mon visage de mon bras libre.

— Pas la peine, bêta !

Le ton du Warou est grave et tonne comme un coup de canon, rappelant sa supériorité.

— Comme tu voudras, Alpha !

Je me redresse alors que mon père relâche un peu la pression sur mon membre. Pour autant, il ne me lâche pas. Je grimace sous la douleur.

Le regard de Tiago converge vers l'objet de ma souffrance. Ses mâchoires se crispent de mécontentement. Son expression se fait sévère et mon paternel m'abandonne à regret.

Je tremble de peur. Si la correction ne vient pas maintenant, ce n'est qu'une question de temps.

— Horia peut se racheter de la manière dont il te plaira, si tel est ton désir !

J'écarquille les yeux devant sa curieuse proposition.

— Un châtiment à titre d'exemple pour rappeler à tous tes invités les règles à ne pas oublier, poursuit le bêta !

Mon père n'est que violence !

Je suis punie plus souvent qu'à mon tour. Je tremble de peur à l'idée de ce qui m'attend. D'autant plus que je devrai servir Sabaya, quel que soit mon état. Je suis acceptée dans ma meute uniquement parce que je suis la fille d'un des bras droits. Dans le cas contraire, les Vircolac m'auraient chassée, ou pire : tuée.

Je ne mérite pas de faire partie d'une meute.

Je n'ai jamais retourné ma peau. Je suis monomorphe : une métamorphe qui demeure dans sa forme humaine. Comme je suis née de deux loups-garous pure souche, une telle chose ne devrait pas arriver. Parfois, cela se produit pour les enfants de Mordus... Et encore, c'est rarissime. Non, je suis cassée. En tout cas, quelque chose cloche en moi, car ma louve demeure dans mon corps, prisonnière. Nous en souffrons toutes les deux qu'elle ne sorte jamais.

Sabaya dit que ma naissance a été probablement trop traumatisante.

Ma mère est morte en me mettant au monde.

Mon père ne s'en est jamais remis. D'ailleurs, il n'a pas pris d'autre compagne, tellement il aimait ma mère, me rappelle-t-il. Je suis la cause de tous ses malheurs et rien que pour cela, je dois expier ma faute. Mon arrivée a ruiné la vie de mes deux parents à jamais.

J'ose observer Tiago et ce dernier s'assombrit. Sa colère monte et me blesse.

J'ai tellement honte !

Il a déjà deviné à quel point je suis une moins que rien, à quel point je ne mérite pas de vivre. Je déglutis difficilement, tellement ma gorge est serrée. Je baisse à nouveau le visage pour ne pas voir combien cet Alpha est déçu, lui aussi, de ce que je suis.

J'espère que la punition ne sera pas trop dure.

— C'est inutile ! conclut Tiago.

Je sursaute. Mes yeux s'ouvrent grands comme des soucoupes.

J'étais pressée de venir en Allemagne, de découvrir une autre meute, un autre Alpha. Le mien m'ignore totalement et laisse mon père me « gérer », comme ils disent.

Mais lui, ce jeune leader ne semble pas vouloir faire de moi un exemple. Il déborde d'une force phénoménale et je me sentirais presque en sécurité malgré la proximité de mon tortionnaire.

Presque…

Je m'humecte les lèvres et tente un sourire timide pour montrer que j'ai compris.

Je ne reviendrai pas ici si je n'y suis pas invitée.

Mon père grogne devant mon air plus avenant.

— Rappelle-toi ta place, Horia !

Son avertissement claque. Je me rapetisse le plus possible pour disparaître.

— Horia est la servante de la délicieuse Sabaya, annonce ce bêta, presque courtois. J'espère que tu seras conquis par ses charmes et nos propositions. Nous avons de grands desseins à atteindre, ensemble.

Mais Tiago tique.

— Nous verrons… J'étudierai, bien sûr, chaque proposition…

Lorsque ses yeux coulent à nouveau sur moi, je me sens couvée. Jamais je ne me suis sentie si importante d'un simple regard. D'ailleurs, je suis invisible la plupart du temps, indigne d'intérêt.

Alors, découvrir ce regard d'ambre posé sur moi m'envahit d'une bouffée de satisfaction. Même si le jeune Alpha n'a pas l'air plus avenant, son expression transpire de curiosité.

Ma louve est là, sous ma peau à me caresser, comme si elle désirait être remarquée. Elle renifle ce mâle avec grand intérêt. Puis elle s'assied, béate, sa langue pendante. Son regard se fait mièvre et elle n'a d'yeux que pour ce beau spécimen qui déborde de puissance. Je n'en reviens pas qu'elle soit si vite conquise. Jamais elle ne s'est laissé attendrir de la sorte. Au contraire, elle est méfiante de nature et c'est grâce à sa force de caractère que je suis encore en vie.

Pourquoi ne veut-elle jamais apparaître ?

Mon père a souhaité la faire sortir de bien des façons, toutes plus douloureuses les unes que les autres, en vain. Chaque tentative m'a affaiblie, me dévalorisant un peu plus. Je suis adulte maintenant. À notre connaissance, une telle tare n'existe pas chez les métamorphes de sang pur.

Tiago arque un sourcil sous le comportement de ma louve qui

tourne maintenant dans mon enveloppe sans relâche et couine, comme si elle appelait l'Alpha. Ce dernier finit par sourire devant son attitude, et de nouveau, j'ai honte.
Il va me prendre pour une chienne en chaleur.
Je ne comprends pas cette partie de moi. Tantôt elle me console, tantôt elle me pousse dans mes retranchements. Néanmoins, je crains que nous ne manquions de courage l'une et l'autre.
Je souffle d'exaspération.
Tiago acquiesce et se tourne vers le bras droit des Vircolac.
— Allez vous reposer maintenant !
Mon père m'agrippe le bras et me traîne derrière lui à une vitesse que je peine à suivre, geignant de souffrance de la prise sur mon biceps encore douloureux.
Je trébuche et mon paternel marmonne des mots que je n'écoute plus par habitude.
— Bêta, sur mon territoire, je ne tolère pas les châtiments que je n'ai pas moi-même autorisés !
Je sursaute à cet ordre.
Mon cœur bondit dans ma poitrine et s'emballe à cette simple parole.

9 – Tiago

Ce bêta n'est que violence et attise la colère en moi !

C'est un sentiment que je déteste. J'ai beaucoup lutté contre ces dernières années, après le massacre des miens. J'avais espéré être plus fort.

Il n'en est rien !

Une légère brise fait bouger les feuilles autour de moi. Aussitôt, ces prunelles, couleur de ma chère forêt, m'envahissent.

Un regard chagrin, peureux, et presque reconnaissant avant qu'elle ne parte.

Pourquoi ce bêta est-il aussi dur envers sa fille ?

La chair de sa chair…

Je n'ai rien senti de mauvais en elle.

Au contraire, sa louve est forte, il devrait en être fier !

Est-ce que ce sont des pratiques courantes chez les Vircolac, les châtiments corporels ?

Horia semble punie plus souvent qu'à son tour au vu de la terreur et la honte qui ne la quittent pas. Une fois son père arrivé, son parfum musqué n'a fait qu'augmenter, camouflant totalement la pivoine qu'elle exhalait quand je l'ai découverte.

Si fragile…

La colère bout en moi, prête à exploser.

L'injustice, j'ai du mal à y faire face. Je rumine dans ma barbe des pensées confuses. Par réflexe, je tortille mes rouflaquettes. Je n'ai qu'une envie : aller vérifier que cette petite louve va bien, qu'elle n'est pas battue. La détresse dans son regard fait que je ne le supporterais pas.

Si jeune et si malheureuse.

Horia est une énigme.

Autant les héritières n'ont absolument pas retenu mon attention, et c'est vraiment regrettable, car tout aurait été plus simple, autant Horia attise ma curiosité et surtout mon instinct protecteur d'Alpha.

Mais cette louve ne m'appartient pas !

Et elle ne fait pas partie des tractations !

Je rugis pour délivrer un peu de cette colère qui m'étouffe. Mon cri s'étire et je sais que tous m'ont entendu. Les liens avec mes Warous se resserrent, comme pour me soutenir. En cet instant, nous ne formons qu'un. Je relâche cette tension afin que mon fardeau ne leur pèse pas.

Le garant de la protection, c'est moi !

J'inspire et j'expire, les yeux levés vers l'abysse du cosmos.

Je hume.

Le vert de la forêt.

Les prunelles d'Horia.

C'est une putain d'obsession qui revient me torturer.

Cette louve est la servante de Sabaya. Je n'aime pas ça. Comment est-ce possible ?

Ici aussi, chaque oméga travaille pour les Warous. Toutefois, dans la bouche de ce bêta, cela me semble de mauvais augure. Le respect ne fait pas partie des valeurs de ce père.

C'est sa fille, bordel !

Je m'efforce à plus de tempérance. Je me dois de maîtriser mes émotions.

Une fois apaisé, je me tourne vers la Dalle et monte dessus. Sa puissance me calme et équilibre les forces en moi comme par magie.

Enfin, je respire mieux.

Je m'en veux de m'être emporté de la sorte alors que cette louve ne m'appartient pas, alors qu'il n'y a eu véritablement aucune difficulté. Hormis ce comportement de violence qui me débecte.

— Un problème, Alpha ?

Pas besoin de me retourner pour reconnaître Marko. Je descends et d'un sourire placide tente de le rassurer.

Je soupire d'exaspération et plisse le front, contrarié.

— Surveille les Vircolac, et plus particulièrement Horia !

Il arque un sourcil, ne saisissant pas où est la complication. D'ailleurs, il ne la connaît probablement pas.

— Horia est la fille du bêta Vircolac.

Ses sourcils se froncent, les rendant encore plus épais.

— Que fait la fille d'un bêta ici ?
— Elle est la servante de l'héritière ! j'avoue d'un ton méprisant.
C'est plus fort que moi. L'effet Vircolac est plus redoutable que je ne pensais.
Il siffle de surprise. J'ignore s'il s'agit du statut d'Horia ou si c'est l'état dans lequel je me suis mis qui l'intrigue. Néanmoins, il acquiesce pour me signifier qu'il obéira inconditionnellement.
— Veux-tu savoir quelque chose en particulier, Tiago ?
Marko me scrute intensément et notre lien s'allume, partageant ainsi une partie de nos émotions.
— Je n'aime pas la violence du bêta à l'égard de sa fille. Elle porte des traces de coups. Pas de châtiment corporel ici. Si des fautes sont commises, nous réglerons le problème à notre façon.
— Bien sûr. Autre chose ?
— Je ne saisis pas son animosité à l'égard d'Horia. Sa louve est puissante. Vérifie que nous ne sommes pas en danger !
Nouveau hochement de tête.
— Comment se fait-il que la fille d'un bêta soit la servante de l'héritière ? Ça n'a pas de sens !
— Entièrement d'accord. C'est incompréhensible. Concentre-toi sur les Vircolac, Marko, et rends-moi compte de toutes les informations que tu récolteras.
À son tour, il soupire de lassitude.
— C'est une plaie que ces Roumains soient venus, Tiago. Mais ils ont tellement insisté ! Les refuser aurait généré un incident diplomatique et aurait pu relancer une guerre que nous ne sommes pas en mesure d'assumer pour le moment...
L'inquiétude transparaît sur le visage de mon bras droit.
Nous n'en avons jamais reparlé, car toute discussion aurait été inutile et vaine.
— J'en ai bien conscience, Marko. Si j'ai approuvé, c'est parce que je mesure bien les conséquences d'un tel refus. Il était hors de question de nous mettre en danger à nouveau.
Mon bêta plisse la bouche de mécontentement. Non pas pour ma décision d'accepter la venue des Vircolac, mais parce que certaines pensées sont futiles et ne nous feraient que perdre du temps.
— Donc surveille les Vircolac. Qu'il n'arrive rien à Horia !
Marko fait la moue.

— Cette louve te plaît ?

L'inquiétude revient sur son visage. Oui, ce serait une mauvaise nouvelle : elle ne fait pas partie des prétendantes.

— Non, pas le moins du monde. Mais elle est sur notre territoire et à ce titre, elle est sous ma protection... comme tous nos invités. Qu'il ne leur arrive rien.

Je détourne le regard, car je suis troublé par Horia et je ne peux l'avouer.

Qui est-ce que je veux convaincre ? Marko ou moi ?

Est-ce qu'Horia me plaît ?

Pas sûr !

La jeune femme est très belle et sa louve m'intrigue, c'est certain. Je n'ai jamais été appelé de la sorte. Probablement que je n'ai pas assez batifolé avec mes congénères féminines. Dans le cas contraire, j'y verrais plus clair. Pourtant, Horia n'a lâché aucune phéromone.

Alors quoi ?! Quel est le problème ?

— Je vais faire un tour, dis-je pour clore le sujet.

Il opine du chef.

Je dépose mes vêtements sur la Dalle et en une fraction de seconde, me voilà transformé. Je pars dans ma forêt, humer chaque recoin, me rassurer sur le fait que sur mon territoire, tout va bien.

Demain, une rude journée m'attend. Nous avons trouvé une solution pour éloigner les héritières de moi et les obliger à se concentrer sur une mission.

Comme a dit Inanna...

On va savoir ce qu'elles ont dans le ventre !

10 – Tiago

— Chers amis, nous sommes ici aujourd'hui pour discuter des termes des négociations.

Tous les regards dans l'hémicycle de la Dalle sont rivés sur moi.

C'est important que ces étrangers puissent mesurer la puissance des Warous et nos particularités.

Versipalis est derrière moi, imperturbable, immobile. On pourrait le croire absent, mais en réalité, il médite, augmentant la magie des Warous, et mon aura par la même occasion. Au loin, je sens la présence de Teruki et Ismérie. Ces deux vampires-sorcières nous ensorcellent de leur côté obscur, renforçant notre pouvoir.

Mes iris brillent tels des ambres, j'en suis certain. L'autorité coule dans mes veines, impétueuse, et me galvanise.

Un ébahissement s'échappe de quelques lèvres. Certains pourraient croire que je suis trop imbu. Néanmoins, c'est le sang de ma lignée qui coule dans mes veines. Pour le respect de mes ancêtres, je me dois de poursuivre leur œuvre.

Ce matin, j'ai réuni mon comité directeur afin que nous peaufinions notre plan. J'avoue avoir été agréablement surpris par leurs idées, qui seront faciles à mettre en place finalement et me laisseront toute la place nécessaire pour mener ces négociations à bien.

Ensuite, j'ai convoqué mes omégas dans l'après-midi pour leur expliquer combien leur rôle était important pour choisir celle qui deviendra mon homologue et les servira à mes côtés. Mes loups en étaient enchantés et cela m'a redonné foi dans cette périlleuse mission.

Nous allons nous en sortir.

Il ne me reste plus qu'à l'annoncer aux ambassadeurs des meutes.

Il fait nuit, à nouveau, et c'est l'heure de vérité.

Mon expression déterminée déstabilise les Alphas, assis face à moi dans l'hémicycle. Leur héritière et leur bêta sont à leur côté.

Les servantes se trouvent une rangée derrière. Je suis satisfait de constater qu'Horia va bien. Marko me l'a confirmé... mais sait-on jamais ! Je fais mon possible pour ne pas regarder cette jeune louve plus que les autres. À vrai dire, je fais même tout pour l'éviter. Malgré tout, allez savoir pourquoi, c'est difficile ! Et mon loup ne me simplifie pas la tâche. Lui ne hume que dans une direction et ignore royalement toutes les candidates. J'en suis dépité.

Je hausse les épaules comme pour dégager ces pensées inconvenantes et je reprends la parole, ragaillardi à l'idée de dérouler notre plan.

— Je souhaiterais que d'une part, nous discutions avec chacun d'entre vous, Alphas, des échanges que nous pourrions faire concernant une future alliance.

Les chefs acquiescent, rassurés.

Bien sûr, cette requête est inévitable.

— En parallèle, vos héritières vont devenir leaders d'une mini-meute... Elles auront des épreuves pour évaluer leur capacité à gouverner mes Warous !

Évidemment, je ne parle pas de l'enjeu de la Dalle, de cette faction que nous sommes pour veiller sur elle. Ce détail doit rester secret. Je le partagerai seulement avec l'élue ; même son père n'en saura rien.

La Danoise cille et je vois l'intérêt sur son visage. Elle semble déjà concentrée sur cette mission pour la remplir au mieux. Tous ses sens sont en éveil. J'en souris, satisfait qu'au moins l'une d'entre elles prenne les choses sérieusement.

— J'ai choisi neuf Warous pour vous constituer un clan. Mesdemoiselles, vous vivrez avec cette mini-meute dans un chalet du village.

Je frotte mon menton, avant de poursuivre.

— Cette nouvelle résidence n'est pas taillée pour accueillir autant de personnes. Cependant, vous aurez à disposition tout le matériel pour l'adapter afin que votre clan soit bien installé.

De nouveau, les Alphas hochent la tête, recevant cette idée avec bienveillance.

— De plus, vous aurez à charge la chasse et toutes les règles à mettre en place avec les autres communautés, mais aussi entre vous afin qu'il y ait à manger pour tout le monde. Mes Warous connaissent parfaitement le territoire et les quotas prévus pour laisser le gibier se reproduire.

L'Italienne cligne des paupières et ouvre la bouche. Elle hésite à parler, alors je tends le bras vers elle pour l'inviter à s'exprimer librement. Je souris même pour l'encourager.

— Mais je n'ai pas à m'occuper de tout ça en tant que compagne de l'Alpha !

Je lève les yeux au ciel.

Ça commence mal !

Clairement, j'aurais dû exiger des compétences particulières de la part des candidates pour participer à ces négociations.

— Chez les Warous, les compagnes sont très engagées dans la vie de la meute et prennent des décisions avec le mâle Alpha ! Il n'y a pas de soumission dans le couple. La hiérarchie est uniquement au sein de la meute.

Sa jolie mine se renfrogne. Son père pose une main rassurante sur sa cuisse.

— Chez nous, les femmes ont un tout autre rôle, Alpha, mais ma fille apprendra.

Je vois bien que Chiara n'est pas préparée à ce type de responsabilités. Cela en fera une de moins si elle ne fait pas l'affaire.

— Pouvons-nous prendre notre servante avec nous ? demande Sabaya.

Horia sursaute. Je coule un regard vers cette dernière. Sa louve est agitée à l'intérieur d'elle, impatiente. C'est à croire qu'elle est pressée de retourner sa peau et gambader. Le côté joueur de mon loup se réveille, m'électrisant un peu plus. Je le contiens : ce n'est pas le moment. J'incite la forme lupine d'Horia à plus de tempérance et ses prunelles étincellent comme des émeraudes à cet ordre. Malgré tout, elle se calme.

J'en suis presque déçu. D'une certaine manière, j'ai hâte de me retrouver seul avec cette jeune femme. Son côté animal exacerbe mes sens comme jamais.

Je reviens à Sabaya.

— Non, uniquement les neuf Warous qui sont alloués et dont il faut prendre grand soin.

Si elle était en louve, elle pincerait le museau. Mais là, son nez se fronce et son père grince des crocs.

— Pourquoi de telles mesures ? demande l'Alpha Vircolac.

— Si je vous ai fait venir, c'est parce que mes Warous m'aident à choisir ma compagne. Nous devons tous être compatibles. Il en va de notre puissance et des affaires que nous conclurons ensemble.

Je gonfle un peu plus mon aura afin de leur prouver que, certes, je suis un beau parti, mais que ce n'est rien par rapport à quand je serai en union avec mon alter ego.

Les Alphas réagissent à cette démonstration de force. Ils se redressent naturellement et leurs muscles grossissent sous l'afflux sanguin. On pourrait croire que l'on joue à celui qui pisse le plus loin. Néanmoins, dans notre monde, il convient d'allier la vigueur physique à notre pouvoir surnaturel, ainsi qu'à des stratégies fines et sûres sur le long terme.

Nos champs électromagnétiques se lèvent et se mêlent, se tâtent et se testent. Puis tout redescend calmement et je sais qu'ils sont satisfaits de mes promesses.

La Danoise s'en amuse et j'ai l'impression que c'est bien la seule des héritières à être comblée par la tournure que prennent les événements.

— Ça me paraît honnête et normal, annonce Jörgen, son père. Chaque Alpha doit exiger une compagne qui lui convient en tout point !

J'en souris. Contrairement aux deux autres, Jörgen est le seul à ne pas avoir poussé sa fille dans mon lit.

Les autres grincent des crocs.

— Vos descendantes auront à disposition tout ce dont elles auront besoin pour mettre en œuvre leurs différentes missions de cheffes de meute, dis-je pour les rassurer.

Bien sûr, je tais que parmi les miens, j'ai prévu quelques dissidents. Aussi, les matériaux sont disponibles, mais demanderont des adaptations. Les chalets sont vétustes et trop petits pour ce nombre d'occupants. Cela me permettra de voir quel type de commandement elles engageront.

— Si vous n'avez pas de questions, je vous libère ! Mesdemoiselles, profitez bien d'une dernière nuit avec les vôtres. À partir de demain, tout contact sera proscrit !

Tous se lèvent. Mon regard et celui de Nilsa se croisent. Seule la Danoise est véritablement heureuse et c'est une certaine connivence qui s'installe entre nous. Elle se détourne et remonte l'allée avec son père, lui aussi satisfait.

Les Vircolac et les De Luna sont plus mitigés quant aux capacités de gestion de leur descendante. Horia traîne des pieds derrière, les suivant comme si elle respectait une distance avec ses maîtres.

Mon cœur se pince de la voir si malheureuse.

Retourne-toi, Horia !

Elle s'exécute.

Je n'y crois pas !

Ses lèvres s'étirent quand elle s'aperçoit que je la regarde.

— Dépêche-toi, Horia ! ordonne son père.

Un grondement s'élève de ma gorge.

Et je n'aime pas ça. Mon loup se languit de faire davantage connaissance avec cette jeune femme.

11 – Horia

— Tu vas m'aider ! m'ordonne Sabaya, une fois que nous sommes dans sa chambre.

Je recule, offusquée.

— C'est contre les règles. Le jeune Alpha l'a bien expliqué !

Son visage se ferme.

— Qui es-tu pour me faire la morale ?

Je baisse la tête, penaude.

C'est vrai, quoi !

Qui suis-je pour la rappeler à l'ordre ?

Sabaya croise les bras, bombant la poitrine. Elle monte toujours sur ses grands chevaux quand elle prend son air supérieur. Parfois, je crois qu'elle est mon amie. Elle tente en tout cas de m'en persuader. Du plus loin que je m'en souvienne, elle m'a consolée, bravant l'autorité du bêta. Son père, l'Alpha, n'en a rien à faire de mes histoires. Sabaya a déjà l'âme d'une cheffe, mais je suis maintenant persuadée que c'est aussi une fine manipulatrice.

— Tu n'espères pas que je remporte la victoire et que je devienne l'Alpha des Warous ? s'exclame-t-elle, le visage levé, hautaine.

Je papillonne des paupières, interdite.

Est-ce que c'est ce que je lui souhaite ?

Pas sûr !

La nuit derrière, j'ai fait un rêve…

J'embrassais passionnément le jeune Alpha lorsqu'il tenait mon menton. Ses gestes étaient doux. Ses mots tendres. Et moi, je me liquéfiais de désir pour lui.

C'est ridicule !

Pourquoi s'intéresserait-il à moi ?

Une louve monomorphe qui n'a rien à proposer, pas de territoire à négocier, de richesses ou autre chose…

Je ne peux prétendre à ce poste.
Simplement le plaisir de la chair ?
Même ça, je n'en suis pas digne !
C'est la faute de ce jeune Warou. Il m'a défendue contre mon paternel. Mon pauvre cœur n'a jamais connu la clémence et ça me fait tourner la tête. Ma louve ne partage pas mon avis, mais je saurai la rendre raisonnable. Cette dernière semble déjà accro, je vais devoir la sevrer.

Rester loin de cet Alpha devrait faire l'affaire.

— Tu pourrais venir vivre avec moi, Horia, si je deviens l'Alpha de ce clan. Tu serais désormais à l'abri de la brutalité de ton père.

Partagée, je tords mes doigts, mes mains, tellement cette idée me paraît saugrenue. Les Warous ont l'air calmes à côté des Vircolac. Les chalets semblent tous bien équipés. Peut-être que j'aurais droit à un véritable logement ici, où il ferait chaud l'hiver. Où les couvertures seraient douces, épaisses. Et une vraie salle de bains, comme celle que nous avons en ce moment.

— Ton daron te tuera si tu ne pars pas !

J'en ai bien conscience. Mes entrailles s'entortillent et créent des nœuds de douleur. Encore cette frousse qui déborde de mon corps en permanence et qui m'épuise.

— Je sais... mais je ne peux pas m'en aller. Nous sommes incapables de survivre seuls bien longtemps.

Elle hausse les épaules. Clairement, ce n'est pas son problème. Son père la mariera en négociant la meilleure alliance possible. Si ce n'est pas avec les Warous, ce sera avec un autre clan.

Les loups-garous ne vivent qu'en meute. Quelquefois, de mauvais éléments sont chassés, mais c'est une manière de les condamner à une mort certaine. Notre instinct animal est fort et la présence du groupe nous est vitale.

Sabaya m'observe et voit bien où m'emmènent mes pensées.

— Aide-moi à gagner, Horia, et tu seras toi-même sauvée de ton triste sort.

Je hoche la tête plusieurs fois. Elle a complètement raison. Je n'ai pas d'autre option. Ici, au moins, les omégas ne semblent pas maltraités. Et puis, je verrais Tiago tous les jours. Ma louve jappe de plaisir. Rien que songer à lui, le désigner mentalement par son prénom me comble de bonheur. Son loup m'a appelée et cet homme m'a souri. Mes joues chauffent et Sabaya fronce les sourcils.

— Tu crois que mon père me laissera à tes côtés ? je demande, inquiète.

— Aucune idée !

Elle répond si vite et sur un ton si léger que je me demande si ma présence lui tient à cœur. Ce n'est peut-être qu'une manipulation pour l'aider à gagner. Malgré ce qu'ils pensent tous, je ne suis pas idiote !

Je recule sous mon manque de confiance.

Dois-je vraiment l'aider ?

À quel point est-elle sincère ?

— Je ferai valoir que tu me sers bien depuis si longtemps que tu m'appartiens maintenant. Je suis de la lignée directe de l'Alpha, j'ai droit à bien des égards.

Je ronchonne.

Je suis la descendante d'un bêta et je suis traitée comme une moins que rien. Il n'y a aucune logique à tout ça.

— Que dis-tu ?

Son expression devient sévère, c'est à croire que je lui manque de respect.

— Tu as raison, Sabaya. Tu es fille d'Alpha !

Elle hoche la tête comme si j'étais une bonne employée.

— Bien. Couchons-nous, maintenant !

Je la regarde se déshabiller et je sors sa nuisette en dentelle, toujours émerveillée par la douceur de l'étoffe. Dans mes rêves les plus fous, j'en ai une, à moi !

— Comment va-t-on procéder pour que je puisse t'aider ?

Mon interrogation la fait soupirer d'agacement.

— Je ne sais pas. Nous verrons. Tu devras être maline et rester dans les parages.

Je pince la bouche.

Ça va encore me retomber dessus, cette désobéissance.

Je souffle de contrariété.

Après tout, elle a peut-être raison. Si elle gagne, j'aurai droit à ma place ici, chez les Warous... auprès de ce jeune Alpha.

— Va-t'en, maintenant, et reviens demain matin me réveiller !

Elle me congédie de la main, comme elle le fait chaque fois qu'elle désire que je déguerpisse.

Je comprends. Même moi, je n'arrive pas à me regarder dans le miroir. Je mériterais d'être totalement invisible. Ça soulagerait tout le monde, et moi avec.

Je m'enferme dans ma chambre. Une vraie. Je suis sûre que le plafond ne fuit pas. Je sors ma vieille chemise de nuit trop petite et l'enfile. Je me doucherai demain. Là, je suis trop fatiguée. Je m'étends sur le matelas douillet, n'en revenant pas de tant de confort.

Ma louve se love à l'intérieur de moi. Je m'enlace comme pour la prendre dans mes bras et nous nous endormons immédiatement.

Le sommeil ne me laisse aucun répit.

Je contemple ce regard d'ambre sur moi.

Tiago est déterminé, exigeant, mais je ne saisis pas.

Que veut-il ?

Je le supplie. Néanmoins, je n'y comprends rien. Tout est confus. Ma louve aboie dans ma tête et grogne comme si nous étions en danger. Une ombre apparaît et elle lui saute dessus.

Je me réveille en sursaut, le cœur au bord des lèvres, menaçant de s'échapper de mon enveloppe corporelle.

Essoufflée, je me lève et me réfugie dans mon cabinet de toilette. J'allume pour me rassurer. Mes cernes sont monstrueux et envahissent mes joues. La sueur perle à mon front. Je fais couler l'eau froide, mouillant mon visage, buvant pour me désaltérer, pour laver cette angoisse qui colle à l'intérieur de moi et jamais ne me laisse.

Je retourne dans ma chambre et ouvre grand la fenêtre.

Je respire l'air plus frais.

Je m'emplis du calme des lieux.

Oui, je pourrais vivre ici !

Il faut que Sabaya gagne !

12 – Tiago

Pour la dernière fois avant de démarrer cette curieuse expérience, je réunis mes Warous dans l'hémicycle.

Le soleil nous inonde au milieu de cette clairière. Heureusement, c'est la matinée et nous pouvons sentir la fraîcheur que l'humus garde de la nuit.

Debout face à eux, je laisse leurs émotions m'imprégner afin d'être au maximum à leur écoute. Je dois savoir tous nous harmoniser. J'ouvre mes sens. J'étends mes ondes et tout arrive, me percute. L'anxiété, la joie, l'envie d'en découdre, mais aussi la peur. Chacun voit cet événement comme une épreuve ou un jeu.

Pour certains, c'est l'occasion de ramener de l'animation.

Pour d'autres, ceux qui aiment vivre paisiblement, c'est inviter le déséquilibre. Et jusqu'où ce dernier peut-il aller ?

J'avoue que je ne fais pas le fier. Je suis dans une impasse. Je dois trouver une compagne, agrandir ma meute pour survivre dans de bonnes conditions. Dans le cas contraire, je serai attaqué prochainement, et si je disparais, mes loups tomberont sous le joug d'un Alpha qui sera probablement moins complaisant que moi.

Le sortilège d'oubli posé sur mon village est bel et bien levé. Je dois maintenant concrétiser ce projet, embrasser mon destin.

J'inspire et je ferme les yeux. Mes Warous m'imitent et nous unissons nos champs électromagnétiques. Le pouvoir de la Dalle monte en moi. Versipalis, Inanna, mes bêtas sont autour de moi et leurs ondes rayonnent en un halo puissant avec les miennes.

Mon mage lupin chantonne en sourdine les paroles de notre rituel d'harmonisation.

Pour une fois, son fils aîné, Irmo, est à ses côtés. Il est la relève. Mon mage le prépare. Lui aussi devra faire face un jour à ses obligations. Comme il est le premier mâle né, il est préparé depuis sa naissance, tout comme l'était Adam, ce grand frère fauché en pleine jeunesse.

Une pensée émue pour nos morts m'envahit. Je les honorerai grâce à ma réussite.

J'étends les bras de chaque côté, paume vers le ciel. La vivacité de la nature résonne au fond de moi et m'imprègne. L'essence de la Terre monte plus vigoureusement. Je frissonne et me lèche les lèvres. C'est agréable de ne faire qu'un avec le Grand Tout. Nous ne sommes qu'UN.

Le halo s'élève et s'élargit.

Versipalis accélère sa litanie. Irmo suit sa cadence, renforçant nos pouvoirs.

Nous sommes comme sous un dôme magique, dont la quintessence n'appartient qu'à nous. Nos émotions se mêlent et je redouble de confiance en mes Warous. Je rassure chacun d'entre eux sur notre entreprise qui ne peut que nous rendre plus forts. Je passe toute la foi que j'ai dans les miens.

Le plus beau ? En retour, leur adhésion me percute, me bouscule et me nourrit, faisant taire le moindre doute que je tentais de cacher au tréfonds de moi.

Lorsque j'ouvre les paupières, nos iris brillent, pareils à des pierres précieuses, et je sais que nous sommes dans le juste. Nous nous sommes relevés ensemble et nous sommes parés pour braver toutes les forces contraires qui pourraient nous obliger à reculer.

Alors, je me lance, heureux d'être à leur tête finalement, mais aussi tellement fier de ce qu'ils sont.

— Chers Warous, aujourd'hui commence une nouvelle ère ! Chacun d'entre vous a son paquetage pour les jours à venir et mes instructions pour vivre pleinement cette aventure. À n'en pas douter, elle nous enrichira.

Un rictus s'étire sur mes lèvres.

— Je compte sur chacun d'entre vous pour exécuter sa mission comme nous l'avons défini ensemble. Bien sûr, chacun d'entre nous (et je montre mon comité de direction) reste à votre disposition pour entendre toute difficulté rencontrée. Je demeure votre unique Alpha !

Tous acquiescent, rassérénés.

— Rejoignez votre héritière pour ceux qui intègrent les clans tests, et pour les autres, poursuivez vos activités.

Ils se lèvent et quittent l'hémicycle. J'opine du chef en retour de chaque salut. Je souris, placide, pour leur assurer toute ma confiance.

— Tout est en place ! annonce Inanna, une fois le dernier Warou sorti.

— Ton matériel informatique est installé. Les travaux d'électricité et de réseau seront bientôt résolus. Teruki a mis leurs meilleurs techniciens sur le coup. Tu seras bientôt opérationnel, Tiago, m'explique Falko.

Je le remercie d'un coup de tête et d'un sourire bienveillant. Je connais assez bien les dossiers des trois prétendantes. Je n'ai aucune recherche urgente à faire et il n'y a aucune information dans nos serveurs qui pourrait expliquer cette tempête maléfique. Alors, je lâche cette affaire pour me concentrer sur le reste.

— Avez-vous constaté des difficultés ? je demande à mon comité, pendant que nous descendons de la Dalle.

— Les Danois semblent satisfaits de démarrer cette expérience. Nilsa est très contente. Elle a été la première à rejoindre la maison qui lui est échue. Je pense qu'elle seconde très sérieusement son père, explique Marko, ravi de cette possibilité.

Oui, je perçois déjà que Nilsa pourrait être une compagne à la hauteur de ce que je recherche. Elle est jolie et intelligente, aucun doute. Je n'éprouve pas d'attirance particulière... mais peut-être qu'en faisant sa connaissance, je ressentirai l'envie de l'avoir à mes côtés pour la vie.

Mon loup couine de mécontentement. Je l'ignore.

Une fois le rituel d'accouplement des Alphas exécuté, nous sommes condamnés à demeurer ensemble pour le meilleur et pour le pire. Les revendications liées à notre magie sont très fortes. Si l'un des deux meurt, il est extrêmement difficile de subsister à la tête du clan. Notre partie lupine se détourne des candidats potentiels à la formation d'un nouveau couple.

— Et les autres ?

Je ne suis pas rassuré concernant les autres prétendantes.

Certes, les Vircolac me débectent, c'est certain. Enfin, sauf Horia. Je n'en comprends pas encore les raisons. J'avoue être content de l'éloigner de Sabaya. J'espère avoir un peu de temps pour faire plus amplement connaissance.

Pourquoi ?

Aucune idée !

Elle ne peut postuler pour être mon alter ego !

— Les autres... Eh bien, mettons de côté les Vircolac. Je ne pense pas me tromper en disant que ce sera ton dernier choix... commence Falko.

Je hoche la tête, déterminé à ce que rien ne se concrétise avec eux.

— Alors, concernant les Italiens : Orféo a élevé sa fille pour qu'elle se plie aux désirs de son compagnon. Elle n'a pas l'air d'être une cheffe dans l'âme. En revanche, son père est un candidat très sérieux quant à l'alliance que nous pourrions négocier avec eux.

Chiara ne manque pas d'atouts physiques, c'est certain. Je sens bien qu'elle se soumettra à ma volonté.

Est-ce que c'est ce que je recherche ?

Pas sûr !

Je songe à mes parents. Ce couple formidable et puissant qu'ils formaient. Leur aura était d'une force incroyable. Je rêve d'expérimenter ce qu'ils ont vécu.

Je me rembrunis, me demandant s'il n'y a pas quelque chose qui cloche en moi.

Je me tourne vers mon mage.

— Versipalis, que penses-tu de leur magie ? Sommes-nous compatibles ?

Son expression est grave. C'est le dernier à plaisanter. En même temps, il est le garant de notre force surnaturelle. C'est un poste clé dans une meute.

Il réfléchit et son visage monte vers le ciel. La clairière l'illumine. Une brise légère se lève dans cette chaleur de l'été comme pour murmurer tous les messages qu'il a besoin d'entendre.

— Mmmm... Les Vircolac ont amené une magie ancestrale ! lâche-t-il comme une bombe.

13 – Tiago

J'en reste pantois.
— Comment ça ?
— Je ne le sais pas encore... Nous verrons ! répond Versipalis, énigmatique.

Je le soupçonne d'avoir décelé bien plus de choses qu'il ne le laisse entendre. Cependant, j'ai une confiance aveugle dans les miens. Alors, je lâche l'affaire. Probablement qu'il a besoin de vérifier ses hypothèses avant de dévoiler ses connaissances.

Pour autant, cela ne me dit rien qui vaille. Les Warous ont été les premiers à retourner leur peau. Cet humain sacrifié par une sorcière de sang et condamné, ainsi que sa lignée et toutes les meutes qui se sont créées par la suite. C'est par les membres qui ont voulu découvrir d'autres horizons que différentes hordes sont apparues... Enfin, c'est comme cela que l'histoire m'a été présentée. J'imagine que les séparations sont nées de divergences. Et c'est probablement mieux ainsi. Je peux constater que chez ces émissaires, les clans ont des manières de vivre différentes.

Finalement, à quel point sommes-nous compatibles ?

Je ferme mon cœur afin que mes Warous ne perçoivent pas ma contrariété. Je dois demeurer optimiste. Je serre les poings, hume la nature autour de moi. Les effluves m'apaisent, ils sont synonymes de sécurité.

Nous nous séparons sans un mot. Je décide d'aller espionner l'héritière Vircolac. Je me sens obligé d'aller vérifier que tout se passe bien.

À peine sorti de la clairière, devant la résidence insolite de Versipalis, je découvre Velkan et Ava, attendant patiemment avec leur fille de 7 ans, Jade. Cette dernière est la seule humaine sans forme lupine ni aucune magie. Malgré sa différence, elle est bien intégrée et tous en prennent soin. Nous l'avons sauvée d'un horrible sacrifice. Heureusement, la sorcière de sang est morte. Les deux Mordus qui l'accompagnent ont adopté ce bébé ; le leur avait disparu dans des circonstances terribles.

Je leur souris et me détourne pour les saluer.

— Avez-vous un problème ? je demande en ébouriffant les cheveux de la petite.

Ses lèvres s'étirent et montrent que Jade a encore perdu une dent.

— Zahnfee[2] est passée ? je chuchote.

Jade rigole en hochant la tête. Je me tourne à nouveau vers ses parents.

— Jade fait beaucoup de cauchemars depuis quelques jours, annonce sa maman.

J'acquiesce. Pourquoi Velkan est-il ici ? Je regarde ce dernier, d'un œil interrogateur.

— Nous ne craignons rien, n'est-ce pas ? demande-t-il, terrifié.

L'inquiétude dans leurs yeux à tous est manifeste. Ils pensent aux Vircolac et à ce terrible passé qui nous a réunis.

— Ils ne sont que quatre sur notre territoire. Ils ne peuvent rien contre nous.

D'un geste de la main, je montre tous nos membres qui vaquent à leurs occupations habituelles. Certains rapportent du bois pour l'hiver prochain. Hommes et femmes pourraient sembler terrifiants avec leur force herculéenne.

Velkan et Ava sursautent.

— Excuse-nous, Alpha, nous nous inquiétons inutilement, répond Ava.

Clairement, elle se fait violence.

— Vous êtes des Warous maintenant. Les Vircolac ne peuvent vous revendiquer. Versipalis va vous trouver quelques plantes et tout ira bien.

Je reprends mon chemin, les laissant patienter. Notre mage médite. Ses ondes vibrent en moi. Il reviendra bientôt chez lui.

Mon village est étendu. Les chalets sont séparés d'une certaine

---

[2] La petite souris ne passe pas en Allemagne ; à la place, c'est Zahnfee, la fée des dents.

distance, offrant à chacun suffisamment d'intimité. Toutes les maisons ne sont plus occupées depuis qu'une partie de ma meute a été massacrée lors de la première confrontation avec les Vircolac, quand ceux-ci agissaient dans le plus grand secret.

Je dépasse mon lieu de vie, au milieu de notre communauté, et constate que toutes ces fenêtres chez moi ne m'assureront aucune intimité quand j'aurai une compagne. J'en souris. Je réglerai ce problème en temps et en heure. Pour l'instant, il facilite mon lien avec les miens. Les voir me réconforte et m'aide à aller de l'avant, à me concentrer sur ma mission d'Alpha.

Comme j'ai préféré mettre les Vircolac à l'opposé de la Dalle, je dois traverser tout mon village. Soudain, du coin de l'œil, je détecte une ombre qui bouge.

J'ouvre mes sens et saisis immédiatement que ce n'est pas un des miens qui se cache ici. Ce comportement est pour le moins curieux. J'inspire et reconnais aussitôt ce parfum de pivoine.

Horia !

Je bondis derrière un chalet pour me camoufler.

Que fabrique-t-elle ainsi dissimulée ?

Je l'observe de dos, en train d'épier le nouveau refuge de Sabaya.

Pourquoi est-elle ici puisqu'elle n'a plus le droit de servir l'héritière ?

Je fronce les sourcils, me demandant bien à quel point Horia est esclave ?

Ce serait incroyable qu'elle considère Sabaya comme sa maîtresse. À notre époque, est-ce encore possible ?

Bien sûr qu'un Alpha a des liens forts de domination et peut obliger un de ses membres à se soumettre. Toutefois, il existe bien des manières, plus subtiles que d'employer la contrainte physique ou la peur.

Chez nous, nous avons toujours mis en avant le respect mutuel et la fraternité. Bien sûr que nous avons des règles de vie en collectivité, et Inanna rend justice dès que je l'exige. Cependant, nous cultivons une mentalité qui nous met à l'abri de la désobéissance. Ce n'est pas non plus le paradis, ici. Chaque Warou a un emploi au profit de la meute, que ce soit dans notre village ou à l'extérieur. Au fil du temps, la meute a fait fortune, mais nous préférons vivre dans la nature.

Et là, Horia se planque derrière un de mes arbres !

Je hume pour déceler le moindre indice. Un effluve de stress s'échappe de cette cachottière. Tout à coup, elle se retourne pour vérifier que personne ne la voit. Ses mains se tordent devant les risques qu'elle court. Elle n'est pas ici de son plein gré. D'autant plus qu'elle était bel et bien présente quand j'ai exigé qu'il n'y ait aucune servante pour Sabaya. Donc, elle connaît les règles que j'ai définies.

Alors, pourquoi désobéit-elle ?

L'expression d'Horia se déforme sous la souffrance. Elle a peur, c'est indéniable.

Mon cœur se serre. Ma poitrine se comprime. Encore cet instinct protecteur qui me bouscule et requiert que je prenne sa défense, que je la sauve. Mais de quoi exactement ?!

Cette métamorphe n'est pas de ma horde !

Cela me contrarie vraiment d'être aussi sensible face à elle.

Est-ce que c'est parce que c'est une femme et qu'elle paraît si faible chaque fois que je la croise ?

Pourtant, sa louve est si forte.

C'est une mine de contradictions et c'est probablement ce qui éveille ma curiosité. Elle est une énigme à résoudre.

Sa louve rôde en elle et piaffe d'impatience, comme si elle était pressée de sortir. Elle me fait penser à un cheval sauvage. Ma forme lupine est intriguée et je dirais même séduite par cette force qu'elle dégage. Mon loup est prêt à en découdre, à relever ce défi de la dominer. Jamais une telle chose ne s'est produite.

Je gronde à l'intérieur pour faire taire cet instinct bestial. Il n'est pas temps. En revanche, je dois savoir pourquoi Horia est ici.

Je sors de ma cachette et avance à pas feutrés vers ma cible.

Horia est si accaparée par ce qui se passe de l'autre côté qu'elle ne me sent pas arriver.

Je me marre mentalement, car sa louve m'observe, réjouie. Et pourtant, elle n'alerte pas sa propriétaire.

Curieux !

Je contemple les courbes de cette « espionne ». Ses fesses charnues, sa taille fine. Ses vêtements qui la moulent bien trop. C'en est presque indécent. Horia ne manque pas de charme et j'y suis très sensible. J'aime particulièrement les rondeurs.

Je suis à moins d'un mètre. Horia n'a toujours aucune idée de ce qui va lui arriver et cela m'amuse. D'un geste déterminé, je pose ma main sur son épaule et l'empoigne pour qu'elle ne puisse pas s'échapper.

14 – Horia

Je sursaute, totalement affolée, le cœur au bord des lèvres. Celui-ci tambourine dans ma poitrine. Il va s'échapper ou je vais m'évanouir, je ne sais pas.

Je me retourne et découvre l'Alpha des Warous. Sa main ne m'a pas quittée. Sa paume large et puissante épouse parfaitement mon épaule. Sa poigne est dure. Je ne peux plus bouger. Pourtant, je ne sens aucune violence dans ce geste. C'est comme si j'étais à l'abri de tout danger.

Je m'humecte les lèvres.

Car je n'ai pas le droit d'être ici.

L'Alpha l'a IN.TER.DIT !

Je plisse la bouche, fais la moue.

Que dire ?

Je n'ose parler.

Je ne m'appartiens pas. Depuis toujours, je fais simplement ce que l'on m'ordonne. Et je suis censée attendre là et intervenir au coup de sifflet, exécuter une consigne, n'importe laquelle. J'ai été dressée à obéir. Je n'ai jamais eu d'autre option.

Si Sabaya m'appelle, je vais faillir à ma mission !

Tu es prise en flagrant délit par l'Alpha, idiote !

Les yeux grands ouverts, j'observe ce jeune homme.

Va-t-il me châtier ?

Son regard est rivé sur mes lèvres tordues, probablement en une horrible grimace.

Ses iris flamboyants descendent et Tiago contemple maintenant d'un air gourmand ma poitrine. Je tire sur mon tee-shirt trop petit, comme si ça allait servir à quelque chose.

Quelle allure j'ai !

Je sais parfaitement que je ne ressemble à rien. On me le répète sans arrêt afin que je ne l'oublie pas. Je n'ose plus bouger. Le regard de l'Alpha remonte et me fixe, tentant de deviner mes moindres pensées. Ma louve se love en moi et se rapproche au maximum de ce beau mâle. C'est extrêmement dérangeant.

Que croit-elle reconnaître en lui ?
Nous ne sommes pas à sa hauteur.
Foutue louve cassée !
— Que fais-tu là ? demande Tiago.
Mes lèvres remuent, mais aucun mot ne jaillit. L'Alpha cille, comme pour m'inviter à fournir plus d'efforts.
— Euh... Je vérifie que tout va bien...
Je ne pourrais pas avoir l'air plus gourde, c'est certain.
— Sabaya est une grande fille, elle va s'en sortir.

Je dodeline de la tête, mais je ne peux guère bouger. Sa poigne n'a pas quitté mon épaule et une chaleur se diffuse en moi, réconfortante. Autre chose aussi se glisse, que je ne reconnais pas. En revanche, ma louve semble satisfaite. Si elle pouvait s'enrouler autour de cette main, elle le ferait.

Comme l'Alpha m'observe toujours, attendant une réponse, je me fais violence pour forcer ma bouche à sortir des mots.
— Bien sûr ! Sabaya est très forte. Elle ferait une excellente compagne.

Ses sourcils se froncent aussitôt et son visage se ferme quand il regarde au-dessus de moi. Je crains d'avoir commis une erreur. Et s'il ne voulait pas de l'héritière Vircolac, je ne pourrais pas venir habiter ici, être ainsi à l'abri de mon père. Je couine d'effroi à cette horrible pensée et les iris flamboyants de Tiago se posent instantanément sur moi.
— De quoi as-tu peur ? demande-t-il aussitôt.

Je tente de reculer, de crainte d'avoir été percée à jour, mais je ne peux pas. Sa main puissante me cloue sur place. Je pourrais trembler si cet homme n'avait pas une telle emprise sur moi.
— Plutôt de qui as-tu peur ? insiste-t-il.

Mais je ne réponds toujours pas. Je baisse la tête, honteuse.
— Regarde-moi quand je te parle. Je ne te veux aucun mal, grogne-t-il.

Je prends mon courage à deux mains et relève le visage, penaude.

Lamentable !
Je le suis, clairement.
Pourtant, je brave ce regard, déterminée à comprendre. Ses iris sont si limpides que l'on pourrait croire qu'il n'est que lumière à l'intérieur. De l'ambre presque transparent.
— Est-ce de Sabaya ?
Je gamberge.
Bien sûr que j'ai peur d'elle. Mais elle est ma seule porte de sortie. Celle qui peut m'aider à survivre. Sabaya n'est pas toujours gentille, mais elle n'a jamais fait preuve de brutalité.
Alors je fais « non » de la tête, même si c'est complètement faux.
— Ton père ! grogne-t-il.
Son air devient mauvais et je suis terrifiée. Pourtant, je suis persuadée que Tiago ne me battra pas. Malgré tout, en cet instant, il déborde de violence et ça me fout la frousse. S'il explose, je ne désire pas être son bouc émissaire.
Hors de question que je réponde à cette dangereuse question. Mais alors, je réalise que c'était une affirmation.
Il sait !
Honteuse, je baisse à nouveau la tête.
Je suis une enfant détestée !
— Horia !
Sa main devient tendre sur moi et sa paume glisse sur mon cou, atterrit sur mon visage pour englober ma joue. Je me pose sur ce contact si doux et ma louve jubile. Peut-être qu'elle est contente elle aussi.
Et si nous avions trouvé un protecteur ?
Ses ambres lumineux me sondent et me pénètrent. C'est comme s'il m'envoyait sa force, comme si une certaine complicité s'installait entre nous. En cet instant, il devine tout de moi.
Mais à quel point perçoit-il que je souffre d'un handicap lupin ?
Forcément, il a pitié, je suis faible !
Toutefois, une bouffée de bonheur m'envahit, car cet Alpha protège les plus faibles. Il a même récupéré nos Mordus pour les sauver d'un triste sort, d'une vie d'esclavage.
Ici, je serai bien. Sabaya doit réussir.
— Retourne à tes occupations, propose-t-il.
Alors, je tourne le visage vers le refuge de Sabaya, interdite. Je

suis à sa disposition et je n'existe pas en dehors de cette mission. L'Alpha ne veut pas m'avoir sous les yeux en permanence. L'art de demeurer invisible est difficile, à moins de ne pas rester dans les parages de mon père et de notre chef.

Je papillonne des yeux, déboussolée.

— Je n'ai rien à faire, dis-je lamentablement.

Perplexe, il grogne. Un tas d'idées semblent passer par sa tête, mais je n'en devine aucune.

— Je peux te trouver une mission si tu le désires.

Tiago semble si sûr de lui, si déterminé, aux antipodes de mes émotions.

Un sourire naît naturellement sur mes lèvres.

Arrête, il va te prendre pour une folle !

15 – Tiago

Horia me regarde, totalement perdue. Ses yeux emplis de forêt m'envoûtent. Ma proposition de lui donner une mission la surprend, c'est certain, et elle n'en croit pas ses oreilles.

Mes sourcils s'arquent plusieurs fois, ne comprenant pas nos réactions à tous les deux. En revanche, mon loup ne désire pas la lâcher et je suis assez d'accord avec cette idée. D'ailleurs, ma main demeure sur son épaule. Nos chaleurs se mélangent dans un curieux sentiment plaisant que je n'analyse pas. Ma paume s'est détendue, l'épouse, la couve comme un précieux trésor, ce qui est ridicule. Je ne pense pas que cette jeune femme soit un danger. Elle paraît si faible, si désemparée.

D'ailleurs, lorsqu'elle a tiré sur son tee-shirt, mal à l'aise, j'ai saisi qu'il était trop petit et que ce geste ne servait pas à me séduire.

Pourquoi n'a-t-elle pas des vêtements à sa taille ?

Elle est fille de bêta. Dans une meute, c'est un statut important et toute la descendance a droit à des égards. Pourtant, ce n'est pas le cas chez les Vircolac vraisemblablement.

Je suis dans l'incompréhension la plus totale.

De plus, Horia ne semble pas avoir de projet de vie, hormis passer inaperçue, se faire oublier et répondre aux exigences de l'héritière.

— Viens, dis-je.

Ma main la guide vers l'allée pour s'éloigner d'ici. Dans un premier temps, elle a du mal à avancer et ses yeux sont attirés sans cesse vers la mini-meute de Sabaya. Ça m'agace de la savoir si soumise et la colère monte en moi... encore. Mon front se plisse, mes mâchoires se serrent de contrariété. Alors, je la pousse un peu plus pour l'écarter de cette vie de prisonnière et mon bras traverse maintenant ses épaules pour mieux l'orienter. Après tout, elle est chez moi et c'est moi qui définis les règles sur mon territoire. Tout à coup, ses jambes se calent sur mon rythme et nous avançons de concert. À nouveau obéissante, elle progresse sans savoir où je l'emmène.

Pourquoi est-elle si malléable alors que sa louve est si puissante ?
Elle pourrait mettre bon nombre de métamorphes à genoux si elle le désirait.

Je perçois sa forme lupine qui guette le moindre de mes gestes, comme si elle absorbait la plus petite de mes attentions. En cet instant, elle est tout aussi docile que sa maîtresse, sauf que cette part animale s'intéresse à moi au plus haut point et mon loup aime carrément ça.

Je jette un coup d'œil à Horia. Son visage montre toute son inquiétude.

Est-elle à ce point dissociée de sa louve pour ne pas baigner dans sa tranquillité ?

Nos instincts perçoivent avant nous toute forme de danger. Sa louve a déjà compris qu'elle n'en prenait aucun avec moi. Mais Horia est totalement hermétique, au point d'être emplie d'anxiété.

— Nous allons voir ton Alpha et puisque tu n'as plus de mission, je vais te réquisitionner !

Elle sursaute à mon idée et se recroqueville sous mon aisselle.

— Tout va bien se passer !

Mon assurance enfle et sa forme animale s'en nourrit aussitôt. J'ai un feeling extraordinaire avec elle alors qu'elle n'appartient pas à ma meute.

Avant d'arriver à la maison des Vircolac, je lâche l'épaule de la jeune femme. Aucun malentendu ne doit avoir lieu. Cet Alpha semble trop porté sur la soumission de ses louves et je n'ai pas observé ce genre de comportement sur l'ensemble de nos émissaires.

Non, quand j'y pense, Horia est bien celle qui m'attire le plus. Néanmoins, c'est de la simple curiosité... et l'instinct d'Alpha de protection pour les plus faibles.

Mon loup gratte à l'intérieur... Il a d'autres desseins que moi.

Je grogne intérieurement et un ronronnement s'échappe de ma gorge. Ma part animale s'apaise. Je l'exhorte à la patience. Nous trouverons une compagne digne de nous. Toutefois, il râle à cette idée, couinant qu'il n'en désire pas une autre.

Pour l'instant, je ne peux pas me laisser aller à des pulsions qui risquent de semer la zizanie.

Il se produit alors une chose incroyable : nos loups s'approchent et se hument. Ils ont hâte de faire connaissance. Je m'humecte les lèvres et me ressaisis devant ce frémissement sous ma peau qui m'envoie une onde de plaisir. Je lorgne Horia, qui elle, demeure totalement imperturbable.

Nous découvrons l'Alpha Vircolac sur la terrasse de son chalet en pleine discussion avec son bêta. Je n'aime pas leurs expressions mécontentes, leurs messes basses. J'en saisis quelques mots et je devine qu'ils débattent des meilleures propositions à faire pour négocier.

— Alpha ! salue mon homologue.

Son expression est imperturbable. Il contient une certaine colère sous un mur de calme. C'est probablement son tempérament naturel.

— Alpha, je réponds pour le saluer.

Je sais que je dois faire un effort. Cela me débecte, mais je dois absolument émettre cette terrible proposition. Alors, je la lance dans un souffle :

— Si cela te convient, l'emploi de nos prénoms serait plus amical pour nos discussions.

Un tel rapprochement m'attriste tant j'ai de rancœur envers eux. Pourtant, je dois les considérer comme les autres et nous nous appelons déjà par nos prénoms, tout en nous estimant d'égal à égal.

— Avec joie, Tiago !

Son sourire semble sincère.

J'acquiesce. J'ai une idée bien arrêtée de ce que je veux faire d'Horia. Ce qui est curieux, c'est que cette jeune femme ne me dégoûte pas comme les autres Roumains. Je n'arrive pas à l'associer aux crimes de nos anciens ennemis.

— Liviu, comme Horia n'est pas au service de Sabaya en ce moment, je pourrais la réquisitionner au profit des Warous ?

L'Alpha ne quitte pas mes yeux. Pas un seul regard vers une des membres de sa meute. Horia se tord les mains. Son père grince des crocs. Je peux lire en lui comme dans un livre ouvert. S'il pouvait l'extirper d'à côté de moi pour la jeter à l'intérieur et la cacher, il le ferait.

Pourquoi ce bêta déteste-t-il autant sa fille ?

— Bien sûr ! annonce Liviu. Si elle peut assouvir n'importe lequel de tes besoins, n'hésite pas !

Et pourtant, jamais ses yeux ne dévient vers Horia. Je me renfrogne devant ses paroles.

— Comme tu le sais, j'ai perdu des membres...

Il tique, car il est en partie responsable, même s'il n'a fait qu'obéir à ses maîtres, les vampires Vircolac. J'éprouve un malin plaisir à lui rappeler ces événements passés. Moi, je ne peux oublier.

— Je comprends, Tiago. Nous sommes aussi là pour vous aider comme vous l'avez fait pour nous il y a sept ans. Alors, si la descendante de mon bêta peut te servir, elle le fera.

J'opine du chef, satisfait qu'ils disent à voix haute ce qui était déjà prévu dans leurs tractations pour leur participation.

Je souffle de tristesse en pensant à ces jours sombres.

— Horia est robuste. Elle seconde bien ma fille ! ajoute-t-il pour me convaincre.

— Merci, Liviu ! Viens, dis-je gentiment en me tournant vers Horia.

Et nous repartons. Le père est furieux. L'Alpha continue d'ignorer la jeune femme.

Une louve de cette envergure ?

Comment est-ce possible ?

16 – Horia

Je repars rapidement avec Tiago, tournant le dos aux miens aussi vite que possible.

L'Alpha Vircolac ne me regarde jamais.

Non, je suis la honte de sa meute.

La louve monomorphe !

Quelle singularité ! Quel crime !

Il me tolère uniquement parce que je suis la fille de son bêta et en hommage à ma mère qui était une vraie guerrière. En attendant, pour cet Alpha, je n'existe pas. N'importe qui peut disposer de moi à sa convenance, il n'y verra jamais aucun inconvénient. Et si je meurs, il parlera de sélection naturelle, de loi du plus fort… C'est ainsi chez les Vircolac.

Mon père, lui, est dans une colère noire. Il perd son bouc émissaire et va devoir passer ses nerfs autrement que sur moi. Enfin, il ne me ratera pas quand je rentrerai le soir dans notre chalet.

J'ai bien compris que ce n'était qu'un travail pour m'occuper la journée et m'éloigner de Sabaya. Cette dernière va être furax quand elle va se rendre compte que je ne suis plus à sa disposition. Toutefois, je suis tellement heureuse que l'on me donne une vraie activité. Même si j'ignore ce que je vais faire, même si c'est harassant, je serai loin de toutes ces violences quotidiennes… Enfin, j'espère.

Mon regard glisse vers Tiago pour tenter de deviner ce qu'il attend de moi. Malheureusement, il reste impassible.

Pas grave, j'ai l'habitude !

J'avance dans la direction qu'il m'indique. J'aurais aimé qu'il passe à nouveau son bras autour de moi. Me sentir protégée est plus qu'agréable. Je découvre cette sensation et je déteste déjà le fait que je devrai m'en aller à un moment ou un autre… À moins que Sabaya ne soit l'élue. Même si je ne peux plus l'aider dans son épreuve, peut-être que je peux chanter ses louanges ou faciliter son choix.

Je m'humecte les lèvres, me demandant bien ce que je peux dire pour vanter les mérites de ma maîtresse. Mes yeux roulent d'incrédulité dans leur orbite quand je prends conscience que je n'ai pas vraiment d'arguments.

— Pourquoi tant d'agitation ? interroge Tiago.

Je lève le regard vers lui. Il me fixe si intensément que j'ai l'impression qu'il me devine.

— Que vas-tu me faire faire, Alpha ?

— Appelle-moi Tiago !

Mes paupières clignotent. Décontenancée par son exigence, je pourlèche encore mes lèvres.

— Ce ne serait pas... correct !

Mon ton est lamentable.

Égale à moi-même !

— Mmmm... Je comprends. Uniquement quand nous ne sommes que tous les deux alors.

J'approuve pour lui faire plaisir, car j'ignore si j'y arriverai.

Soudain, nous nous arrêtons devant la maison de Versipalis. Je me dodeline d'une jambe sur l'autre, mal à l'aise.

Pourquoi sommes-nous chez le mage des Warous ?

Chaque meute a un Versipalis. Cette responsabilité est indispensable. Le nôtre est quasiment muet. Enfin, il ne me parle jamais. J'ai dû boire tout un tas de décoctions pour faire sortir ma louve. À part me faire vomir tripes et boyaux, ça n'a jamais fonctionné.

Et pourtant, je me rappelle le goût de sa mixture. L'odeur infecte. Mes entrailles qui prenaient feu. Ma louve qui hurlait à la mort dans ma tête... si fort que j'en perdais connaissance. Il nous fallait toujours plusieurs jours pour nous en remettre toutes les deux, et sortir de cet état de zombi égaré. Nous ne sommes pas vraiment complémentaires comme c'est le cas pour tous les métamorphes. Non, nous sommes plutôt deux compagnes d'infortune, mais nous faisons de notre mieux, coincées dans cette seule enveloppe corporelle.

Tiago a deviné que je souffre d'un handicap terrible pour une lupine.

Va-t-il tenter de me réparer lui aussi, avec toutes sortes de procédés, tous plus horribles les uns que les autres ?

Je tremble comme une feuille au vu de ce qui m'attend. Mais j'avance, raide, comme si je me rendais à l'échafaud.

Tout à coup, je suis arrêtée par une poigne d'acier.

— Que se passe-t-il, Horia ?

Ses ambres pénètrent au plus profond de moi. Je suis sidérée, incapable de parler.

Les sourcils de Tiago se froncent, comme si j'étais une énigme à résoudre.

Un couple nous croise, avec une petite fille. Je sursaute en reconnaissant Velkan.

— Horia ! s'exclame-t-il, surpris.

Mon regard tombe sur son sac en tissu, hypnotisé. Le parfum qui s'en dégage m'indique qu'il contient tout un tas de plantes.

— Ici, même Versipalis est différent, annonce-t-il quand il découvre mes yeux figés sur la décoction.

Mais je n'arrive pas à dévier du pochon. C'est une obsession macabre. Une sueur froide commence à dégouliner le long de mon dos et je crains de m'évanouir à l'idée de ce qui m'attend. Ma louve gémit à l'intérieur et je n'ai plus qu'une envie : me ratatiner et devenir invisible.

Soudain, le sachet disparaît de mon champ visuel et c'est l'électrochoc. Je relève aussitôt le regard pour découvrir que Tiago l'a intercepté.

— Que se passe-t-il, Velkan ? demande l'Alpha.

Le Mordu grogne. Je le connais bien. Il y a quelques années, c'était un Vircolac. Comme il était parmi nous contre son gré, il était particulièrement touché par mon destin tragique.

— De mauvaises expériences... Horia n'a que de mauvaises expériences avec les tisanes ! (puis il se tourne vers moi) Horia, Versipalis est à ton écoute ici, pour le bien de la meute.

Je hoche la tête, comme une idiote. Évidemment, c'est la phrase magique.

« Pour le bien de la meute ! »

Combien de fois l'ai-je entendu pour que je pardonne ?

Tiago rend le sachet à Velkan.

— Allez-y, exige-t-il.

Je regarde partir cette petite famille et une main se pose en douceur à nouveau sur moi. Quand je lève les yeux, deux ambres magnifiques me renvoient toute la lumière dont j'ai besoin, celle qui chasse les nuages gris et fait fuir la noirceur de mon existence.

— Tu ne crains rien ici, Horia. Je te le promets.

Sa paume glisse d'une épaule à l'autre et je me retrouve sous son aisselle, coincée contre son torse puissant, en sécurité. Une paix m'envahit et je devine qu'il joue de son champ électromagnétique d'Alpha sur moi. Ma louve accepte immédiatement, avide. Petit à petit, la quiétude s'installe en moi et l'euphorie me gagne.

J'éclate de rire quand je la vois gambader comme si elle était en pleine forêt avec ce loup qu'elle s'est choisi, heureuse comme elle ne l'a jamais été.

La première surprise, je sursaute. Ma louve est tellement joyeuse que cela m'a échappé.

Tiago soupire, satisfait.

L'Alpha nous remet en marche et nous sommes déjà chez son mage lupin.

Ce dernier est là sur sa terrasse en bois, dans son rocking-chair, à nous observer. Il est calme et même si ses lèvres ne sont pas étirées, j'ai l'impression qu'il sourit. Enfin, c'est ce qu'il dégage.

Tiago me pousse pour que je monte le petit escalier.

— Je t'ai trouvé une assistante, Versipalis !

Il ouvre à peine ses paupières de surprise. Il se reprend vite.

— Sa louve est forte, insiste Tiago.

— Je vois ça, énonce tranquillement le mage.

Ses yeux me transpercent pendant cet examen minutieux.

— Vous faites erreur, dis-je, honteuse.

17 – Tiago

— Tu crois ? demande Versipalis.

Quand son sourire s'étire, je sais que cela le fait rire, tant d'humilité. J'aimerais surenchérir avec une bonne blague, mais ces derniers événements m'ont enlevé toute légèreté. Et lorsque je vois Horia tordre ses doigts, je n'ai plus du tout envie de rigoler.

Pourquoi une telle réaction ?

La honte explose en elle. Elle n'a pas conscience d'avoir une partie animale puissante.

Tout cela fait trop d'un seul coup.

Trop de questions sans réponse.

Trop d'émotions nouvelles.

Trop d'attirance que j'ai du mal à contenir.

— Bien ! Je vous laisse, le devoir m'appelle ! je lâche pour me sauver.

À peine ces mots énoncés, je me fais violence pour que mon bras quitte la jeune femme. Immédiatement, mon loup rechigne et gémit. Moi-même, je désire rester avec elle, l'emmener avec moi. Ma partie animale la réclame. Néanmoins, c'est impossible. Je dois demeurer concentré sur mes Warous et notre avenir.

— Bien sûr, Tiago. Tout se passera bien, me rassérène Versipalis comme pour me donner le courage nécessaire de m'éloigner.

Nos regards se croisent. Il sait que je suis chamboulé par cette jeune louve. Non seulement il est perspicace, mais il le sent aussi au travers de notre lien. Cependant, quand il observe Horia, je devine qu'il est tout autant démuni face à ce paradoxe entre ce qu'il perçoit à l'intérieur de la jeune femme et son apparente fragilité.

Je lâche l'affaire : Horia est entre de bonnes mains et Versipalis ne court absolument aucun danger.

Si j'ai amené Horia jusqu'ici, c'est parce que mon mage a besoin de champs énergétiques puissants autour de lui. Qu'ils viennent de la magie des sorcières, et encore plus celle de Teruki, ou des forces lupines que nous dégageons, peu importe, tout cela nourrit mon Versipalis et accroît son pouvoir. Plus il sera vigoureux, plus ma meute le sera aussi.

Soudain, je prends conscience que j'utilise Horia, finalement, comme tous les Vircolac, sans lui demander son avis !

***

Trois jours que je n'ai pas vu Horia.
Est-ce facile ?
Absolument pas !
Versipalis lui donne des plantes à ramasser, trier, puis suspendre afin qu'elles sèchent. C'est la pleine récolte en ce moment. La jeune femme demeure dans le sillage de mon chaman. Ce dernier se porte comme un charme, nourri ainsi à l'élixir magique ! Je le sens au travers de notre lien. Cela me galvanise. Quand j'étends ce pouvoir sur ma meute, des rugissements d'exaltation surgissent en moi. C'est dans cet état d'esprit que je commence mon examen des mini-clans.

Je sais déjà par mes bêtas qu'un certain nombre de difficultés persistent. Mais pour l'instant, j'ai préféré les ignorer. Les héritières ont besoin de temps pour résoudre leurs problèmes et franchement, cette expérience ne m'intéresse absolument plus. Je sais déjà que mon loup va me mettre la misère si je choisis une de ces héritières. Lui, il sait ce qu'il veut. Seule Horia le fascine.

Satanée bestiole !

Il couine en retour et m'indique que je peux bien penser ce que je veux. Il me balance une image de lui en position de repos, la tête sur les pattes. Clairement, aller visiter les héritières ?

Il s'en bat les roustons, ce bougre.

D'ailleurs, son coup de queue, comme un fouet sur le sol, donne clairement le ton : il envoie valser ce bordel dans lequel on s'est mis.

Je soupire d'exaspération.

Je débute par la Danoise. C'est celle qui s'en sort le mieux. C'est aussi celle qui a le plus de potentiel techniquement pour devenir ma compagne.

Alors que j'arrive aux abords de son chalet, j'observe ce mini-clan en plein travail. Tous œuvrent dans la bonne humeur. Une partie des membres taillent des troncs en planches. Certains les assemblent pour former des cadres, pendant que d'autres encore font sécher de hautes herbes. Ils ont dû descendre dans la plaine pour les trouver.

Une fois que j'en ai assez vu, je me découvre.

— Bonjour à tous !

— Alpha ! répondent-ils tous en chœur, heureux de me voir.

— Nilsa ! j'ajoute en me tournant vers l'héritière danoise.

— Alpha, dit-elle en retour.

— Tiago, je corrige.

— Tiago...

Son sourire engageant me fait extrêmement plaisir, tout comme ceux des membres. Nous avons l'habitude d'être une grande famille chez les Warous et je retrouve notre bonne humeur.

— Est-ce que tout se passe bien, Nilsa ?

Son expression se fait déterminée.

— Oui, Tiago ! Nous construisons de nouveaux lits afin de mieux dormir.

Je hoche la tête. J'ai attribué à ces mini-meutes des maisons avec trois chambres et seulement six couchages. Ils sont dix. C'est un excellent moyen de voir comment les héritières vont résoudre cette difficulté.

— Comment avez-vous géré le repos pour l'instant ?

— Viens, je te montre, annonce Nilsa. Enfin... Si tu as le temps...

Son hésitation témoigne qu'elle n'est pas sûre d'elle.

A-t-elle peur de moi ou de mes réactions ?

— Avec plaisir, je te suis !

Nous montons à l'étage. Soudain, elle s'arrête avant d'entrer dans une des chambres. La collision est inévitable. Son dos rebondit contre mon torse et immédiatement, je la saisis pour qu'elle ne tombe pas en avant. De surprise, son visage pivote. Ses beaux yeux clairs percutent les miens. Nous nous jaugeons. Si proches l'un de l'autre. Comme elle est grande, son souffle caresse mon menton. La musculature de ses bras est exceptionnelle. Nilsa est puissante. Une vraie guerrière. Une femme de tête. Sa louve me lorgne, curieuse d'entrer en contact avec son homologue.

Mais voilà, je ne ressens rien de particulier.

Nos visages se ferment et Nilsa baisse les yeux.

Je me recule pour ne pas m'imposer. Une chose est sûre : je n'attire pas Nilsa non plus.

Je reprends une distance raisonnable et l'héritière approuve le respect que je lui montre, soulagée que je n'exige rien.

— Eh bien, ce n'est pas le grand luxe ! J'ai préféré condamner une pièce et y installer tous les matelas.

Je devine qu'elle s'est attribué une place dans un angle et que tous dorment autour d'elle.

Ça me plaît.

— Excellente idée !

— Nous aurons bientôt des lits supplémentaires. Les cadres sont presque terminés. Je vais m'assurer que l'herbe sèche bien pour ne pas moisir une fois transformée en lits de fortune.

J'acquiesce plusieurs fois.

— Tu as assez de nourriture pour ton groupe ?

J'ai fait porter des provisions à tous, mais pas suffisamment. Chaque héritière doit trouver le moyen de compléter.

— Nous avons défini nos terrains de chasse et prélevons juste le gibier dont nous avons besoin.

Oui, Nilsa est une vraie cheffe de meute !

Et je constate que cette posture lui plaît. Elle est à l'aise. Nous redescendons au rez-de-chaussée. Là aussi, la pièce est organisée afin que mes Warous puissent bien se nourrir.

Heureux, je reviens à Nilsa pour la contempler. Quand je surprends la tristesse sur son visage alors qu'elle m'observe, j'en conclus qu'il y a un truc qui cloche. Cette expression s'efface vite et elle remet sa façade déterminée et encourageante.

Est-ce que les Danois ont des desseins funestes inavoués ?

Qu'attendent-ils de cette alliance ?

Ont-ils un plan machiavélique ?

J'en suis désarçonné.

18 – Horia

Trois jours dans la campagne avec Versipalis, loin des Vircolac.
Pour la première fois de ma vie, je suis heureuse !
Enfin, dans la journée.

Parce que le soir, évidemment, tout est prétexte pour que mon père passe ses nerfs sur moi. Malgré tout, depuis que nous sommes chez les Warous, il ne m'a pas frappée ! Notre Alpha le lui a même interdit, sous prétexte que Tiago refuse les sévices physiques. Nous devons nous en remettre au chef des Warous et à la maîtresse des hautes œuvres pour que justice soit faite. Comme mon père n'a rien à me reprocher, il est bien obligé de se retenir.

Non, sa violence se fait plus verbale, sournoise. Aucunement besoin de crier. Il murmure dans mon oreille tout ce dont il me blâme. La bonne à rien. L'inutile de la meute. Celle qui a arraché les entrailles de sa mère pour vivre. L'incapable de retourner sa peau. La souillure qui salit tout ce qu'elle touche, le détruit…

Je blêmis à chaque parole. Je tente de fermer mon esprit. Tous ses griefs, je les connais par cœur. Malgré tout, ils me glacent toujours autant les tripes.

La bonne nouvelle est que mon épiderme ne fleurit plus de bleus.

La mauvaise est que Sabaya s'enfonce un peu plus dans la violence pour faire régner l'ordre dans son mini-clan. Elle prend trop souvent de piètres décisions, puis reproche à ses loups d'avoir mal compris. L'entente devient désastreuse chez les Vircolac.

Liviu, notre Alpha, a demandé à Tiago, pour le bien de ses Warous, de la coacher, à distance bien sûr. Père et fille ont droit à un entretien de quinze minutes par jour, sous supervision d'un bêta Warou. Celui-ci n'intervient pas. Les Vircolac sont sous haute surveillance.

Ce n'est pas nouveau, finalement. Depuis que nous avons quitté le joug des vampires, le Grand Conseil nous visite tous les ans. Nous avons dû revoir nos règles de vie. D'ailleurs, ces dernières sont validées par les autorités lupines. Aussi, il nous est interdit d'agrandir la meute avec des Mordus.

En ce qui me concerne, tous ces contrôles et ces changements ne modifient en rien mon existence.

Dans son mécontentement, Liviu fixe son bêta de travers. Même s'il ne lui fait aucun reproche, l'énergie négative de l'Alpha est puissante et mon père doit l'encaisser, sans broncher.

Alors ?

Je suis là pour que mon paternel se décharge.

Voilà mon utilité, ici !

Rentrer le soir, après toute la journée passée avec Versipalis, me déprime. Entendre que Sabaya ne réalise aucun progrès, et au contraire, s'enfonce chaque jour un peu plus me coupe tout espoir de demeurer chez les Warous.

Alors, le matin, je cours rejoindre le mage en priant pour croiser Tiago. Malheureusement, je ne l'ai pas revu. Pour autant, chaque instant, je le remercie d'accompagner son Versipalis.

Nous parlons peu tous les deux et ça me convient. Je ne suis pas douée avec les mots. J'ai peu l'habitude de tenir des conversations. Malgré tout, l'aura de Versipalis est toujours sur moi, autour de moi. Ça me fait du bien. Ma louve est canalisée et arrête de tourner dans son enclos trop petit. Elle et moi, nous nous en portons mieux.

La séance de torture mentale de mon père est enfin terminée. Je suis couchée et j'attends avec impatience que le sommeil vienne. Ce soir, il fait trop chaud. Être allongée sur mon lit sous la fenêtre ouverte ne me soulage pas. Pourtant, j'ai dû m'assoupir, car des images étranges prennent possession de moi.

Des champs énergétiques puissants tourbillonnent et ma louve se redresse, à l'affût. Elle hurle à la mort, pressée d'être libérée, pressée que je retourne enfin ma peau.

Clouée sur mon matelas, je suis prisonnière. Mes membres sont raides et lourds comme des poteaux. Impossible de réagir. Je n'ai jamais pu accéder à sa demande afin de lui passer le relais, lui laisser vivre sa vie.

Une larme coule le long de ma tempe et se perd dans mes cheveux : j'en suis la première malheureuse.

Les auras grondent comme si une tempête s'annonçait. Brusquement, je me réveille en sursaut, assise.

J'écoute...

Aucun bruit.

Encore un mauvais rêve ou celui de ma louve. Je ne sais jamais.

Je me laisse tomber en arrière pour me rendormir. Je clos mes paupières, mais ça revient plus fort. Une vague déferle et me titille.

Soudain, je suffoque. Je dois sortir, aller respirer dehors l'air plus frais.

Je me penche par la fenêtre afin de vérifier qu'il n'y a personne alentour. Les Vircolac sont déjà en mauvaise posture, je ne veux pas aggraver notre situation. Je n'irai pas loin, je souhaite juste inhaler la brise que je vois se lever là-bas, là où les auras m'appellent et où j'aspire à les retrouver. Je ne peux résister.

J'escalade l'encadrement de ma baie vitrée. Même si je ne suis pas totalement métamorphe, j'ai des aptitudes physiques surhumaines. Alors, c'est un jeu d'enfant de descendre le long de ce chalet.

Mes pieds nus se posent sur le sol. À l'arrière, la terre est douce sous ma peau. Je vérifie qu'il n'y a personne et je me faufile vers cette brise magique. Je ressens certaines choses que je ne m'explique pas. Dans cette nuit paisible, la curiosité devient plus forte.

Je me glisse dans l'obscurité, la plus silencieuse possible, me cachant dans les ombres. Évidemment, j'évite la sentinelle Warou en faisant un grand détour. Ma louve a certaines dispositions pour que l'on passe inaperçus. Elle sait doser et c'est avec un tout petit rien de son pouvoir que nous avançons, bondissant pour nous dissimuler et rejoindre la Dalle. Une aura nous appelle et je ne peux résister. Mes jambes avancent toutes seules. Ma louve sourit, extatique, m'enjoignant d'aller plus vite.

Enfin, j'arrive aux abords et je me dissimule derrière un tronc épais au-dessus de l'hémicycle.

Je penche la tête pour observer.

Je manque de hoqueter devant ce terrible spectacle.

Mes poumons sont bloqués et ma respiration totalement anéantie. Je me force à inspirer et relancer cette fonction vitale. C'est un staccato dans ma poitrine et mon cœur tambourine comme un cheval au galop.

Je n'en reviens pas.

Pourtant, je dois vérifier.

Alors, je me penche à nouveau, tout doucement.

Je m'efforce d'ouvrir les paupières. Après tout, je veux voir.

J'en suis scotchée !

La bouche grande ouverte, les yeux écarquillés, je ne peux me détourner.

Versipalis est debout, nu sur la Dalle.

Ses lèvres bougent en une litanie muette.

Son visage levé vers le ciel sombre semble exprimer la béatitude.

Mais surtout, sa main caresse son sexe en un va-et-vient lancinant. Jamais je n'ai observé pareille chose de ma vie.

La magie du chaman est forte et résonne avec ma louve. Son plaisir est grand, envahissant, et m'effleure.

Mon corps réagit automatiquement.

Je veux reculer, retourner dans ma chambre, mais j'en suis incapable.

Je suis fascinée par ce que j'aperçois. Tellement captivée que mon regard devient contemplation.

Ce qui se dégage de cette scène hypnotique est magnifique. Je n'en saisis pas les raisons. Je pourlèche mes lèvres sèches. Mes seins sont lourds comme jamais ils ne l'ont été. Mon ventre bouillonne sans que j'en comprenne les raisons.

Je suis subjuguée, comme en transe. Ce n'est pas bien de rester là, je devrais partir... mais c'est impossible. Soudain, un corps dur se colle contre le mien.

Encore une fois, j'arrête de respirer.

19 – Tiago

Impossible de résister à l'appel de Versipalis. Son rituel d'abondance est toujours extrêmement attirant pour moi. J'y assiste systématiquement en retrait. Il me revigore et m'emplit d'une puissance incommensurable pour les actions à venir. Les vibrations sont si hautes que je pourrais m'en sentir invincible si ma raison se déconnectait de mon instinct de survie.

Alors, j'avance vers la clairière. Je connais ce spectacle par cœur, et comme tous les Alphas avant moi, je ne fais que mon devoir en le rejoignant. Ma magie va s'allier à celle de mon sorcier, fusionnant, équilibrant la meute, renforçant notre pouvoir...

Je suis systématiquement le seul à répondre à cet appel. C'est normal, il est fait pour les Alphas.

Quelle n'est pas ma surprise de distinguer une silhouette dissimulée derrière un arbre au-dessus de la Dalle ! Cette ombre vibrante et fébrile, je la reconnaîtrais entre toutes.

Pourquoi a-t-elle réagi à l'appel de Versipalis ?

Dans un premier temps, je me rembrunis devant sa présence. Mais rapidement, les arcs électriques lèchent ma peau et la louve d'Horia m'appelle. Tel le chant des sirènes, cette invitation est irrésistible, insoutenable, et j'avance dans la tempête, incapable de contrôler cette faim qui monte en moi.

Évidemment, le désir devient aussitôt palpable. Je poursuis mon élan fougueux. Plus je m'approche de la clairière et moins je ne peux quitter Horia des yeux.

Mes pas s'allongent. Je frotte mes rouflaquettes comme si ça allait me ralentir.

Je m'assombris.

Je pourlèche mes lèvres. Ma langue frétille devant cet appétit avide d'abondance qui nous assurera fertilité, prospérité, nourriture, santé, richesse. Je suis comme un réservoir à remplir pour le bien de ma meute.

Alors, j'arrive dans le dos de la jeune femme, avec un besoin impérieux à satisfaire.

J'en suis choqué !
Elle ne devrait pas être là !
Ça ne doit pas se passer ainsi !

Et pire, je perçois maintenant sa louve dans le même état que moi.

Cela ne présage rien de bon.

« Au contraire ! » clame ma part animale.

Je sais comment cela risque de finir.

Pourvu qu'Horia ait conservé plus de raison que moi !

Dans le cas contraire, je vais au-devant de gros problèmes et peut-être même d'une guerre. Cette louve ne fait pas partie des négociations.

Mes bras se lèvent automatiquement et englobent les épaules fébriles de la jeune femme. Horia sursaute de surprise tellement elle était absorbée par ce fabuleux spectacle. Versipalis exécute son rituel d'abondance en disséminant ses propres graines. Bien sûr, il entretient la fécondité de la meute, mais aussi la perspective de croître dans tous les domaines. Sa semence germera d'une manière ou d'une autre et rejaillira sur nos projets.

Je dois dire que c'est une belle sorcellerie lupine. La présence d'Horia rend le rituel encore plus grandiose. Elle n'en a pas conscience, Versipalis me l'a confirmé, mais la puissance de cette louve est phénoménale.

Quand la jouissance du chaman résonne en moi, je n'y tiens plus, je resserre mes bras sur la jeune femme et cette dernière plaque son dos et ses fesses sensuellement contre moi. Ce bombé est délicieux. Ses chairs tendres. Mes jambes se plient et mon bassin épouse parfaitement le sien.

Nous ne sommes que deux ivrognes avides de consommer toujours plus. Notre désir monte et la fièvre s'empare de nous. C'est un orage de plaisir qui nous tombe dessus et nous envoûte.

Nos déhanchés se font sensuels et sauvages. La chair de poule recouvre l'épiderme délicat d'Horia. Si sensible, elle va au-devant de mes paumes qui glissent maintenant sur sa peau. Tels des serpents, elles sinuent tout le long de son corps et descendent même sur ses cuisses, les contournent et bifurquent sur ses magnifiques globes fessiers. Horia suffoque sous mes caresses frénétiques. Nos corps ondulent l'un contre l'autre, emparés d'une ardeur délirante, d'une soif insatiable.

Quand son visage se lève vers le mien, ses prunelles brillent plus vivement que des émeraudes. Mes iris doivent flamboyer tout autant. À l'intérieur, la lave coule dans chaque recoin, m'enflamme et m'affole. Tel le volcan prêt à exploser, je recherche le nirvana qui va m'apaiser.

Nos regards se fixent.

Je commets une énorme erreur !

Mais si belle !

L'indécision nous vole à peine une demi-seconde.

Au loin, la litanie de Versipalis accélère encore.

Mon appétit se fait vorace.

Les lèvres d'Horia s'entrouvrent, m'appelant à assouvir cette faim qui creuse son ventre un peu plus. C'est presque une douleur que je perçois sur son visage. Je la comprends tellement. Je souffre du même mal en cet instant.

Alors, ma bouche se pose délicatement sur la sienne. Ma raison exige que je stoppe net avant que ce déferlement ne se déchaîne. Mais mon loup prend le relais.

Cette louve est à nous !

Le gémissement d'Horia se transforme en plainte langoureuse. C'est un signal pour que cette effervescence sexuelle prenne vie. Mes paumes glissent sous sa chemise de nuit, caressent son ventre, semant la chair de poule. Le désir nous enflamme. La jeune femme se frotte encore et toujours contre moi. Nous ne sommes plus que deux marionnettes ayant perdu le contrôle. Mes mains remontent sur sa poitrine lourde de plaisir. Mes doigts palpent ses seins, titillent ses tétons. J'aspire chaque plainte si sexy. J'absorbe chacun de ses souffles de vie. Nos langues s'enroulent et se mêlent. Notre magie est intense en cet instant.

Quand le chant de Versipalis se fait plus grave, je sais qu'il nous a perçus. Son pouvoir monte encore et je m'attends à ce qu'il cesse nos ébats sans détour.

Déjà, j'ai peur.

Une immense frustration me saisit à l'avance pour cette soif qui ne sera jamais assouvie. Je grogne de consternation devant ce que mon mage va m'enlever. Je m'accroche à Horia pour refuser qu'elle s'écarte.

La jeune femme pivote aussitôt dans mes bras pour s'y perdre. Nous ne sommes plus que deux fanatiques prêts à s'égarer, à sauter dans le vide ensemble pour toujours et à jamais plutôt que d'être séparés.

Soudain, la magie s'embrase et nous entoure. C'est un incendie qui fait rage et anéantit toute raison, toute question.

Nous ne sommes plus que fièvre.

Nous ne sommes plus que passion dévorante.

Ce désir impétueux qui s'est emparé de nous ne demande qu'à être assouvi.

Les flammes lèchent nos peaux bouillonnantes. Nos baisers se font fébriles. Mes mains arrachent le seul rempart qui protégeait l'intimité d'Horia. Ses doigts impatients font sauter les boutons de mon pantalon comme par magie.

La sorcellerie de Versipalis nous entoure et nous emprisonne. Au moment où je crains que tout ne s'arrête net, Horia m'encercle déjà de ses cuisses. Mon membre si proche de son mont des plaisirs humide. Nous ne sommes plus qu'instinct, au service de la magie, de la corne d'abondance, dont nous ne sommes plus que les pantins.

Horia est si serrée que je peine à me faire un chemin en elle. Nos bouches se dévorent. Un gémissement de frustration s'échappe de ses lèvres, comme si elle regrettait que je ne sois pas déjà ancré au plus profond de son ventre. N'y tenant plus moi non plus, je pousse et enfin je la pénètre avec force contre cet arbre.

C'est un premier assouvissement.

Enfoncé jusqu'à la garde, les yeux clos, extatique, je respire difficilement. Nos fronts se posent l'un contre l'autre.

Je ne réalise qu'une chose en cet instant : Horia était vierge.

Je siffle entre mes dents, rageux que cela se passe ainsi.

21 – Horia

Est-ce que j'ai fait quelque chose de mal ?

Tiago est immobile, enfoui en moi. Son souffle erratique, ses mâchoires serrées. Je comprends bien vite qu'il est dans une lutte intérieure.

Regrette-t-il ?

Mes mains montent sur son visage, caressent ses joues. Je l'apaise avec cette tendresse que je découvre en moi et qui déborde pour lui, le seul qui m'a protégée et a pris soin de moi.

J'avance ma bouche et bécote ses lèvres délicatement.

J'espère l'adoucir, me faire pardonner si j'ai commis une erreur. J'ignore ce qu'il se passe.

Une chose est certaine : nos cœurs résonnent dans nos poitrines à l'unisson. Une magie vibre en nous au diapason. Nous ne sommes plus qu'un. Le désir est toujours aussi fort en moi.

Tout à coup, Tiago inspire bruyamment dans ma bouche. Quand il renverse mon visage, je sais que le combat est terminé.

Alors, une danse frénétique s'empare de nous. Mon bassin est en feu. L'inconfort qui était né entre mes cuisses passe vite, emporté par une vague de plaisir. Je ne saisis pas ce qui m'arrive. C'est tellement puissant. Je suis sur le point de me déchirer, d'exploser ou de brûler, je l'ignore. C'est si fort que c'est inconcevable que j'y survive.

Je suffoque comme une possédée, ne parvenant plus à respirer.

Tiago s'échine entre mes cuisses. Il me possède si fort. Notre plaisir se mue en un animal féroce, avide de nous. Ma louve hurle de jouissance et rêve de mordre ce beau spécimen pour le faire sien, le marquer à jamais.

À NOUS !

Notre étreinte nous ravage de mille façons. Cette volupté est si puissante que c'est une véritable torture. Ça monte de plus en plus et cela devient de plus en plus douloureux, comme si mon enveloppe corporelle était trop petite pour cette quantité de plaisir. J'attends ardemment la délivrance. Elle survient sans crier gare et j'explose en mille morceaux autour de Tiago pendant que ce dernier pousse un rugissement gourmand.

Éreintés, nous sommes scotchés, en sueur. J'adore son odeur. Je me contiens de lécher sa peau pour le goûter encore et m'en repaître. Mes jambes pendent lamentablement tandis qu'il me retient sous les fesses, ses doigts enfoncés dans mes chairs. Nos souffles erratiques sifflent dans le cou l'un de l'autre.

Mais qu'avons-nous fait ?

Soudain, je tremble. Je crains d'avoir manqué de respect à cet Alpha. Je ne suis qu'une moins que rien et je n'ai pas su me tenir. Telle une diablesse, je me suis roulée dans la luxure.

Je m'en veux tellement !

Je redoute le pire. Je vais être chassée à coup sûr.

Tiago ressent mon malaise et nos regards se percutent. Il me sonde et mon appréhension grandit, glace mes entrailles, là où la fournaise faisait rage. Il desserre son étreinte et mes pieds touchent le sol. Lorsque son membre me quitte, sa semence coule le long de ma jambe.

J'écarquille les yeux, honteuse.

Tiago a l'air tellement démuni en cet instant.

Quelles en sont les raisons ?

Clairement, nous étions sous l'emprise dévorante de la magie. Ni l'un ni l'autre n'avons programmé cette rencontre... Que dis-je ? Cette communion !

Pour moi, c'était si fort, si bon. Jamais je n'ai ressenti pareilles émotions exaltantes, pareilles sensations passionnées.

Je ne regrette rien !

Certes, ce n'est pas ma destinée. À la vérité, je ne peux revenir en arrière.

Je baisse les yeux devant cet Alpha tourmenté. Je n'ose plus bouger, plus le toucher.

Son index passe dans mon champ de vision et se pose sous mon menton pour relever mon visage. Nos iris se croisent et se fixent. Au moment où je veux fermer mes paupières pour éviter son courroux, ses ambres luminescents se font exigeants et je ne peux détourner les miens. Alors, je brave son regard et patiente.

L'expression de Tiago se fait désabusée.

— Je m'excuse... Tu ne devais pas être là !

Ce simple aveu est un coup de poignard dans mon cœur.

J'ai souillé cet Alpha !

J'ignore que répondre et je me concentre pour que mes yeux ne s'emplissent pas de larmes.

Mes dents mordent ma bouche pour me retenir de parler. Tellement j'ai mal, je risque de lâcher les mauvais mots. Alors, je fais ce que je fais de mieux : me taire et encaisser.

Tiago se rembrunit davantage et mon cœur meurtri explose en mille fragments de tristesse. Je pince plus encore l'intérieur de ma joue pour renfermer ce gémissement de souffrance qui ne cherche qu'à s'échapper de ma gorge.

Après cette suprême extase, un désespoir répugnant s'installe en moi.

J'essaie de sourire à cet Alpha pour lui signifier que je ne lui en veux pas, et c'est vrai d'ailleurs. Néanmoins, ma bouche se tord en une horrible grimace.

— Est-ce que tu prends... euh... une contraception ?

J'écarquille les yeux devant cette question gênante, et rapidement, je fais « oui » de la tête, mentant pour le dédouaner de toute responsabilité, le pauvre. Il ne peut avoir un bâtard avec une oméga comme moi. Mon père m'a toujours répété que je n'étais pas digne d'enfanter.

Un faible sourire s'étire sur ses lèvres. Son soulagement me déchire en deux, mais je le comprends tellement.

— Je... Je vais rentrer, dis-je pour mettre fin à cette torture.

À son tour d'acquiescer.

Il lâche mon menton comme à regret. Immédiatement, je me sens abandonnée. Ce moment de délicieux paradis s'est transformé en enfer insoutenable.

Je reprends le chemin de ma chambre. Tout d'abord doucement, puis j'accélère le pas pour me mettre à l'abri. Des larmes de honte et d'humiliation s'écoulent le long de mes joues. Mon entrejambes est douloureux maintenant, alors qu'il n'était que plaisir il y a encore quelques instants.

Cette nuit, j'ai perdu ma virginité.
Je n'en ai aucun remords.
C'est le meilleur homme avec qui cela pouvait m'arriver. Je désirais tant le revoir. Nous ne pouvions pas être plus proches.
Dommage qu'il regrette.
Pour ma part, si je pouvais recommencer, je le ferais. Jamais je n'ai vibré aussi fort. Jamais la vie ne m'a autant habitée. Et l'idée que tout cela ne puisse pas se reproduire m'anéantit déjà.
Je renifle et exhorte mes pleurs à demeurer silencieux.
Manquerait plus que je sois surprise ici, à cette heure de la nuit !
Enfin arrivée au bas de ma chambre, je grimpe péniblement pour rejoindre mon lit. Heureusement, ma salle de bains privée me permet de me laver aussitôt. Si mon père perçoit l'odeur de l'Alpha sur moi, il me tuera.
Alors, à regret, je savonne mon corps. J'aurais tant aimé garder son parfum sur moi pour toute la nuit. Une plainte s'échappe de ma bouche tandis que je prends conscience que jamais je ne pourrai connaître à nouveau une telle étreinte.
Je m'endors enfin, lasse de toutes ces pensées ravageuses, pleine de mélancolie.

21 – Tiago

Alors que je suis avec l'héritière italienne, mes pensées ne tournent plus qu'autour d'une seule chose : cette débauche sexuelle qui s'est emparée d'Horia et de moi la nuit dernière.

Totalement fasciné par cette étreinte, je n'arrive pas à me concentrer sur ce que j'observe devant moi.

— Tu vois, Tiago, c'est compliqué, m'explique Chiara, très sérieuse.

Je souris tel un benêt et elle en déduit qu'elle me plaît. Et c'est vrai qu'elle est très belle. Pourtant, ses charmes ne m'émeuvent pas plus que ça. Pas comme cette autre louve qui m'est interdite.

Je me suis mis dans un sacré pétrin. La seule jeune femme qui m'attire ne fait pas partie des négociations. Je soupire de lassitude et Chiara pense que je compatis à ses difficultés.

Je suis dans l'encadrement de sa chambre et elle me tire par le bras.

— Tu comprends que je ne peux pas partager... Je dois être disponible pour toi.

J'acquiesce pour ne pas la vexer.

Toutefois, il n'y a aucune chance que je vienne la rejoindre.

Orféo a élevé sa fille comme une princesse. Il a oublié de lui expliquer que lorsqu'elle deviendrait une reine, sa tâche ne se cantonnerait pas qu'à la reproduction.

Elle est mignonne, vraiment ! Mais nous ne sommes absolument pas compatibles.

— Pour le bien-être de ta meute, Chiara, les tiens doivent pouvoir se reposer correctement ! dis-je gentiment.

— Je suis bien d'accord avec toi, Tiago (elle caresse sensuellement mon avant-bras). C'est bien pour cela qu'il nous faut une autre de tes maisons. Ici, nous sommes à l'étroit !

Elle me fatigue.

Cette louve est bornée.

Je retire mon bras, car mon loup grogne. Ce dernier revendique que nous appartenons déjà à une autre. Lui aussi m'épuise. Jusqu'ici, je n'avais fait qu'un avec ma partie animale. Nous tombions toujours d'accord, nous convainquant facilement l'un l'autre pour notre bien commun. Toutefois, aujourd'hui je conclus que mon loup n'est qu'un âne têtu finalement !

Il mugit et gratte à l'intérieur pour que nous partions d'ici immédiatement.

Je me frotte le torse, tellement le contact est désagréable.

Que lui prend-il ?

— Chiara, les règles sont les mêmes pour vous toutes. Demande à mes Warous de t'aider à trouver des solutions.

L'Italienne fait la moue et je comprends son insatisfaction.

Son daron l'a vraiment trop gâtée !

— Est-ce que mon père t'a présenté nos propositions ?

Je recule et descends les escaliers pour rejoindre l'extérieur. J'étouffe dans cette baraque. Non pas qu'il fasse trop chaud ; néanmoins, cette jeune femme attend trop de moi et je regrette déjà d'avoir invité toutes ces héritières.

Et tu n'aurais pas rencontré Horia !

C'est vrai.

Et dire que j'ai tout fait pour que les Vircolac ne viennent pas. Je n'ai pas déniché de bonnes raisons pour leur interdire mon territoire.

Heureusement !

Je rumine sans cesse qu'ils ont été nos ennemis et que j'ai beaucoup perdu à cause d'eux.

Pourtant, j'ai découvert parmi eux une louve qui provoque avec moi une alchimie extraordinaire.

Voilà que je souris encore comme un idiot.

J'arrive à l'extérieur et mes yeux se dirigent vers la cime des arbres comme pour trouver une forme de libération. J'ai hâte qu'il fasse nuit, tellement hâte de revoir Horia. L'avoir ainsi abandonnée après lui avoir volé sa virginité m'a laissé dans un certain accablement. J'oscille entre la béatitude et la désolation.

Une main enserre mon poignet et je me retourne vers cette jeune

Italienne trop pressante. Mon regard réprobateur sur son bras la fait lâcher immédiatement.

Jusqu'ici, je me suis montré agréable ; pourtant, je ne supporte pas qu'elle soit si tactile. Face à elle, je réalise qu'elle me considère comme un étalon.

— Alors ?! insiste Chiara.
— Alors quoi ?

Mon ton devient acerbe et son beau sourire disparaît.

— Les négociations !
— Bien sûr, elles ont commencé.

Ses lèvres s'étirent à nouveau et son visage se détend.

J'ignore pourquoi, mais les Italiens ont décidé qu'ils gagneraient ces tractations. Ils se voient déjà vivre ici, avec nous.

— Ne t'occupe pas de ces affaires, Chiara. Concentre-toi sur le bien-être de mes loups, c'est tout aussi important !

Je pars en ronchonnant, négligeant maintenant l'air désabusé de cette princesse.

En chemin, je croise Nilsa. Cette dernière me salue. Mais son attitude est clairement en retrait. Son front est plissé, son visage presque accusateur.

M'aurait-elle découvert cette nuit avec Horia ?

Je fronce les sourcils et poursuis ma route, contrarié. Versipalis m'a assuré que personne n'a pu entendre ou voir ce qui s'est produit. Sentant nos ébats, il a fait en sorte que nous devenions invisibles. Sa danse des esprits nous a tous ensorcelés.

Je maugrée, impuissant, et tâche de me remémorer notre conversation de ce matin. Trouver les sens cachés de ce que dit le mage...

Nous ne pouvons revenir en arrière !

Pourtant, j'aurais aimé que tout cela se passe différemment.

Heureusement qu'Horia ne peut tomber enceinte. Nous aurions été dans de beaux draps.

En revanche, j'aurais préféré lui prendre sa virginité dans d'autres circonstances et non pas sous l'emprise du rituel d'abondance.

Comment expliquer que je batifole avec une servante alors que j'ai refusé de coucher avec chaque héritière pour tester notre compatibilité comme l'a proposé Orféo ?

Alors, à la première heure, j'ai rendu visite à Versipalis.

— Pourquoi Horia a-t-elle répondu à l'appel ? lui ai-je demandé sans ambages.
— As-tu des regrets, Tiago ?
Son regard sournois m'a amené à penser qu'il me cachait quelque chose.
— Oui... Enfin, non !
— C'est oui ou non ?
Ses yeux inquisiteurs ont fouillé mon esprit, notre lien.
— Horia ne fait pas partie des négociations.
— Mmmm... a-t-il grogné.
Devant ce piètre encouragement, j'ai déclaré :
— Si je choisis Horia plutôt que Sabaya, crois-tu que l'Alpha Vircolac sera satisfait ?
— Certes non !
Versipalis s'est tourné vers la Dalle, vers des auras que seul lui peut voir, et son sourire s'est agrandi.
— Sa magie est forte !
Je savais qu'il parlait de la louve. Je le sens moi aussi. Elle exacerbe ma partie animale depuis notre rencontre. Nos loups se veulent. Ils se reconnaissent.
Comment est-ce possible ?
Bien sûr que cela arrive, mais c'est extrêmement rare et je ne connais aucun couple dont la magie résonne ainsi sur la même fréquence. C'est comme si nous avions une empreinte identique, c'est viscéral.
C'est carrément une malédiction !
Des guerres ont été déclenchées dans certaines meutes à cause de tels amours interdits.
— Je sais que nous n'en comprenons pas les raisons, Tiago, mais ai foi en l'avenir !
Je me repasse toutes les paroles de Versipalis pour en analyser le sens caché. La Dalle reconnaît la magie d'Horia, mais c'est totalement impossible. Je me tire les cheveux pour m'aérer les neurones.
Soudain, un cri de souffrance jaillit dans la forêt.

22 – Horia

Mal à l'aise, j'arrive chez Versipalis. L'inconfort règne dans ma vie depuis toujours. La nuit dernière a été une révélation. Jamais je ne me suis sentie aussi bien que dans les bras de Tiago. L'évidence personnifiée.

À l'aube de cette nouvelle journée, je crois avoir rêvé. Sauf que l'irritation entre mes cuisses me prouve le contraire.

Comme tous les matins, le mage m'attend sur son rocking-chair en fumant un mélange de plantes que je ne reconnais pas.

— Comment vas-tu ce matin, Horia ?

J'écarquille les yeux.

Forcément, il sait ce qui s'est passé.

Est-il complice de son Alpha ?

Est-ce que tout était organisé afin que je tombe entre ses griffes ?

Ma bouche se pince, puis se plisse en cul de poule, les mots refusant de franchir cette barrière.

Comment dois-je me comporter ?

Je me dandine d'une jambe sur l'autre, comme la pauvre fille que je suis.

— Viens, je t'ai préparé une décoction pour te soulager.

Il me montre une tasse fumante sur une petite table en bois devant un banc.

Qu'y a-t-il là-dedans ?

Est-ce encore un piège ?

Pour ne pas agacer le chaman, je grimpe les marches et m'assieds précautionneusement afin de ne pas relancer la douleur de mon intimité. Versipalis fait comme s'il ne voyait rien.

Je hume les vapeurs de ce mug, intriguée et craintive. Le sorcier lupin des Vircolac est un vrai sadique. Néanmoins, ce n'est pas le cas de celui-ci. Ce dernier est aimé et respecté par les Warous. Son pouvoir est très grand et son aura m'entoure en permanence.

Je renifle encore et je ne perçois que douceur et apaisement. Je papillonne des yeux, incertaine.

— Tu peux avoir confiance... ajoute-t-il pour finir de me persuader.

Je trempe mes lèvres et c'est bon. Alors, je sirote tranquillement sa préparation.

— Quand tu auras terminé, nous partirons pour une nouvelle zone de cueillette. Mais prends ton temps !

Je sursaute.

Pourquoi me ménager à ce point ?

— Tu te sens bien parmi nous ?

Je n'ose l'épier.

Pourquoi s'intéresse-t-il à ma petite personne ?

Là encore, je n'ai pas l'habitude que l'on me considère ainsi. Alors, je l'observe. Il tire sur sa sèche tranquillement, sans montrer finalement une grande curiosité. Il ne me regarde pas souvent depuis que je travaille pour lui. En revanche, son champ électromagnétique est toujours là, à m'envelopper, me couver, mais aussi à inhaler des effluves de mon aura. Sensations étonnantes et envoûtantes que je ne comprends pas.

Je contemple autour de moi. À droite, la Dalle m'attire comme un aimant. Une attraction irrésistible.

Là encore, pourquoi ?

J'observe tout autour, le village des Warous. De beaux chalets, bien entretenus, des membres enjoués, chaleureux. Ici, tout semble paisible. Alors je souffle :

— Oui, je suis bien.

Versipalis sourit. Il connaissait déjà ma réponse.

— Cette nuit, nous retournerons notre peau pour aller nous balader...

Je couine sous cette mention.

Pourquoi ne voit-il pas que je suis cassée ?

Honteuse, je baisse la tête.

— Ce n'est pas possible !

Mon murmure s'échappe à peine de ma bouche.

— Bien sûr que si ! Notre Alpha l'exigera.

Je cille et le regarde. Il est temps d'avouer mon incapacité, cette tare de naissance qui fait que je suis rejetée par les miens.

Mon cœur saigne.

Les Warous ne voudront plus de moi, eux non plus, et peut-être même que Versipalis me renverra dans mon chalet, en compagnie de mon père, en attendant que cette aventure se termine et que l'Alpha désigne sa compagne. Mes entrailles s'enflamment à une telle idée. J'ai l'habitude d'être exclue, mais ma louve ne supporte pas la perspective que Tiago s'accouple avec une autre que nous. Curieusement, je suis d'accord.

— Non, impossible, et l'Alpha Vircolac ne peut rien y faire.

Versipalis me fixe maintenant intensément, ne saisissant pas mes paroles. Les Alphas décident et ordonnent. La hiérarchie est établie pour le bien de tous. Pas de question à se poser, juste à s'exécuter.

— Peux-tu m'expliquer quel est le problème, Horia ?

Je souffle de lassitude. L'avouer à voix haute est toujours une torture.

— Je... monomorphe...

Ses yeux tournent dans ses globes oculaires. Cependant, il patiente, flegmatique.

— Je... Je n'ai jamais retourné ma peau !

Le mage sursaute devant ma surprenante révélation. De mémoire de loup, cet événement ne s'est jamais produit.

— Ta mère était une Mordue ?

Je le regarde, abasourdie. Il se méprend.

Alors, je fais « non » de la tête. Il sait que mon père est un sang pur.

— Comment est-ce possible alors ? demande-t-il, interdit.

Je ricane rageusement en haussant les épaules.

Si je le savais !

— Je l'ignore !

— Et votre Versipalis n'a pas pu t'aider ?

À cette idée, j'ai la nausée rien qu'à penser à toutes ses horribles expériences.

— Toutes ses tentatives ont... échoué.

— Mmmm...

Et le voilà parti dans une intense réflexion. Son aura s'amplifie autour de moi et me tâte. Néanmoins, ça ne me dérange pas. Versipalis évalue mon enveloppe corporelle et ma louve remue, contente que l'on s'intéresse à nous avec bienveillance. Je sais qu'elle se sent prisonnière. Et je désire au plus profond de moi la libérer. Toutefois, le vouloir ne suffit pas. Tous les métamorphes naissent avec le mode d'emploi. Ce procédé se fait même à leur insu et la première fois se produit souvent par mégarde. Dans mon cas, ça ne s'est jamais produit.

Je m'humecte les lèvres. Cette humidité équilibre la magie en moi, autour de moi, ramenant plus de calme dans mon esprit.

Vraiment, ici, je suis bien, compatible avec les différents éléments autour de moi. La Dalle m'appelle à nouveau et je ne peux que tourner la tête dans sa direction. Je ne la discerne pas d'où je suis assise, mais c'est tout comme. Je la devine et ma louve se love en moi dans une énergie bienfaisante, comme si nous étions chez nous.

Soudain, un cri de souffrance jaillit dans la forêt.

Je sursaute d'effroi et la magie se retire immédiatement, me glaçant le sang.

Le chaman écoute dans la direction du bruit.

— Reste avec moi, exige-t-il en se levant et me tendant la main.

Je pose ma paume dans la sienne. Sa poigne se referme et je n'ai plus d'autre choix que de suivre la cavalcade dans laquelle il m'entraîne.

23 – Tiago

Je cours à travers la forêt. Mes bêtas et Inanna m'entourent. Tous mes Warous disponibles nous ont emboîté le pas pour défendre notre territoire.

Est-ce un accident ?

Une attaque ?

Nous nous précipitons vers ce cri de souffrance qui a brisé la paix sur nos terres.

Des gémissements s'élèvent, synonymes de douleur atroce.

Nous bondissons et tombons presque sur un de mes loups, roulé en boule, tenant son bras arraché contre lui.

Je saute à ses genoux.

— Anton, je suis là !

Ma garde rapprochée s'installe autour de moi. Leur champ électromagnétique grandit à la recherche de la moindre menace.

— Ce n'est pas un accident, conclus-je à la vue de la blessure.

Le bras est déchiqueté. Même si la victime est là avec une hache, impossible de s'être meurtri tout seul de la sorte.

Sans que j'aie besoin d'émettre un ordre, mes Warous se déploient en cercle pour garantir notre sécurité.

Anton gémit. Les larmes coulent sur son visage.

— Aucune menace alentour, je ne perçois rien, annonce Marko.

J'acquiesce. Pourtant, il a bien fallu que quelqu'un arrache ce bras !

— Retourne ta peau maintenant, Anton.

Je caresse son dos pour lui donner du courage malgré la douleur. Si cet ennemi avait désiré le tuer, il lui aurait arraché la tête. C'est la seule partie qui ne peut pas se reconstruire et cela condamne donc à un destin funeste.

En revanche, pour cette blessure, une fois en loup, son membre va repousser, dans d'atroces souffrances, certes, mais il sera à nouveau entier.

Je l'exhorte à se transformer. J'active notre lien pour lui donner plus de force. Irradié de douleur comme il l'est, c'est le plus difficile à faire en ce moment. Ensuite, ses capacités lupines prendront le relais et il subira jusqu'à la cicatrisation achevée.

Versipalis s'unit à moi, tout comme la louve d'Horia. Cette dernière m'appelle. Je lève les yeux vers elle. J'aimerais lui sourire, mais l'heure est grave et mon aura est déjà concentrée sur un de mes membres. Je la salue à peine d'un coup de tête, puis je clos mes paupières pour activer la guérison d'Anton.

J'ignore le raffut autour de nous, les bruissements qui m'indiquent que les membres de notre communauté nous rejoignent, ainsi que nos invités.

Mes paumes brûlent et la magie lupine exacerbe mes sens. Soudain, mes doigts rencontrent la fourrure épaisse d'Anton et mes lèvres s'étirent de contentement. Son cœur bat de plus en plus fort, de plus en plus vite. Anton suffoque et couine. Ses cris s'étranglent dans sa gorge. Les chairs jaillissent par à-coups. Versipalis scande une litanie qui résonne avec les palpitations cardiaques. Le cœur d'Anton se cale naturellement sur ce rythme, appelé par le pouvoir du chaman. Versipalis est plus puissant depuis qu'Horia est à ses côtés. C'est indéniable !

Comment est-ce possible ?

Je laisse de côté cet état de fait. Je reviens au rétablissement de mon Warou et l'encourage. La sueur perle à son front. Un amas rougeâtre se projette toujours en avant, reconstituant sa patte, se recouvrant de poils au fur et à mesure. Cette propriété de guérison est vraiment incroyable. Des frissons parcourent ma peau. La magie court dans mes veines. C'en est presque aphrodisiaque. Mon regard coule à nouveau vers Horia. Son émerveillement me comble et mon sourire s'agrandit. Malheureusement, je me dois de l'ignorer. Alors, je tourne rapidement la tête en prenant conscience de tout l'attroupement autour de nous et reviens sur mon Warou.

Une fois sa patte intacte, ce pauvre vieux souffle après cet effort incommensurable.

— Ramenez-le chez lui, je demande.

Deux de mes Warous se présentent. Je valide leur volontariat et d'autres les escortent.

Je suis maintenant au milieu de toute une assemblée.

— Est-ce que l'un d'entre vous a vu quelque chose de suspect ?

Tous réfléchissent.

— Qui était dans les alentours ? j'insiste.

Beaucoup font non de la tête.

En revanche, Orféo cille et ses iris sombres sont désormais braqués sur Radu, le père d'Horia. Ce dernier me sort par les yeux. L'expression de l'Alpha italien démontre clairement son mécontentement et même de la désapprobation.

— Orféo, as-tu quelque chose à dire ?

Celui-ci me regarde et je l'invite à parler d'un simple signe de tête.

— J'ai vu Radu partir en courant quand j'arrivais sur les lieux. C'était le seul à se déplacer dans ce sens. Et il s'éloignait curieusement...

Horia sursaute à cette révélation et se ratatine. Elle connaît la violence de son père et ce dont il est capable.

Je pivote vers Radu et l'incite à s'expliquer en ouvrant la main vers lui.

— C'est vrai que je n'étais pas loin. Mais je ne m'en suis pas pris à ton Warou, Alpha. Je n'aurais d'ailleurs aucune raison de le faire...

Orféo grogne comme s'il n'était pas satisfait.

Pour tous, les Vircolac ont été nos ennemis. Pourtant, même si je suis prudent, je ne peux ignorer leurs efforts et leurs paroles de paix. Pour l'instant, ils n'ont rien commis qui pourrait m'inciter à les incriminer. En outre, ils respectent les règles à la lettre avec leur héritière et sont force de propositions.

— Liviu, que faisait ton bêta dans la forêt cet après-midi ?

L'Alpha Vircolac se redresse.

— Je me porte garant de mon second. Il était venu faire du repérage sur les limites de ton territoire pour notre prochaine chasse.

Je discerne sa sincérité dans son regard.

— La blessure est grave, Tiago, reprend Radu. Il faut une grande force et cela ressemble à des pratiques de vampires !

— Les vampires ne sortent que la nuit ! clame Orféo.

— Pas ici, annonce Liviu.

L'Italien est sidéré et cette information lui coupe la chique.

— Certes, dis-je pour calmer tout ce petit monde qui cherche à tout prix quelqu'un à incriminer. Mais nous vivons en paix avec les Duroy[3]. Jamais ils ne se permettraient d'agir ainsi. Nous sommes leurs alliés depuis plus de deux cents ans.

— Et s'ils désiraient mettre la zizanie entre nos meutes ! siffle Radu.

Je frotte mon menton. Mes doigts montent sur mes rouflaquettes.

Je suis bien d'accord avec Radu. Un de mes invités cherche à créer de la discorde. En revanche, je suis sûr et certain que ce ne sont pas les Duroy.

D'ailleurs, le message de Teruki tout à l'heure m'indiquait que mon matériel était à nouveau opérationnel. Et s'il n'y avait pas eu ce cri de souffrance, je serais actuellement sur mon ordinateur pour relire les informations concernant chacune de ces meutes !

Qui parmi eux a intérêt à ce que ça se passe mal et que nous finissions ennemis ?

Un coup de bluff des Vircolac ?

Nilsa me cache quelque chose. Les Danois veulent-ils envahir notre territoire ?

En quoi malmener un de mes loups pourrait-il servir les Italiens ?

À vrai dire, je n'en sais strictement rien.

Cependant, c'est bien une idée de métamorphe, une blessure pareille, car Anton va vite se remettre.

Pourquoi un tel coup d'éclat ?

---

[3] Découvrez l'histoire du clan Duroy dans *Sangs éternels*.

24 – Tiago

Anton repose sur son canapé. Le teint blafard, il récupère. Dans l'absolu, ce n'est pas une grosse blessure. Nous avons un métabolisme hors norme. Nous sommes difficiles à éliminer et c'est ce qui fait que les combats peuvent durer très longtemps. Tant que notre palpitant est dans notre poitrine et notre caboche accrochée à notre buste, nous nous remettons, et même très rapidement finalement.

— Qu'as-tu vu, Anton ?

Avec Inanna et Marko, j'observe la moindre de ses mimiques. L'oméga réfléchit et son expression se fait perplexe.

— Rien, avoue-t-il, désabusé.

Mes lèvres se pincent de contrariété.

— Peut-être as-tu senti quelque chose alors ?

Immédiatement, il secoue la tête.

— Absolument rien... Enfin, si. C'est comme si une tornade m'avait arraché le bras !

Automatiquement, il caresse son épaule pour la soulager. Probablement qu'une sensibilité persiste. À moins que ce ne soit un réflexe inconscient pour se protéger de la douleur qu'il a ressentie tout à l'heure.

Je souffle d'exaspération. Quelqu'un veut créer un grabuge innommable et j'aimerais que l'on découvre le coupable avant que les mauvaises surprises s'enchaînent, et même pire encore.

Nous sommes tous désemparés devant si peu d'indices.

Je me lève, ce qui sonne le départ pour mon bêta et ma maîtresse des hautes œuvres.

— Repose-toi bien, Anton. Nous allons redoubler de vigilance et installer plus de sécurité.

Nous le quittons. Inutile de perdre du temps ici.

— Marko, augmente les sentinelles jour et nuit !

Mon second acquiesce.

— Avez-vous des soupçons ? j'insiste, plein d'espoir.

— Nous surveillons davantage les Vircolac, même si nous ne sommes pas continuellement derrière eux. Ils n'ont pas l'air de chercher les problèmes, annonce sérieusement Marko.

Celui-ci ne parle pas à la légère. Je me renfrogne, mais je suis bien obligé de le croire. Nous n'avons aucun élément contraire.

— Cependant, Radu, leur bêta, déborde de violence ! sanctionne Inanna.

J'opine, en grimaçant.

Rien que penser qu'Horia passe ses nuits dans la même résidence que son père me fait mal. Je sais qu'il la frappe. Enfin, il semble se retenir depuis qu'ils sont ici et suivre nos préceptes. Malgré tout, on ne peut ignorer la brutalité de cet homme. Celle-ci exsude de tout son être.

— Seul un métamorphe naturel aurait pu retourner sa peau en pleine journée pour agir aussi rapidement. Bien sûr, un vampire pourrait aussi engendrer une telle blessure...

Mon ton tranchant assène cette terrible conclusion. Pour autant, cette seconde possibilité est inconcevable de la part de nos amis sangsues.

— Je suis d'accord, annonce Marko. Cela ne peut être un Duroy : nos alliés ne commettraient jamais pareil délit. Les Mordus sont incapables de se métamorphoser sous la lumière du soleil, sauf avec l'aide de leur Alpha.

Et je n'ai incité aucun de mes Mordus à opérer ce changement...

— Il nous reste nos chers invités ou un visiteur anonyme, conclut Inanna.

— Falko a fureté sur notre territoire. Il n'a identifié aucune fragrance inconnue. Entre les mini-meutes et les émissaires, nous avons de nombreux mouvements de part et d'autre.

Mon bras droit a tellement raison.

Nous soupirons de concert.

— Soyons prudents ! Ce soir, nous retournons notre peau avec nos invités pour chasser. Gardons des loups sentinelles. Inanna, n'hésite pas à démontrer ta force et rajoutes-en s'il le faut !

En tant que bourreau, c'est elle qui rend justice et exécute les condamnés. Depuis que je suis Alpha, nous n'avons pas eu à éliminer un de nos congénères. Néanmoins, par le passé, je sais qu'elle a dû le faire. Sa mise à mort est terrifiante. J'étais trop petit pour y assister.

Inanna étire un sourire en coin. Sa peau de louve cache ses épaules. Son ventre plat met en valeur des abdominaux ciselés. Une brassière en cuir dissimule sa poitrine. Par cette chaleur, elle adopte le short très court. En revanche, jamais elle ne pose cette peau accrochée à son dos.

— Nous nous retrouverons ce soir tous ensemble !

Mes mots à peine prononcés, mes loups partent vaquer à leurs tâches respectives. J'en profite pour aller me connecter sur la base de données du Grand Conseil.

Je lis à nouveau les fiches des meutes invitées. Rapidement, je souffle d'exaspération. Ces informations, je les connais déjà pour avoir consulté leur dossier. Tout paraît clean et pourtant, ils peuvent tous avoir des cadavres dissimulés dans leurs placards.

Je me repose sur le dossier de mon siège, réfléchissant à tout cet enchaînement d'événements.

C'est désespérant.

Bien sûr, je m'attendais à quelques échauffourées, des manigances pour me forcer la main, mais pas de cette envergure.

***

Je n'ai pas revu Versipalis et Horia. Pourtant, j'aurais vraiment aimé. Impossible d'avoir une certaine intimité avec l'attaque de cet après-midi. Alors, quand nous arrivons tous nus au milieu du village, nous sommes un peu à crocs. La pleine lune perce au travers des feuillages et les conditions sont idéales pour mes Mordus. Nos invités s'épient et me lorgnent de temps en temps.

Quatre émissaires de trois meutes au milieu des Warous.

Nous ne craignons rien.

Les Duroy se sont répartis dans un cercle très large, mettant en route leurs drones pour prévenir toute attaque.

Orféo, fier comme un paon, pavane. Sa fille à ses côtés est superbe. Je crois qu'elle a oublié son mini-clan derrière elle. Ses membres me regardent, blasés, me signifiant qu'ils ne désirent pas de cette jeune femme comme Alpha.

Je suis tellement d'accord avec eux.
　Je les rassure aussitôt par notre lien. Pourtant, les propositions commerciales des Italiens sont tentantes.
　Les Danois apparaissent en retrait, impassibles. Je ne parviens pas à les percer à jour. Malgré tout, ils sont ici pour participer à la chasse comme convenu.
　Quant aux Vircolac, même nus, ils sont tous parés de férocité, comme à leur habitude. Je crois que c'est profondément ancré dans leur ADN. Mes neuf Warous rassemblés derrière Sabaya semblent totalement dépités. Là aussi, leur message est clair. Ils refusent Sabaya.
　Mes yeux cherchent Horia. J'ai beau insister au milieu de toute cette assistance, je ne la repère pas.
　Où est-elle passée ?
　J'avais exigé que tous soient présents.
　Soudain, un mouvement du côté de Versipalis attire mon attention. Mon chaman pousse doucement Horia pour qu'elle avance. Je soupire de soulagement de la revoir.
　Néanmoins, je devine un problème.
　Horia est habillée et tient la main de Jade, notre seule humaine.
　Je grogne, ne saisissant pas pourquoi Horia ne respecte pas mes consignes.
　Versipalis cille et se concentre sur moi. J'ouvre notre canal, me laissant pénétrer de ce qu'il a à m'annoncer.
　« Horia ne peut retourner sa peau. »
　Mon front se plisse.
　Cette louve est si forte.
　C'est incompréhensible !
　Cependant, en tant qu'Alpha des Warous, je ne peux réclamer des réponses pour l'instant. Tous les yeux sont rivés sur moi. Alors, je m'avance au milieu de cette assistance et je me lance.
　— Chers amis, malgré l'événement de cet après-midi, je vous invite à retourner votre peau et à chasser sur mon territoire. J'exige que vous respectiez les quotas… Inanna y veillera. Elle sanctionnera immédiatement tout contrevenant.
　Les expressions se ferment devant cette obligation indésirable.
　Inanna commence son show.

25 – Horia

Revoir Tiago nu me perturbe énormément. Aussitôt, mon ventre entre en ébullition. Ma louve ne rêve que de se rapprocher et gratte en moi pour que je me bouge et que j'avance plus vite que ça. Au contraire, je recule pour me dissimuler. La honte et le désir se partagent en moi.

Soudain, Versipalis me pousse et je manque de trébucher.

Tiago me voit immédiatement et son incompréhension apparaît sur-le-champ. Bien sûr, je suis habillée, comme Jade.

Je me mortifie sur place.

Tiago découvre que je suis monomorphe, et donc indigne de lui. L'Alpha se détourne, le visage fermé. Mon cœur marque un arrêt et le déshonneur m'enveloppe comme un linceul.

Je déglutis.

Ce loup n'est pas pour moi.

Ma partie animale grogne de désapprobation.

Je suis la première à en être contrariée.

Tiago nous a protégées des foudres paternelles depuis que je suis ici.

Malheureusement, cela se terminera…

Brusquement, un mouvement vif attire mon attention, coupant net mes ruminations. Mes sens aux aguets devant cette aura de danger, j'observe.

Le bourreau des Warous s'avance et même l'Alpha recule pour lui laisser toute la place.

Chaque meute détient son Inanna. Cette fonction est toujours occupée par une femme. L'instinct de justice qui coule dans les veines de la maîtresse des hautes œuvres est sans faille. Elle exécute systématiquement tous les ordres de son Alpha. C'est d'ailleurs l'unique loup auquel elle reste fidèle. Seule la sauvagerie va varier d'un bourreau à l'autre.

Leur Inanna est superbe. Son halo énergétique, flamboyant. Je dirais même foudroyant au vu des arcs électriques qui s'élancent autour d'elle.

Des tresses sculptent des torsades blondes sur son crâne. Elles tombent en liane sur la tête de loup ancestrale posée sur sa nuque. Cette peau est celle de la précédente Inanna. La première tâche de la nouvelle génération est de dépecer celle qu'elle va devoir remplacer, une fois son règne achevé. Les lignées perdurent en général de mère en fille. Les Inanna mettent systématiquement au monde des filles et même si un garçon survenait, jamais il ne deviendrait le bourreau d'une meute. L'espérance de vie des métamorphes étant d'environ cent cinquante ans, nous avons le temps de nous reproduire.

Ai-je la même longévité ?

Nous n'en savons rien.

J'ai quelques capacités physiques, dont la force et la guérison, qui prouvent que je ne suis pas humaine. En revanche, ne retournant pas ma peau, je suis bien plus fragile. Si je perdais un membre, il ne pourrait pas repousser puisque je ne peux me métamorphoser.

Là est la vérité.

Alors, ce soir, Versipalis m'a demandé de veiller sur cette petite humaine qui, comme moi, restera sur ses deux jambes.

Est-ce que j'ai peur ?

Bien sûr !

Avec ce qui s'est passé cet après-midi, je crains qu'il n'y ait un ennemi parmi nous.

Et si c'était un Vircolac ?

Mon père...

Je n'ai aucune preuve et je ne pense pas qu'il ait agi ainsi. Ce ne serait pas dans nos intérêts et je l'ai toujours vu être fidèle à son Alpha.

Je coule un regard sur l'assistance. Je n'aime pas la façon dont la Danoise contemple Tiago. Un mélange de dureté et de tristesse l'anime.

Tout à coup, un rugissement s'élance au milieu de cette clairière. Je sursaute sous ce hurlement féroce.

Inanna est toujours sous forme humaine, à quatre pattes. Son cri est d'autant plus surprenant alors qu'elle n'a pas retourné sa peau. Elle baisse le visage. Celle de son ancêtre bascule en avant et dissimule son crâne. Sa mère était d'un incroyable gabarit pour ainsi la recouvrir. Seuls ses quatre membres brillent de leur épiderme blanc. À nouveau, Inanna lève la tête. Ses iris luminescents pourraient sembler démoniaques si on ne savait pas que cette femme représente la justice.

J'en ai la chair de poule.

La petite main de Jade serre la mienne et je la presse en retour. Cette fillette n'en rate pas une miette. Elle est fascinée. Et c'est vrai qu'il y a de quoi.

Un hurlement guttural sort de la gorge d'Inanna, presque animal. Elle courbe l'échine et en une fraction de seconde, un craquement osseux, presque imperceptible, surgit et elle bondit en avant en une louve noire magnifique et puissante. Sa musculature roule sous chacun de ses pas.

Elle commence alors une danse d'intimidation terrifiante où les coups de crocs se mêlent aux coups de griffes. La roche çà et là conserve ses marques. La terre sèche vole autour de nous.

L'assistance recule, fébrile, lui laissant toute la place.

Au fond de moi, je sais que nous ne risquons rien. Pourtant, Inanna paraît monstrueuse. Elle serait capable de tout, et avec une grande sauvagerie s'il le fallait. J'en ai des frissons dans tout le corps. Je devine que cette foule acculée est dans le même état que moi. Émerveillement et horreur se mêlent devant sa démonstration de force.

Soudain, un loup jaillit à ses côtés dans un éclatant pelage fauve. Aussitôt, je reconnais Tiago. Il est majestueux, imposant.

Ma louve gambade à l'intérieur et me chahute, grondant pour que je lui laisse la place.

« À moi ! »

Son grognement incessant est sans équivoque.

Pourquoi s'est-elle approprié ce mâle qui ne nous est pas destiné ?

J'en suis mortifiée pendant qu'elle claque des crocs, avide de rejoindre celui qu'elle s'est désigné.

Bien sûr que j'en rêverais. Malheureusement, la vérité est tout autre et la souffrance m'étreint, me rappelant plus que jamais tout ce que je ne posséderai pas.

Tout à coup, un des bêtas donne le signal et tous les Warous retournent leur peau, conviant les invités à le faire également.

Je contemple avec admiration la facilité avec laquelle ils exécutent cette transformation. Les os craquent. Les grognements s'élèvent pour proclamer leur métamorphose. Pour moi, c'est une prouesse. Malgré tout ce que j'ai subi, jamais je n'ai réussi cet exploit.

Triste et blasée, je ne peux quitter des yeux ce terrible spectacle.

— T'as vu comme c'est beau ? crie Jade en me poussant.

Je hoche la tête, libérant les larmes qui embrouillent ma vue.

Ma louve hurle à la mort et je ferais pareil si je le pouvais. Mais ma gorge est si nouée qu'aucun son ne peut s'en échapper.

Alors, je les observe partir dans la forêt. Inanna bondit dans tous les sens en claquant des crocs, rappelant qu'elle veille sur chacun d'entre eux. Les Warous semblent se maîtriser, vivre en parfaite harmonie sur leur territoire, respectant les différentes espèces, laissant le gibier se reproduire. Là encore, je suis admirative.

Au loin, les hurlements s'élèvent déjà, annonçant une bonne partie de chasse.

Soudain, une truffe humide se pose sur mon bras nu.

26 – Horia

Je baisse mon visage et découvre Tiago.

La tristesse dans ses yeux m'émeut plus que je ne le souhaiterais. J'ai l'habitude de voir la pitié que je suscite. C'est du même niveau que ma malédiction.

J'inspire pour débloquer mes poumons.

Je suis à fleur de peau. Ma louve, à fleur de poils. Celle-ci se love au plus près de ce loup, qu'elle s'est approprié.

Tiago flaire ma poitrine. Mon épiderme devient électrique. Je jubile. Peut-être que je pourrais me transformer. Je ferme les yeux, rêvant que ce soit enfin l'heure de ce grand moment.

Je pourlèche mes lèvres à l'idée que je vais bientôt sentir des crocs énormes dans ma gueule.

Mes doigts fourragent dans le cou de Tiago, s'enfonçant dans sa toison fauve, me remémorant cette étreinte enflammée que nous avons vécue. C'était si fort, si jouissif. Le paradis sur terre et la vie enfin dans mes veines.

Je gémis du plaisir à venir, de nous découvrir maintenant sous une autre forme.

Ma peau me démange. Mon espoir s'épanouit. Ma louve glapit, mais soudain elle enrage. Sur l'instant, je n'en comprends pas les raisons. Nous sommes sur la bonne voie. Je ne me suis jamais sentie aussi proche et j'en ai tellement envie. Lorsque ma louve hurle à la mort, je réalise que je me suis flouée toute seule. Une larme s'écoule de mes paupières fermées devant cette maladie incurable.

Tiago couine et part en courant. Versipalis le pousse dans un curieux enchevêtrement de pattes.

Quand j'observe autour de nous, les yeux embrouillés, je constate que le mage et l'Alpha étaient les derniers à quitter la place. Je renifle, essuie mon nez avec le dessus de ma main, totalement désemparée. Heureusement, personne n'a rien vu.

— Viens, dit Jade en secouant mon bras.

J'acquiesce et la suis comme une marionnette, me laissant guider au travers des chalets. Lorsque nous pénétrons chez elle, aussitôt, je me sens bien. Leur chalet est cosy, décoré avec beaucoup de couleurs qui véhiculent chaleur et gaieté. Je contemple avec émerveillement leurs possessions. Pour la première fois de ma vie, je suis envieuse. Ava et Velkan sont deux anciens Vircolac. Ils font partie de ces Mordus libérés et recueillis par les Warous. Ils semblent si épanouis maintenant.

Et j'aimerais tant l'être moi aussi... Pouvoir vivre ici... Protégée... Et pourquoi pas chérie...

Ma main est à nouveau secouée.

Je sors à regret de ce rêve éveillé qui ne pourra jamais se réaliser.

Et quand bien même, rester là, admirer l'Alpha à distance, sans jamais pouvoir l'approcher, le toucher deviendrait un cauchemar, une véritable torture.

— Sois pas triste, Horia. Moi aussi, j'peux pas me transformer.

Je hoche la tête, misérable. Je ne lui rappelle pas que je suis métamorphe et que dans mon cas, c'est un sérieux problème.

— Et si tu me montrais ta chambre ?

Je tente de sourire pour faire illusion et surtout détourner l'attention.

À quoi bon se morfondre ?!

— Bonne idée ! Au moins, pour une fois, je ne serai pas seule ! Avant, papa ou maman restait avec moi. Mais maintenant que je suis grande, ils partent tous les deux... Enfin, pas longtemps.

Je ne serai jamais mère, mais je comprends ce besoin de couver son petit, c'est viscéral !

J'installe Jade dans sa chambre et je m'allonge à côté d'elle. Je suis tellement bien dans ce chalet que je m'endors aussitôt profondément en tenant la fillette dans mes bras pour la protéger. Je ne me suis jamais autant sentie en sécurité que dans ce village.

***

J'émerge des brumes ensommeillées. Je suis secouée délicatement, une main posée sur mon épaule.

J'ouvre un œil et reconnais cet environnement : la chambre de Jade.

— Notre Alpha t'attend à la Dalle, chuchote sa maman.

Je sursaute.

Que me veut-il ?

Va-t-il me chasser maintenant qu'il connaît ma malédiction ?

C'est un blasphème à l'encontre des métamorphes chez les Vircolac !

Penaude, je me lève. Je dois affronter mon destin.

— Merci d'être restée avec Jade.

— Avec plaisir. Ta fille est adorable, Ava.

Elle me raccompagne jusqu'à la sortie et je prends le chemin de la Dalle. Je croise davantage de sentinelles. Mais cette nuit, je ne me cache pas. D'ailleurs, ces gardes ne me posent aucune question. Après tout, je suis convoquée par l'Alpha, c'est à croire qu'ils le savent.

Le village a retrouvé toute sa quiétude. La chasse a dû les fatiguer et probablement qu'ils se sont endormis, repus.

Quelle étrange sensation d'être saluée comme n'importe lequel des Warous que je croise. Ça me fait chaud au cœur et j'arrive en haut de l'hémicycle un peu plus détendue.

Malheureusement, dès que j'aperçois l'Alpha, je devine immédiatement sa contrariété. Son regard sombre est éteint. Aucun ambre luminescent ne perce au travers de ses iris. C'est bien dommage. J'adore la flamme dans ses yeux, si chaude, si rassurante. Elle agit comme un baume sur mon cœur, fait jaillir la lumière sur ma vie.

À peine me remarque-t-il que Tiago me fait signe de le rejoindre. Je m'exécute... à contrecœur. Je suis si heureuse de le revoir, mais j'ai si peur aussi.

Fébriles, mes jambes vacillent dès que je m'approche de son grand corps. Il est un peu débraillé. Son instinct sauvage est là, si proche. Il n'a pas retrouvé toute son humanité. Son rictus est ravageur et ma louve grogne à nouveau, sur ses quatre pattes, prête à bondir sur cet individu qu'elle idolâtre.

Elle me fait de la peine à se bercer de chimères.

Pauv' bête !

J'en souris même.

Je hoquette tout à coup, tellement cette réalité me frappe. Ma louve est amoureuse.

J'en ai du chagrin instantanément. Elle n'en sera que plus malheureuse et je m'attends à subir ses lamentations.

— Pourquoi tant de tristesse ? demande brusquement Tiago.

Son ton hargneux me fait baisser aussitôt la tête, me remettant à ma place, soumise. Je ne devrais même pas contempler cet Alpha !

— Alors ?! Et regarde-moi quand je te parle.

Je lève le visage et découvre ses mâchoires serrées.

— C'est ma louve...

Je ne peux lui avouer qu'elle est amoureuse. Il va me prendre pour une idiote.

— Eh bien, que veut-elle ? demande-t-il, en alerte.

Sa forme lupine gonfle. Ses instincts animaux sont à fleur de peau, attisant davantage la folle adoratrice qui ne cherche qu'à s'échapper.

27 – Tiago

Je perçois sa louve si forte sous sa peau. Ma paume se pose nonchalamment sur son épaule. Je retiens toute la tendresse que j'aimerais mettre dans ce simple geste. Mais je ne peux pas. Je ne dois pas déclencher une guerre. Je veux seulement l'aider. Je me contenterai d'accompagner cette louve vers une meilleure condition comme je l'ai fait avec d'autres Vircolac. Je me sens comme investi d'une mission. Cette jeune femme, je vais la libérer, elle aussi, qu'elle puisse reprendre le cours de sa vie.

Sa partie animale est si forte.

Son empreinte résonne tellement avec la mienne.

Je la perçois là, sous mes doigts. Elle roule dans ma paume, recherchant des caresses. Ses ondes abondent et éclatent sous ma main. C'est enivrant, cette puissance qui remonte le long de mon bras, réchauffe mes entrailles.

Je m'en lèche les babines.

Des flashes de peaux nues, de corps enlacés, de fusion totale, me bombardent l'esprit.

Je n'ai pas encore récupéré tout à fait mes bonnes manières et cet échange est entêtant, ensorcelant même. Je retrouve ce que nous avons partagé la nuit dernière.

Mon regard coule vers le visage d'Horia.

Elle est perplexe.

Pourquoi ressent-elle autant d'incrédulité ?

Cette jeune femme ne semble pas totalement connectée à sa louve. Mon autre main remonte sur son bras. Une fois ses deux épaules empoignées tendrement, je clos mes paupières.

Je laisse ma partie animale agir, traquer les indices.

Mes sens furètent dans l'aura d'Horia, pénétrant le moindre recoin. Au passage, nos magies se mêlent et je grogne, car le plaisir survient aussitôt.

J'ai un problème avec cette louve.
Ou plutôt, elle est notre solution !
Désemparé, je marmonne des pensées incohérentes.
Pour mon loup, c'est simple. C'est l'élue !
Moi, j'en suis ébranlé. Horia ne fait pas partie du marché.
Je regrette presque qu'elle soit venue jusqu'ici, de l'avoir rencontrée.
Rester dans l'ignorance est parfois pour le mieux !
Nous sommes à présent dans un terrible merdier.
Soudain, je suffoque, transi de froid.
L'horreur me saisit, m'agrippe et m'enserre si fort la poitrine, écrasant mon palpitant survolté.
C'est comme si je touchais du doigt la fêlure, bien camouflée au fin fond d'Horia.
Qu'est-ce donc ?
Je comprends maintenant pourquoi cette jeune femme a dit à mon mage qu'elle souffre de dysmorphie lupine. C'est effectivement l'effet que cela fait. Sa louve semble inachevée ou brisée. Je ne saurais le dire.
Je tâte un peu plus de mon aura cette béance.
Je n'ai jamais vu une telle chose.
Et personne ne m'en a parlé.
C'est si profondément ancré au tréfonds de la louve qu'il faut un examen minutieux pour le déceler. Et encore, nous n'en serions pas tous capables.
Soudain, j'ai chaud. Mon front perle de sueur.
Plus je reste au contact de ce curieux phénomène et plus la fournaise s'empare de moi. Je persiste tout de même. Je veux découvrir ce secret, dont Horia n'a même pas connaissance. Cette faille l'a déconnectée de sa forme lupine.
Tout à coup, Horia tremble sous mes doigts.
Mon aura prend feu.
Un cri de souffrance m'échappe. Un puits sans fond m'apparaît. La noirceur en est écœurante. Sa louve m'appelle et hurle de la sauver. Mon cœur manque un battement, puis un autre. La tachycardie s'installe. Mon esprit vrille. Mon loup gémit à la mort de ne pouvoir ramener celle qu'il a choisie.

D'un seul coup, je coupe cet horrible contact avec cette porte de l'enfer.

Je me secoue pour écarter mon halo et lâche Horia.

Quand j'ouvre les yeux, les siens sont révulsés. Elle chancelle et je la retiens alors qu'elle s'effondre dans mes bras.

Sa louve pleure à l'intérieur. La jeune femme est essoufflée. Son cœur palpite tambour battant comme un forcené sur le point d'exploser. Ses paupières papillonnent comme si elles ne voulaient pas se fermer, de crainte de se clore pour toujours.

— Reste avec moi, Horia !

Je l'allonge sur la Dalle.

Immédiatement, ses mains se posent à plat. Son champ électromagnétique entre en résonance avec la puissance de notre autel.

Non seulement je partage la même fréquence avec cette louve, mais en plus, elle vibre avec la magie ancestrale des Warous.

Mais qui est-elle ?

Les paumes d'Horia aspirent maintenant tranquillement l'énergie nécessaire qui l'avait quittée. Je pose mes mains sur son ventre. Tout s'équilibre à nouveau.

Peut-être que notre alchimie pourrait combler ce trou en elle ?

Je laisse faire, rassuré sur le fait que je ne cours aucun danger. Je ne saurais dire comment survient une telle idée, mais j'y crois dur comme fer.

Une fois Horia apaisée, son souffle calme, je plonge une nouvelle fois en elle pour vérifier si elle est « réparée ». Pas besoin d'aller très loin : le malaise surgit avant que je ne m'approche trop près de cette fêlure, toujours présente, bien accrochée à sa louve.

Je me retire, désemparé. Je ne la ferai pas souffrir. En revanche, je dois en parler à Versipalis. Nous savons Horia puissante. Nous devons comprendre ce curieux phénomène et ce qu'il cache.

— Tiago, murmure la jeune femme apeurée.

Je la fixe.

Elle tente de se relever, effrayée.

— Ne crains rien, Horia. Je ne te ferai aucun mal, je te l'ai déjà dit.

Je l'aide à se redresser et nous nous éloignons de la Dalle. Nous nous installons sur les assises de l'hémicycle et à contrecœur, je romps le contact avec elle. J'ai besoin de garder la tête froide, les idées claires.

Le chagrin se peint immédiatement sur son joli visage. Mais je tiens bon.

— Depuis quand es-tu ainsi, Horia ?

J'ignore si elle a conscience de ce qu'elle est exactement.

Me le dirait-elle ?

Elle hausse les épaules et fixe le sol, entrant dans une intense réflexion.

— Je suis née ainsi... J'ai toujours été comme je suis. Jamais je n'ai retourné ma peau !

Lorsqu'elle ose me regarder, sa sincérité éclate dans son expression.

— Ta naissance s'est-elle bien passée ?

Je cherche le moindre indice dans ses mouvements.

Horia est agitée. Tout à coup, elle gémit.

— Ma mère est morte en me mettant au monde !

Je cille. C'est horrible. Cela arrive rarement. Les louves sont robustes.

— Là est tout mon malheur. Ça a dû casser quelque chose en moi !

Je soupire d'exaspération devant le dilemme qui me déchire. Horia éclate en sanglots et je l'enlace, impuissant, ne pouvant que la réconforter.

28 – Tiago

Assis face à l'Alpha danois, je tente de rester concentré.

En vérité, c'est laborieux. Je ne pense plus qu'à cette louve en difficulté, me désintéressant totalement des héritières, des négociations, de la compagne qu'il me faut trouver, de l'avenir des Warous.

Me voilà comme Teruki lorsqu'elle s'était transformée en maudite punaise de lit par déception amoureuse et qu'elle ne voulait plus sortir de ma chambre d'amis !

— Tu pourrais devenir associé de nos affaires. Nos mers sont riches. Nous avons le monopole du poisson sur l'Europe. C'est un marché fructueux. Les humains en raffolent.

J'acquiesce.

Il a raison. Pour une alliance, le Danemark est la meilleure des options.

Jörgen a l'air sincère. En revanche, je suis persuadé que Nilsa me cache quelque chose. Ses regards troublés à la dérobée ne me disent rien qui vaille.

Et si Jörgen était un bon comédien ?

Je l'observe. Son franc sourire devrait me convaincre.

— En échange, je désire cultiver une parcelle de tes plaines, reprend-il. Mon territoire n'est plus assez vaste. Une partie des miens pourraient venir ici.

C'est cette proposition qui m'inquiète.

Ont-ils un projet secret ?

Un de ceux qui anéantiraient ma meute ?

— Es-tu prêt à vivre aux côtés des vampires ?

Mon sourire affable masque mes préoccupations.

Jörgen éclate d'un rire tonitruant.

— Moi ?! Certainement pas !

Au moins, il a le mérite d'être sincère.

— Mais je ne compte pas habiter sur tes terres. Une délégation accompagnerait Nilsa...

— Avez-vous déjà vécu avec des sangsues ? Les Duroy sont nos alliés. Ils font partie de l'équation.

L'Alpha se frotte la barbichette, en enroule le bout, formant une jolie torsade blonde.

— Nous n'avons pas l'habitude de côtoyer nos ennemis naturels. Nous en avons peu au Danemark et ils demeurent loin de nous. Nous respectons un accord de paix tacite où chacun reste chez soi et c'est très bien comme ça.

Je dodeline de la tête.

— Comment les tiens réagiraient-ils en venant sur mon territoire ?

Nouvelle réflexion. Jörgen est mesuré et honnête.

Est-ce une façade ?

Lui, je n'ai pas l'impression qu'il me cache quelque chose, contrairement à sa descendante.

Et si Jörgen était meilleur comédien qu'il n'y paraît ?

Cette question me tourmente.

— Ma fille est l'héritière qui s'en sort le mieux avec tes Warous ! assène-t-il comme pour finir de me convaincre, évitant de répondre à ma question.

Et c'est vrai !

C'est même indéniable.

Une semaine que les mini-clans ont été créés. La Danoise est parfaite. Mes Warous se nourrissent et ont des lits de fortune qui sont, ma foi, bien confortables. Ces dix membres vivent dans un climat de paix agréable. Nilsa les occupe tous les jours pour améliorer leurs conditions de vie, tout en leur laissant des temps de repos.

Cette héritière est totalement à la hauteur.

La meute des Ulvsen est puissante, riche et bien implantée dans le monde des humains. Pour autant, ils ont su faire des affaires avec ces derniers tout en conservant notre secret.

Alors, pourquoi hésiter ?

Mon loup grogne à l'idée de prendre une autre qu'Horia.

Cette satanée tête de mule reste coincée sur cet unique objectif insaisissable.

Son objectif !

Mon loup n'a pas de partie raisonnable. Il n'est que magie et instinct. Les alliances stratégiques le laissent de marbre.

Je soupire de lassitude, pressé de mettre fin à cet entretien.

— Je devine que tu n'es pas séduit par ma fille, lâche un Jörgen déçu. Cependant, vous pourriez apprendre à vous apprécier avec le temps...

— Tout à fait. Je vais y réfléchir. En retour, tu dois envisager de vivre étroitement avec mes vampires. Nous partageons ce territoire et allions nos forces.

L'Alpha bougonne et nous levons la séance d'un commun accord.

Il reste une semaine pour mettre fin à cette expérience. À l'issue, tous rentreront chez eux, à moins que j'aie décidé de choisir une compagne.

Mon loup grogne qu'il n'y en a qu'une possible.

Peut-être que nous pourrons trouver un accord commercial avec les Danois. Ils aspirent à plus de territoire. S'ils sont loyaux, pourquoi pas ?

Je prends le chemin du chalet de Versipalis. Je suis pressé de le rejoindre. J'ai grand besoin d'évoquer avec lui ce que j'ai discerné dans Horia. Deux jours que je ne l'ai pas vu, ni la jeune femme d'ailleurs. Son essence me manque cruellement. Alors que je me sentais entier, voilà que je me perçois incomplet.

Quel foutu merdier !

Et pourtant, je ne vais pas revendiquer Horia. Non, je suis dans une impasse.

Arrivé chez Versipalis, je trouve sa maison vide. Aussitôt, j'en suis désemparé. Mon loup est désenchanté à l'idée de ne pas être proche de la seule âme qui compte pour lui. Je me renfrogne. Malgré tout, je me connecte à Versipalis pour connaître sa position. C'est quelque chose que je ne peux pas faire avec Horia. Évidemment, je pourrais traquer son odeur, mais je mettrais plus de temps. Mon besoin de la revoir est trop grand, alors je vais au plus rapide.

Je file au pas de course à travers la forêt et descends en contrebas, suivant cette connexion avec mon mage. Mon loup est le premier alerté par l'essence de celle qu'il considère déjà comme sa promise.

Je suis bien parti pour finir vieux gars et me faire renverser prochainement par une meute avide.

Mais que faire avec comme compagne une louve qui ne retourne pas sa peau ?

C'est impossible !

Mes Warous ne méritent pas que je les condamne avec un tel choix. Là aussi, je courrais au fiasco.

En fait, j'ai le triste espoir de réparer Horia, l'enlever aux Vircolac et la revendiquer sur la Dalle pour en faire ma partenaire.

Malgré ce dessein secret, les embûches sont nombreuses.

Cette faille en elle, peut-on la « colmater » ?

Et ensuite, pourrait-elle retourner sa peau ?

La revendiquer auprès des Vircolac, dont l'Alpha ignore totalement cette louve problématique, m'amènera à la guerre. Lui aussi croit dur comme fer en Sabaya. Sa férocité et mon désaveu envers sa fille nous conduiront à un conflit.

J'oublie mes soucis, les laissant derrière moi, contemplant cette jeune femme accroupie, farfouillant dans une végétation dense. Ses longs cheveux bruns sont accrochés dans son dos. Tous les bleus sur ses bras ont disparu. J'en suis fier. Ici, Horia est à l'abri de la violence de son père.

Soudain, elle sent ma présence. Son visage pivote vers moi. Ses lèvres s'étirent en un magnifique sourire. Puis la tristesse s'empare d'elle.

Tous les deux, nous sommes à l'unisson : partagés !

29 – Horia

Je n'ose aller vers Tiago.

Sa proximité me rend nerveuse de par les sentiments de ma louve. Je m'interdis de savoir si je les partage. Je ne suis qu'une oméga, et encore : uniquement car on me tolère du fait de ma lignée. Indigne d'un Alpha, je ne peux envisager de me rapprocher.

Alors, la mort dans l'âme, je me replonge dans cette touffe herbeuse pour chercher les pousses d'un géranium sauvage bien particulier qui pousse au milieu de ces tiges vertes, suivant les consignes de Versipalis à la lettre. J'apprécie de travailler avec lui. C'est un sage d'un calme olympien.

Tiago s'éloigne et rejoint Versipalis.

J'en suis déçue.

Mais à quoi m'attendais-je ?

C'est ce que tu voulais, non ?!

Je les épie du regard. Ils sont dans une intense conversation. J'aimerais me rapprocher pour les entendre. Néanmoins, c'est impossible. Je ne peux me mêler de leurs affaires.

Curieusement, Versipalis ne m'a pas questionnée sur mon dysfonctionnement. En même temps, il a d'autres chats à fouetter. En revanche, son aura me pénètre régulièrement. Je ne sais pas trop ce qu'il cherche à faire. Nos silences m'apaisent et me réconcilient avec moi-même. Ici, je suis bien, alors je laisse faire. Peut-être même qu'il travaille à mon équilibre sans me le dire.

— Horia !

Je sursaute. Toute à mes occupations, je n'avais pas vu Tiago arriver. Je me relève.

— Oui ?

— J'aimerais discuter ce soir. Rejoins-moi à la maison des plaisirs dans le village. Nous y serons plus tranquilles.

J'ouvre la bouche en grand.
— La maison des plaisirs ?! je demande, choquée.
— Oui ! Ne t'inquiète pas, je veux simplement parler... dans un endroit où personne ne nous dérangera.
Je secoue la tête.
Mais qu'est-ce que j'imaginais ?
— Bien sûr.
Renfrognée, je fais l'indifférente, mais mon ego en a pris un coup. Après tout, nous n'avons jamais évoqué ce qui s'est passé pendant le rituel d'abondance. Probablement que ça n'a aucune importance pour Tiago.
— Présente-toi à 23 h auprès d'Etsuko. Elle saura te guider.
— Etsuko ?
— Oui, c'est une vampire Duroy, la gérante, précise-t-il en plissant le front.
J'enregistre l'information.
— Tu n'as rien contre les vampires ? demande-t-il soudain, contrarié.
— Euh... Non.
Nous vivons au milieu de cette espèce depuis belle lurette. Les métamorphes étaient essentiellement des exécutants, les guerriers des vampires, mais avec certains avantages que je préfère taire. À ma connaissance, les Vircolac se sont toujours alliés aux créatures de la nuit, les rendant plus redoutables, de jour comme de nuit. Il me semble qu'entre les Warous et les Duroy, les relations sont totalement différentes. Ici, aucune espèce ne domine l'autre.
— Très bien. À ce soir, Horia.
Et il repart sans aucune explication. Je me ronge les sangs toute la journée. La soirée passe trop lentement. Je ne vois même pas mon père. Depuis plusieurs soirs, il sort, je ne sais où, me fichant la paix par la même occasion.
Quand enfin il est l'heure, je rejoins le village, totalement désemparée.
De quoi Tiago veut-il parler ?
Je n'ai jamais été aussi libre qu'ici. Ce travail avec Versipalis me plaît. Ne plus être concentrée sur Sabaya, son existence, assouvir ses moindres besoins, me redonne vie. Je découvre qu'il y a des activités que j'apprécie. Converser avec Ava et Velkan m'a également fait

beaucoup de bien. J'ai même osé leur demander s'il m'était possible de changer de meute... juste comme ça. Malheureusement, ils n'ont pas répondu, mais leur expression était suffisante pour que je comprenne qu'on ne changeait pas d'Alpha sans raison valable.

Et du côté de Sabaya ? Elle en bave dans sa mission. J'en suis dépitée. Je crois qu'il n'y a aucune chance que Tiago la choisisse. Hormis rester ici pour servir Sabaya, je ne vois pas comment je pourrais justifier ma présence chez les Warous.

Et si Tiago me proposait quelque chose ce soir ?

Soudain pleine d'espoir, j'accélère le pas. Les premières maisons du village apparaissent. Velkan m'a bien expliqué comment y aller. Bien sûr, je n'ai pas révélé que je rejoignais son Alpha : j'aurais trop honte pour leur chef.

Enfin, je toque à cette magnifique porte en bois ouvragé. Un judas ciselé d'une dizaine de centimètres permet de découvrir le visiteur. Aussitôt, on m'évalue. Je perçois un vampire de l'autre côté. J'ignore si mon sourire contrit est engageant, mais je fais de mon mieux pour faire bonne figure. L'entrée s'ouvre.

— Bien le bonsoir, mademoiselle ?...

— Horia.

Je salue, mais n'ose pénétrer.

— Avancez, je vous prie !

Je me mords les lèvres, totalement indécise, devant la décoration assez sobre. Du rouge sombre partout. Les lumières tamisées, ainsi que les recoins amènent une certaine intimité. Un vampire est collé à la veine d'un humain. D'autres discutent ou sont enlacés. La scène est éteinte, vide, mais j'imagine déjà tout des spectacles plus ou moins lascifs. Pourtant, rien ne semble vulgaire.

Au bar, les verres sont remplis d'hémoglobine pour les sangsues, pendant que les métamorphes boivent des alcools de toutes sortes. Toutes les espèces se côtoient sur ce territoire. Et ce qui m'étonne, c'est qu'il n'y a pas de hiérarchie. Non, ici, humains, vampires et loups sont au même niveau. Jamais je n'ai vu ça.

Tellement subjuguée, je n'ai pas bougé.

— Ah ! C'est votre première fois.

J'acquiesce, mes yeux collés à ce spectacle.

— Vous attendez quelqu'un, peut-être ?

Je plisse le front.

C'est vrai !
— Etsuko, je murmure.
— Etsuko ? Très bien, venez.

Je suis ce vampire, habillé tout de cuir. Il doit être beau, ils le sont tous, mais je n'ai même pas pensé à l'observer.

Soudain, il me plante devant une jeune Japonaise d'une autre époque. Elle respire le respect et les traditions. Ses lèvres rouges sont dessinées en forme de cœur, son sourire est affable. Des baguettes vernies de noir retiennent ses cheveux de la même couleur dans un chignon savamment travaillé. Des pompons rouges et des dragons bougent aux extrémités lorsqu'elle dodeline de la tête. Je suis captivée par cette splendide créature. Le vampire me plante devant cette superbe geisha et s'en va.

Surprise, je me retourne pour l'interpeller, mais il est déjà parti.
— Mademoiselle ? interroge la geisha en me saluant.
— Je... Je devais demander Etsuko.

Elle acquiesce.
— Horia... Tiago m'a prévenue. Venez !

Les dragons noirs ondulent sur son kimono rouge, à chacun de ses petits pas. Jamais je n'ai vu tant de grâce. Quand j'observe ma pauvre tenue, j'ai honte, engoncée que je suis dans mon tee-shirt et mon pantalon trop petits.

Nous prenons un couloir. Que des portes. Je saisis immédiatement que ce sont pour des rendez-vous plus « privés ».

Mon Dieu, mais qu'est-ce que je fais là ?
— Tiago ne va pas tarder, dit-elle en ouvrant une pièce.

Évidemment, j'aperçois un lit énorme, un canapé. Je n'ose entrer.
— Allez-y, Horia. Ici, vous serez tranquilles pour discuter. Ne vous formalisez pas du décor !

J'écarquille des yeux comme des soucoupes.
— Merci, Etsuko.

La voix de Tiago résonne dans mon dos, chaude et suave. Je ne peux qu'avancer.

30 – Tiago

Etsuko nous salue respectueusement et je ferme la porte derrière nous. Immédiatement, je m'écarte d'Horia pour ne pas être intrusif. Cette dernière gigote d'un pied sur l'autre, tordant ses mains. Je monte les miennes en signe de paix.

Je l'ai invitée ici sans arrière-pensée. Enfin, c'est mentir, bien sûr. Horia est superbe. Son joli visage, la couleur de ses yeux dans lesquels j'aimerais me perdre. Ce mélange de rondeurs engoncées dans des vêtements trop serrés me fascine. Sa magnifique chevelure soyeuse qui me donne encore plus envie de faire connaissance avec sa louve. Sa forme animale, si puissante, qui résonne tellement avec la mienne et ma magie.

Tout m'attire en elle.

Cependant, je me dois d'être raisonnable.

Je suis ici pour l'aider, pour comprendre cette « malédiction » qui l'emprisonne, découvrir pourquoi nous partageons la même empreinte et quelles pourraient en être les conséquences.

— Asseyons-nous, je propose.

Je lui montre le canapé noir en velours. Comme elle ne bouge pas, j'esquisse le mouvement, espérant qu'elle me rejoigne. Dans un premier temps, elle reste immobile, puis souffle et vient s'asseoir à mes côtés, à une distance respectable.

De nouveau, elle empoigne ses doigts pour les torturer. Je pose aussitôt une main dessus pour qu'elle arrête cette agitation nerveuse.

— Je ne te veux aucun mal, Horia.

Elle acquiesce à contrecœur. Clairement, elle n'en est pas convaincue. Ça montre bien le peu de confiance qu'elle a en ses congénères. Je suis irrité qu'elle me mette dans le même sac que ces vermines de Vircolac.

— Dans mon village, nous ne pouvons discuter tranquillement sans être découverts. Alors, je préfère que nous nous rencontrions ici.

Elle suffoque et dodeline de la tête, encore plus mal à l'aise, affichant une moue mortifiée. Ses mains se raidissent sous la mienne. Je commence à les effleurer pour tenter de la décontracter.

— Pourquoi tant d'inquiétude ?

Je pensais qu'après cette intimité que nous avions partagée, nos rapports seraient plus aisés. Mais il n'en est rien et ça me chagrine vraiment.

Elle lève son beau visage. Ses prunelles émeraude me fixent.

— Sois honnête avec moi.

Mon expression déterminée la convainc de s'épancher. Son aura grandit et vient au-devant de la mienne. Sa louve est si proche. Je m'immerge dans un bain enchanteur qui nourrit chacune de mes cellules.

— Tu ne veux pas qu'on nous voie ensemble !

Son ton est tranchant et j'en ricane, blasé. Malgré tout, cela ne gâche pas cette harmonie envoûtante.

La sent-elle ?

Je n'en ai pas l'impression.

— Effectivement, nous ne pouvons être découverts ensemble.

La jeune femme est blessée et baisse à nouveau la tête. J'effleure plus profondément ses mains et soupire d'exaspération. Alors, je me lance :

— Horia, j'ai envie de t'aider... J'ai besoin de comprendre certaines choses... mais tu ne fais pas partie des héritières. Je ne désire pas déclencher des animosités entre les meutes. Ce serait la catastrophe. Les Vircolac, comme les Warous, se remettent à peine des derniers événements.

Elle retire ses mains pour se soustraire à mes caresses et glisse sur le divan pour s'éloigner un peu plus de moi.

— Pourquoi faire tous ces efforts alors ? Tu ne devrais pas t'occuper de moi !

Clairement, c'est un reproche qu'elle me fait. Cette jolie louve se rebiffe, ce que je n'aurais jamais pensé. Je n'ai que plus d'admiration pour elle.

— Tu es sur mon territoire. En tant qu'Alpha, je me dois de

t'aider !

Évidemment, ce n'est pas tout à fait vrai puisqu'elle est ici avec son chef de meute. Malheureusement, ce dernier n'en a rien à faire. Il ne compte même pas Horia comme un de ses membres, peut-être un parasite et encore... En fait, il l'ignore en permanence et ne la regarde jamais.

Peut-être que je pourrais demander à Liviu de récupérer Horia pour l'intégrer aux Warous ?

Cette simple pensée me fait rêver, me remplit de joie et mon loup devient extatique.

Puis, je maugrée tout seul. Ça ne changera rien au fait que je ne peux choisir Horia comme compagne.

— Je désire vraiment t'aider, Horia. C'est mon devoir d'Alpha... et j'aimerais en savoir plus sur toi !

— Que veux-tu savoir ? demande-t-elle de mauvaise grâce.

Je m'humecte les lèvres : autant se lancer.

— Qu'avez-vous tenté pour résoudre ton problème ?

Elle écarquille les yeux. Lorsqu'elle blêmit, je devine aussitôt que ces expériences ne sont que de mauvais souvenirs. J'affiche mon expression la plus avenante. J'aimerais reprendre contact avec sa peau, mêler nos auras, ressentir sa puissance, sa partie animale qui se connecte à la mienne. Néanmoins, je respecte la distance qu'elle a mise entre nous et je patiente, avec un sourire engageant pour l'encourager à me parler.

Soudain, elle acquiesce et se lance.

Alors, elle me raconte tout. Son enfance du plus loin qu'elle se souvienne. Les mauvais traitements de son père pour la punir d'avoir tué sa mère. Les châtiments pour être si différente et absolument pas à la hauteur de ce qu'elle aurait dû être en tant que descendante de bêta. Combien elle ferait honte à sa mère si elle était encore vivante. Son père a tout essayé pour l'obliger à se transformer. La battre, l'affamer, la rabaisser... Tous les moyens ont été bons selon lui, excepté la douceur. La punir aussi par les mêmes moyens pour être ce qu'elle est : une ratée, une raclure d'excrément. Un excrément, c'est déjà trop d'honneur pour elle ! Leur Versipalis a tenté également de nombreux envoûtements ou décoctions... En vain.

Au fil de ses mots, mes muscles se contractent de plus en plus.

Ma colère monte. Heureusement que je ne suis pas dans mon village : je crois que j'irais de ce pas rendre à Radu les mauvais traitements qu'il a fait endurer à sa fille.

Finalement, être au service de Sabaya s'avère bien plus reposant. Maintenant qu'Horia est adulte, tous ont accepté l'idée qu'elle n'est pas l'une des leurs.

Son histoire me fracasse le cœur.

Comment peut-on être si cruel ?

Je tremble de rage.

Soudain, Horia sursaute, prenant conscience de mon état. Immédiatement, elle se met debout et se dirige vers la porte.

— Pardon... Je ne voulais pas... dit-elle, pleine de confusion.

Je bondis sur elle et l'empêche d'ouvrir le battant.

Hors de question qu'elle parte !

— Je vais me calmer...

Je m'exhorte à plus de tempérance. J'imagine que mes pupilles dilatées éclatent de la furie qui déborde de moi.

Je force mes poumons à respirer plus profondément pour ralentir mon rythme cardiaque.

La chair de poule parsème de petits points sur les bras d'Horia. Elle est pleine de confusion. Quand je pose mes mains sur ses épaules, le plus tendrement possible, je perçois que sa louve regorge elle aussi de colère. Pourtant, sa propriétaire n'en semble pas affectée, contrairement à mon loup qui glapit de fureur, prêt à égorger tous les Vircolac. Moi qui désirais conserver une paix relative avec eux, c'est mal engagé !

— Reviens avec moi, Horia, nous n'en avons pas terminé...

31 – Horia

Affolée que Tiago soit dans une telle rage, je me laisse conduire jusqu'au canapé. Si je pars, il risque de me suivre, et dans son état, il pourrait massacrer mon père ou mon Alpha.

Mmmm... Probablement qu'ils le mériteraient, mais je ne peux laisser faire une telle chose.

Et pourquoi se mettre dans une furie pareille pour moi ? Je ne suis ni humaine ni véritablement métamorphe.

Alors, la meilleure chose à faire, pour le moment, est de demeurer ici avec lui, le temps qu'il se calme.

Il s'assied, raide comme un piquet. Ses iris luminescents lancent des éclairs. Je ne serais pas surprise que tout ce qu'il regarde prenne feu !

Je me pose contre lui et garde une de ses mains dans les miennes, le caresse pour l'apaiser. Tout à l'heure, ce simple contact m'a fait du bien, a ravi ma louve. Pourvu que cela ait le même effet sur lui.

Je n'ose plus parler. Probablement que j'ai révélé trop de choses. Finalement, me libérer de tout ce fardeau ne m'a pas soulagée autant que je l'aurais cru.

Tiago respire avec grande difficulté. Pourtant, je perçois que petit à petit son torse puissant s'apaise, tout comme les battements de son cœur.

La pulpe de mon pouce masse sa paume avec tendresse. Ma folle adoratrice déborde de joie d'être à son contact, de pouvoir humer ce spécimen unique. Elle s'enivre de son parfum. Parfois, elle gratte comme pour sortir de mon corps. Elle ne rêve que d'une chose : se rouler sur la moquette sombre avec ce loup.

J'en souris.

Le plaisir monte en moi. Au moins, l'une de nous deux est heureuse.

— Pourquoi ris-tu ? demande Tiago, surpris par ma réaction.

Je sursaute à sa question. J'étais tellement intériorisée sur ma petite personne que je n'ai plus fait attention à lui.

Je hausse les épaules. Ce qui m'arrive est si ridicule.

— Dis-moi, insiste-t-il.

— Ma louve... Elle est folle de toi !

Aussitôt, je m'écarte d'avoir révélé cette énormité.

Tiago empoigne ma main et je ne peux m'échapper.

— Mon loup t'a choisie, avoue-t-il à regret.

Je discerne combien une pareille chose lui fait mal.

— J'en suis si désolée ! je m'exclame, effarée.

Quelle mauvaise nouvelle !

J'en suis mortifiée. D'une certaine façon, je l'ai condamné. C'est une humiliation de plus. Mon père a raison. Je sème le malheur autour de moi.

— Il aurait mieux valu que je ne mette jamais les pieds dans ton village !

Son acquiescement me fait souffrir.

Il soupire de lassitude, comme s'il baissait les armes.

— C'est ainsi !

— Je vais partir d'ici... Tu n'as qu'à exiger que mon Alpha me renvoie.

Ma proposition est sincère. Je ne veux de mal à personne. Je n'ai aucune position et il en sera toujours ainsi.

Je ne saisis pas son marmonnement, mais j'attends.

Tout à coup, il se raidit à nouveau.

— Pourquoi es-tu venue pendant le rituel d'abondance de Versipalis ?

Je suis choquée. Je me sens encore plus coupable depuis sa révélation.

Que dire ?

Je ne comprends pas moi-même. Néanmoins, ce souvenir est puissant. Mon ventre prend feu aussitôt. C'était si fort, ce que j'ai ressenti. Je ne parviens pas à regretter, même si cet homme n'est pas pour moi. Je me remémore chaque instant. C'est la plus belle chose qui me soit arrivée.

— L'appel, dis-je. J'ai répondu à cet appel irrésistible. J'étais obligée de me rendre à la Dalle...

Il opine plusieurs fois en me regardant.

— J'en suis désolée...

C'est totalement faux !

Mais peut-être que ça le soulagera.

— Tu n'aurais pas dû entendre cette invitation, remarque-t-il.

Dubitative, j'attends qu'il me donne davantage d'explications.

— Cette convocation est réservée aux Alphas.

— Impossible. Je ne suis ni Alpha ni fille d'Alpha.

Tiago plonge dans une intense réflexion. Nos mains restent jointes. Notre champ électromagnétique gonfle autour de nous. Nos auras se mêlent, je n'en discerne plus mes frontières, tout comme c'est arrivé cette fameuse nuit.

— Je suis désolé que tu aies perdu ta virginité ainsi, murmure-t-il.

Je souris, c'est plus fort que moi. En ce qui me concerne, je trouve que c'était parfait. Toute cette effusion. De toute ma triste vie, je n'ai jamais ressenti autant de communion avec quelqu'un.

Peut-être avons-nous été ensorcelés...

S'il n'y avait que moi, je veux bien renouveler cette expérience.

Néanmoins, je me tais.

Je respecte trop cet Alpha pour le souiller par ce que je suis.

Tout cela demeurera de l'ordre du fantasme. Mais je le chérirai jusqu'à la fin de mon existence.

— Horia, ta présence me fait beaucoup de bien. Elle nourrit quelque chose chez mon loup. Reste ici avec moi, cette nuit !

J'acquiesce, totalement ahurie.

Tiago se lève et commence à se déshabiller. Mes joues s'échauffent à l'idée de ce qui va se passer. Soudain, il se rembrunit et revient saisir mes mains.

— Horia, je vais retourner ma peau... Mon loup en a besoin et peut-être que...

Il ne termine pas sa phrase et ça me va. Trop de désillusion face à mon incapacité.

Cette idée m'enchante, même si avoir affaire à l'homme ne m'aurait pas déplu non plus.

Son sourire devient carnassier quand il devine mes pensées lubriques et mes joues rougissent.

Je le contemple se déshabiller nonchalamment, toute cette discussion sérieuse mise de côté. Tiago est parfait. Ses muscles ciselés sont à peine recouverts de poils. Le moindre de ses mouvements fait onduler ses bras, ses cuisses, bander ses abdominaux.

Je l'admire, la bouche ouverte, le cœur battant la chamade, les entrailles en feu. Ma louve glapit. Je me retiens d'applaudir devant ce splendide spectacle.

Aussitôt, il ricane devant ma stupéfaction. Je me renfrogne d'être si naïve. Je passe ma main sur mes lèvres pour vérifier que je n'ai pas bavé.

L'aura de Tiago gonfle et brusquement, j'ai affaire à son loup. Il est monstrueux, mais tellement majestueux. Celui-ci vient s'enrouler autour de mes jambes. Il frotte ses babines contre moi. Je suis si heureuse qu'il cherche à marquer son territoire. C'est comme si enfin j'appartenais vraiment à un clan. Certes, nous ne serions que deux puisque nos rencontres doivent rester secrètes, mais c'est si bon de ne plus se sentir seule.

Sa langue lèche ma main, mon bras. De l'autre, je caresse sa tête. Ma paume dévale tendrement son dos musculeux. Je suis émerveillée par cette communion qui monte en moi.

Et la folle adoratrice ?

C'est une véritable dévotion qu'elle voue à ce mâle Alpha. Si seulement cela pouvait la faire sortir...

Je souris béatement, me nourris de son bonheur. Tiago a l'air tout aussi heureux en cet instant.

Tout à coup, il grimpe précautionneusement sur le lit. J'imagine que son poids pourrait le casser. Et il se couche à plat ventre. Il n'a d'yeux que pour moi. Il n'espère qu'une chose : que je le rejoigne.

J'accepte et m'allonge timidement à ses côtés. Ses pattes m'entourent. Je me fonds dans sa toison, caresse de nouveau sa tête, emmêle mes doigts dans son pelage si doux...

Nos cœurs résonnent à l'unisson.

Je retrouve ce moment magique que j'ai ressenti pendant notre étreinte charnelle.

Mes mains ralentissent. Mes sourires s'évanouissent et je m'endors profondément.

32 – Tiago

Troisième nuit que nous passons à la maison des plaisirs. Je prends le prétexte que la louve d'Horia a besoin d'être nourrie de l'énergie d'un Alpha attentionné pour faire venir la jeune femme.

Il n'en est rien !

Je lui mens tout simplement.

Je ressens la nécessité de me rouler dans son aura, la humer, la toucher. Mon loup est à son comble. Quoiqu'il aimerait bien s'accoupler avec cette compagne qu'il s'est choisie. Toutefois, Horia ne retourne pas sa peau. Alors, je prends mon mal en patience.

Je désire maintenant hautement que mon loup laisse davantage de place à l'homme. Je suis à la fois frustré et assouvi par la présence de cette louve hors norme. Par ailleurs, plus je suis avec elle et plus mon besoin de me mêler pleinement à elle se transforme en douleur de ne pas aller plus loin.

Pour autant, je ne souhaite pas abuser de sa personne, même si je sais qu'elle serait consentante. Malheureusement, lui refaire l'amour me ferait dérailler et déclencherait une guerre, c'est désormais certain. Je suis au bord de la rupture, sur le point de basculer. Je ne tiens plus qu'à un fil fragile, de plus en plus effiloché. Je garde la raison tant bien que mal dans un combat intérieur explosif.

Horia passe ses nuits entre mes pattes. Elle sous forme humaine, et moi sous forme animale.

Et le pire maintenant ?

Je rêve qu'elle reste monomorphe. Je n'aurais plus cette excuse de l'aider si elle retournait sa peau.

Je m'en veux d'avoir des pensées si honteuses, indignes d'un Alpha.

Je suis malheureusement conscient désormais que cette alchimie qui nous lie va bien au-delà de l'amour. Nous sommes prédestinés pour une raison qui nous échappe, à Versipalis et moi. De mémoire de sorcier lupin, ce phénomène n'a jamais existé. Deux métamorphes ayant la même signature, c'est déjà rare. Mais avoir en plus la même résonance de magie, alors que nous sommes de meutes différentes, c'est troublant.

Et plus encore : nous sommes plus puissants grâce à cette jeune louve.

Afin de laisser Liviu et Radu plus libres de leurs mouvements, je me suis arrangé avec Ava et Velkan pour qu'ils hébergent Horia. C'est un bien grand mot puisque nous dormons à la maison des plaisirs. Mes deux Mordus, ainsi que Jade, sont complices de ces moments volés. En contrepartie, un de mes Warous s'assure que la tête des Vircolac ne manque de rien. Ni l'Alpha ni le bêta n'ont discuté. J'ai donc réussi à la soustraire de sa meute très facilement. Il me reste à gagner Horia définitivement. Toutefois, je dois trouver un prétexte irréfutable.

Comme chaque matin, depuis trois jours, nous nous séparons à l'aurore au milieu de la forêt.

— Tu rejoins Ava ?
— Oui.

Son murmure est si léger qu'il se perd dans la brise. Ses prunelles rayonnent d'un vert émeraude. Elle brille comme un phare pour me guider. Sa louve est là, sous mes doigts qui caressent sa joue. Si proche et si loin à la fois. J'en suis subjugué, dans notre bulle.

— On se retrouve ce soir !

Ce n'est pas une question, bien sûr.

Son sourire illumine son beau visage.

Horia en a autant besoin que moi. Cependant, comme elle est déconnectée de sa louve, elle ne comprend rien à ce curieux phénomène qui nous lie. Je sais désormais qu'elle espère bien plus, mais je ne peux lui faire de promesses.

Je dépose mes lèvres chastement sur sa bouche. Horia s'agrippe à ma nuque et approfondit notre baiser. Mon désir tant retenu bondit dans mon ventre. Aussitôt, je suffoque de ne pas pouvoir aller plus loin.

Secrètement, avec Versipalis, je cherche une solution, un argument imparable qui me permettrait de prendre Horia comme compagne. Son fils s'est lancé dans les études de tous les recueils et manuscrits que nous possédons, pour d'une part trouver un remède à la dysmorphie lupine, ce mal dont souffre Horia, et d'autre part rechercher des explications sur cette étrange signature que nous partageons tous les deux. Malheureusement, dans un cas comme dans l'autre, Irmo a beau consulter jour et nuit les écrits que nous entretenons depuis la nuit des temps, il ne trouve rien.

À regret, nous nous quittons, Horia et moi, et séparons nos chemins. Encore une journée d'ennui à prévoir. Je ne vis que pour la nuit dorénavant, pour retrouver ma belle louve « cassée », comme elle se dénomme, pour me torturer un peu plus contre son corps voluptueux.

Je jette régulièrement des coups d'œil acérés pour suivre sa progression. Non pas que j'aie peur qu'il lui arrive quelque chose. Mon territoire est sûr... Enfin, il n'y a pas eu d'autres attaques depuis Anton et cette tempête maléfique. Notre bulle éclate et je retourne à la réalité, désabusé.

Tout à coup, la brise s'élève à nouveau et charrie une odeur ferreuse que je reconnaîtrais entre toutes.

Le sang !

J'ouvre grand tous mes sens pour en déceler l'origine. Je pivote sur moi-même. Cela vient de l'autre côté du chemin qui mène au château des Duroy.

Immédiatement, je me connecte à mes bêtas pour qu'ils me rejoignent. Probablement qu'ils dorment encore. Je tire sur ce lien avec eux et gonfle mon champ électromagnétique afin qu'ils sentent l'urgence de la situation. En vérité, j'ai reconnu l'odeur du sang d'un lupin, ce qui n'est pas normal. Nous guérissons si vite qu'une telle odeur n'annonce rien de bon.

J'observe une dernière fois la progression d'Horia. Je devine qu'elle est à l'orée de mon village et donc hors de danger. Les sentinelles sont plus nombreuses à tourner pour assurer notre sécurité.

J'accélère. Plus je m'approche et plus je suis prudent, profitant des arbres pour me camoufler.

Au pas de course, Marko et Falko me rejoignent. L'expression curieuse, ils m'interrogent du regard. Je pose l'index sur mon nez. Ils décèlent immédiatement la fragrance de l'hémoglobine de l'un des nôtres. Leur visage se rembrunit et nous poursuivons notre progression en toute sécurité.

Mon palpitant s'accélère, mes instincts sont exacerbés. Mon loup est prêt à prendre le relais et à combattre. Je sais déjà que nous allons trouver un métamorphe mort.

Au bord de la route qui mène chez les Duroy, il n'y a pas âme qui vive. La lumière du soleil a chassé tous les vampires qui ne sont pas diurnes. Aucun mouvement suspect ne nous a été signalé cette nuit. Aucune alerte de la part de nos alliés.

Il nous reste un saut de puce et nous saurons qui gît au bord de cet accès du château.

Je fais signe à mes bêtas que nous allons de l'autre côté. Ils opinent du chef, le regard sombre. Les poils électriques sur leurs bras prouvent que leur loup est très proche, tout comme le mien. Nous traversons à pas feutrés et découvrons immédiatement un métamorphe salement décapité sous sa forme humaine. Le corps n'a même pas été dissimulé.

Je sursaute devant la violence que je devine. Cet homme a purement été exécuté.

Pourquoi ?

Le connaissons-nous ?

Je suis certain que ce n'est pas un Warou. Aussitôt, ça me rassure, même si ce crime ne restera pas impuni.

— Cherchons la tête !

Mon ordre fuse et nous nous séparons, tout en demeurant à vue et à une distance prudente.

— Ici ! clame Marko.

Nous nous précipitons.

Je blêmis brusquement quand nous découvrons la victime.

La tête du bêta d'Orféo a été balancée là. L'Italien ne va pas nous épargner.

Nous sommes dans de beaux draps !

33 – Horia

Je sursaute dans mon lit moelleux. À peine arrivée, je m'étais allongée pour prolonger cet élan du cœur des moments passés avec Tiago. J'ai rêvassé les yeux ouverts avec ma folle adoratrice qui gambadait dans mon intérieur comme un chiot fou, augmentant mon plaisir. Et je me suis endormie dans son extase, profondément même.

Soudain, assise, j'écoute. Une grande agitation règne chez les Warous. Je me lève aussitôt et dévale l'escalier en bois.

— Que se passe-t-il ?

Ava m'observe, totalement affolée.

— Un meurtre ! souffle-t-elle, terrorisée, en se jetant sur moi, comme pour se réconforter.

Nous nous sommes beaucoup rapprochées et j'aime à croire que notre amitié est sincère. Je caresse son dos pour la consoler, apaise la peur qui est en elle. Ava m'a avoué que ma magie véhiculait quelque chose de très puissant.

Qui l'aurait cru ? Moi, la moins que rien !

Même si Versipalis et Tiago me le répètent, je ne saisis pas bien les conséquences de cette puissance ensorcelante. Question plus importante encore : pourquoi n'en ai-je pas conscience ?

Nos auras se mêlent et le cœur d'Ava ralentit. Elle se calme. Nous nous écartons et immédiatement, je me rembrunis en pensant à cet assassinat.

Chez les Vircolac, les châtiments et même les meurtres sont monnaie courante. Bien sûr, sept années de paix pour Ava et Velkan ont totalement éliminé la triste réalité qui persiste dans d'autres meutes et j'en suis très heureuse pour eux. Je les envie tellement.

Aussitôt, je sors précipitamment.

— Où vas-tu ? demande Ava.

— Je dois rejoindre les Vircolac !

— Non, c'est trop dangereux. Reste ici !

Malheureusement, je ne suis pas une Warou. J'ai déjà trop de passe-droits. Mon Alpha demeure Liviu.

— Je reviendrai, dis-je, incertaine.

Liviu n'a jamais utilisé sa connexion avec moi. En revanche, mon père s'est bien assuré que je m'exécute à l'imitation de nos membres. J'ai dû étudier toute mon enfance pour comprendre comment agir. Cela m'a évité quelques punitions.

Je hume autour de moi pour retrouver le bêta... En vain. Si je pouvais retourner ma peau, je serais bien plus efficace. Mon paternel doit être trop loin pour que je le repère. Alors, je décide de suivre les Warous. Ces derniers vont tous dans la même direction.

Je pars en trottinant pour ne pas être distancée. Il a dû se passer quelque chose de grave.

Tout à coup, une main empoigne mon épaule.

— Où étais-tu tout ce temps ? demande Sabaya, en colère.

Je stoppe net ma progression. J'avais totalement oublié l'héritière. J'avoue que j'ai vécu les meilleurs moments de ma vie.

— Je travaille pour Versipalis.

Mon balbutiement ne me rend pas honneur. J'ai l'impression d'être prise en faute, alors que ces derniers jours, je me sentais bien, respectée, et que je commençais même à avoir confiance en moi.

— Tu devais m'aider, Horia. Pour notre bien à toutes les deux, tu aurais dû attendre mes ordres !

— J'ai été surprise par l'Alpha des Warous... Il m'a réquisitionnée et ton père a accepté !

— Tu passes trop de temps dans cette meute. Tu n'exhales plus les Vircolac.

Je me détourne pour dissimuler ma peur. Heureusement, Ava m'a prise dans ses bras.

Sabaya me sonde et finalement lâche l'affaire devant l'urgence de la situation. Probablement que le mélange d'odeurs ne l'amène à aucune conclusion en particulier, hormis peut-être la trahison envers les nôtres.

Pour faire diversion, j'avance à nouveau et elle m'emboîte le pas.

— Sais-tu qui est mort ? je demande.

Quand elle bifurque, je la suis. Sabaya a de grands instincts. Elle, elle ferait une puissante Alpha. Dommage qu'elle soit toujours embourbée dans ses problèmes d'autorité. Il faut croire que l'on ne gère pas les Warous comme on commande les Vircolac, en les tyrannisant.

— Apparemment, le bêta De Luna a été assassiné, maugrée-t-elle. Il vaut mieux rejoindre Tiago sur les lieux. Son territoire ne semble pas si sûr qu'il le disait.

Évidemment, il ne l'est plus maintenant. Néanmoins, Ava et Velkan m'ont parlé de leur vie ici et elle est bien enviable. Je me mords la bouche pour éviter tout mot malheureux. S'installer là me paraît mal engagé, voire impossible. Cela m'attriste immédiatement et je culpabilise de tant d'égoïsme.

Nous arrivons devant un attroupement de Warous. Même les héritières sont présentes. Je profite de Sabaya qui se faufile dans la foule pour la suivre et voir ce qui se passe.

Une grande vampire brune examine la scène, armée jusqu'aux crocs, vêtue d'une combinaison de cuir. Un beau blond, au regard orageux, ne la quitte pas. Autour d'eux, des gardes sont présents pour les protéger.

Alors, c'est bien vrai que les Duroy ont plusieurs vampires diurnes !

J'en suis estomaquée.

Orféo, l'Alpha italien, est penché sur un corps pour en étudier le moindre indice.

— Un vampire, incrimine-t-il en se relevant.

D'où je suis, je discerne un cou totalement déchiqueté. Une chair de poule me recouvre les bras. Je reconnais immédiatement la peur. Elle me saisit quand la violence refait surface.

Quand Orféo lève le visage, son regard brille de colère et de peine d'avoir perdu son bras droit. Les liens sont forts dans une meute et dépassent systématiquement le rapport hiérarchique dans le comité de direction. Des relations étroites et sentimentales se mêlent et amplifient le pouvoir de la tête. Sa fille Chiara est en larmes et sa servante la soutient du mieux qu'elle peut.

Mon cœur se serre de tristesse. C'est si terrible, la perte d'un être cher. Tiago opine du chef. Et qui mieux que lui peut le comprendre. Il a lui-même perdu tous les membres de sa famille. Quand je réalise que c'est ma meute qui les a assassinés, je suffoque. Quelle horreur ! Il aurait dû me haïr. Soudain, je culpabilise pour ce que nous lui avons fait subir.

L'Alpha des Warous est clairement affecté par cet événement. Son dos est raide. Sa stature impressionnante met en valeur sa musculature gorgée de sang. Ses iris flamboyants et ses poils dressés sur ses bras prouvent qu'il est sur le point de retourner sa peau.

Inanna est déjà en train de fureter sous sa forme animale. Je devine qu'elle partage les éléments qu'elle trouve avec son chef, car ce dernier opine régulièrement.

J'observe la scène avec grande attention.

La vampire brune s'avance et hume vers le corps. Elle semble sceptique.

— Les seuls vampires ici sont les Duroy, annonce l'Alpha italien en se levant, paré à bondir sur toute menace, les poings serrés.

— Il a malheureusement raison ! clame Liviu.

À cet instant, je constate que mon père m'étudie d'une drôle de façon. Je n'ai pas pris de douche. Je n'ose me renifler pour savoir si je transporte la fragrance de Tiago. Je me fonds davantage au milieu des Warous pour me faire oublier et me mêler à leurs odeurs.

Soudain, un loup se faufile et arrive jusqu'à moi.

Versipalis !

Il se frotte à tous les Warous sur son passage et sur moi aussi.

Pourquoi agit-il ainsi ?

Est-ce un rituel ?

Probablement que je porte trop la fragrance de Tiago. Ça me fait mal de devoir le camoufler. Dans d'autres circonstances, j'aurais pu en être fière. Finalement, je suis utile à l'Alpha, au mage et donc aux Warous. Je nourris leur pouvoir, ils me l'ont répété à plusieurs reprises. Pour autant, je ne suis pas digne de leur intérêt en public.

Ça me fend le cœur, mais je fais bonne figure. Après tout, j'ai l'habitude de n'avoir aucune reconnaissance.

Le vampire blond s'avance, attirant toute l'attention.

— Oui, cela ressemble à un meurtre commis par un vampire. Nous mettrons à disposition les enregistrements de vidéosurveillance de cette route. Mais je peux déjà vous assurer que ce meurtre n'a pas été perpétré par un Duroy !

— Comment pouvez-vous en être aussi sûr ? demande Liviu.

— Nous n'avons aucun intérêt à amener des conflits sur notre territoire en éliminant un invité de la meute, confirme le blond. Nous sommes des alliés des Warous depuis plus de deux cents ans et nous le demeurerons. À ce titre, nous vous aiderons à enquêter et trouver le coupable.

Les Vircolac semblent mécontents.

Pourquoi tant de colère ?

Les Danois restent en retrait comme si ce problème ne les concernait pas.

— Je demande réparation ! exige l'Alpha italien.

Tout le monde sursaute devant les conséquences à venir.

34 – Tiago

Évidemment, la demande de réparation de l'Alpha italien est légitime. Pour autant, son exigence ne me convient pas. Je me redresse pour lui prouver que je serai intraitable, mais certainement pas son larbin.

— Bien sûr, Orféo, ce meurtre ne restera pas impuni !

Inanna grogne pour confirmer qu'elle exécutera la sentence.

Nous sommes toujours autour du corps d'Ilario. Ma culpabilité m'envahit et me déborde. Je n'ai pas su protéger mes invités. Je jette à peine un coup d'œil à Horia. J'étais trop concentré sur cette jeune femme, totalement désintéressé des héritières et des négociations.

Suis-je passé à côté de quelque chose en matière de sécurité sur notre territoire ?

J'interroge du regard mes bêtas, tour à tour. Je vois dans leur expression qu'ils sont aussi surpris que moi par ce crime.

Je coule un œil vers Teruki, la fille des Duroy, qui me soutient indéfectiblement depuis la mort de mes parents afin de devenir le meilleur Alpha possible. J'ai toute confiance en cette satanée sangsue, elle est une grande amie. Lorsqu'elle me fait non de la tête et soupire d'exaspération, je sais qu'elle n'a rien à ajouter. Cela signifie que toute leur technologie n'a rien décelé.

Qui vient semer la zizanie sur notre territoire ?

Est-ce un de nos invités, avec un vampire dissimulé ?

Forcément, Orféo oscille entre la rage et la tristesse, ce que je comprends tout à fait.

Les Danois sont en retrait, impassibles.

Les Vircolac regardent de travers les Duroy. Je crois que les antériorités ont la dent dure et que personne n'a oublié les crimes passés.

Bien sûr, Orféo attend après moi. Son impatience le brûle et il peine à se contenir.

Je regrette ce passé récent où tout allait bien chez les Warous, même si je commençais sérieusement à m'ennuyer.

Je souffle d'exaspération et reprends la parole.

— Nous allons prélever un maximum d'indices. Que les héritières et mes Warous rentrent chacun dans leur maison. L'expérience des mini-meutes est terminée et ceux qui le désirent peuvent partir...

Je regarde tour à tour les Alphas. Le choix leur appartient.

— Non, Tiago, nous allons te soutenir ! s'exclame aussitôt Jörgen.

Sa descendante, nerveuse, baisse immédiatement la tête. Clairement, elle est déçue. Je n'aime pas ce qu'elle dégage en cet instant. Je préfère ignorer cette réaction, ce n'est pas le moment. Les Danois demeurent un grand mystère pour moi. Un élément que je méconnais me contrarie au plus haut point.

Les Vircolac grincent des crocs. Cette attitude est constante chez eux. Je n'ai jamais vu le bêta satisfait. Leur Alpha est toujours empli de férocité.

Je saisis aussitôt qu'en arrêtant l'expérience des héritières, je condamne Horia à réintégrer leur chalet et peut-être même qu'elle va rapidement partir. Je regrette déjà cette décision prise à la hâte. Mon cœur tambourine comme un fou à cette idée. Mon loup hurle à la mort. Je me ressaisis sur-le-champ.

Ce n'est qu'une pensée !

Mais ça fait si mal !

Versipalis me rejoint immédiatement. L'odeur d'Horia sur lui m'apaise instantanément. Mon sorcier lupin partage sa magie et Teruki s'unit à nous en fronçant les sourcils. Son regard courroucé exige des réponses. Deux semaines que nous ne nous sommes pas vraiment vus, trop accaparé que j'étais par mes affaires. La sangsue ne saisit pas mon trouble.

Je l'ignore. Elle attendra, même si je sais pertinemment qu'elle va me coincer à la moindre occasion.

Mon aura gonfle sous l'aide de mes amis et tous reculent autour de nous, même mes Warous, comme si ma puissance les brûlait. La résonance avec la magie d'Horia est manifeste. Heureusement, elle passe inaperçue... sauf pour Teruki. Cette dernière tourne brusquement la tête, puis se reprend, comme si un danger nous guettait. La sangsue ne souhaite pas attirer l'attention.

Je lui fournirai des explications plus tard.
Et si elle avait des réponses à me donner ?
Une bouffée d'espoir jaillit.
Et si je pouvais garder Horia auprès de moi ?
Pour l'heure, je dois me concentrer sur cet épineux problème : ce meurtre et les exigences à venir de l'Italien.

— Orféo, en attendant que nous résolvions cette enquête, je te propose un rituel pour honorer ton bêta.

L'Alpha acquiesce.

— Mais nous ne partirons pas sans avoir obtenu réparation.

— Bien sûr !

Sa fille s'est accrochée à son bras. Sa tristesse m'émeut, tout comme ses yeux qui débordent de larmes. Sa servante la soutient, tout aussi peinée.

— Que tous ceux qui n'ont rien à faire ici retournent dans leur chalet. Mes bêtas vont assurer votre protection.

— Nous vous proposons une délégation, annonce Teruki en redressant son joli minois.

— Merci ! Remerciez Sensei. J'accepte volontiers !

Teruki n'a pas besoin d'ordonner quoi que ce soit qu'un humain repart vers le château. D'ici quelques minutes, des gardes accompagneront mes sentinelles pour garantir la sécurité des miens et de mes invités. Ce point de détail fait déjà craquer quelques crocs roumains. Pourtant, ils ont l'habitude d'avoir des vampires autour d'eux.

— Chiara, dis-je doucement, rentre chez toi te reposer. Ici, tu ne peux rien faire de plus.

— Va, ma fille, il a raison. Pia, emmène-la.

L'oméga italienne enserre délicatement l'épaule de la jeune femme.

— Marko, raccompagne l'héritière !

Ce dernier les escorte aussitôt.

— Viens, Horia, ordonne sèchement Sabaya.

Je cille, mais ne dis rien. Ce n'est pas le moment. Je ne les regarde même pas partir.

Je me penche à nouveau sur la dépouille avec Orféo.

— On devine bien les crocs de vampire là, dit-il.

Oui, ça ne fait aucun doute. C'est une véritable désolation en moi, car cela signifie que nous avons des dissidents dans les parages.

— Si ce n'est pas un Duroy, qui ça peut être ? murmure l'Italien.

Je n'aime pas son regard qui pivote « innocemment » vers les Vircolac. Certes, ce sont des ennemis de longue date. Pour autant, à ma connaissance, aucun de leur vampire n'est ici. Si Teruki avait le moindre doute, elle m'aurait fait un signe. Or, il n'en est rien.

Je hoche la tête pour signifier à ce chef de meute que j'ai compris son message, mais je ne veux pas y croire. L'Alpha et le bêta Vircolac sont debout. Radu grogne de mécontentement. Le regard sombre de Liviu m'indique qu'il n'a rien perdu de notre échange.

— Nous n'avons aucune preuve pour l'instant ! conclus-je pour calmer le jeu.

Les Italiens et les Roumains sont de vraies cocottes-minute, prêtes à exploser.

35 – Horia

Me revoilà à la case départ !

Alors que je passais mes journées avec Versipalis et mes nuits avec Tiago, je suis à nouveau reléguée au statut de soubrette.

J'ignore ce que j'étais pendant cette expérience avec le mage lupin.

Quelque chose entre la déesse et la servante ?

Je ne saurais dire !

Je nourrissais le pouvoir des Warous, comme un catalyseur.

J'en prends conscience maintenant.

J'hésite entre l'émerveillement et l'horreur, tellement je suis confuse.

Que dois-je ressentir ?

Comment est-ce possible ?

Tiago et Versipalis n'ont fait que me répéter sans cesse que ma puissance leur était utile, et par extension à l'ensemble des Warous. Néanmoins, je n'y croyais pas.

Je ne me rendais pas compte de ce que cela impliquait et qu'une certaine confiance avait pris naissance en moi. J'étais simplement sur un petit nuage et vraiment, c'était bien.

Je veux bien les croire maintenant, car j'ai perdu ce bain ensorcelant dans lequel je me plongeais chaque jour comme par enchantement.

Mes nuits ?

Ce n'était que du bonheur. Dormir entre les pattes de Tiago, contre son cœur qui palpitait à l'unisson avec ma folle adoratrice.

Cette dernière trépigne d'impatience et m'invective pour retourner auprès de cet amour fou, celui qu'elle a eu l'audace de choisir.

Je soupire d'aise à sa place, mais aussi de tristesse d'être si loin de l'Alpha. Je raffolerais de dire MON Alpha, mais il n'en est rien.

Mon rêve s'est brisé !

— Arrête de rêvasser et viens m'aider !

Je sursaute au ton hargneux de Sabaya, reprenant pied dans ma réalité. Ma bouche se coince en une moue boudeuse. À la vue de l'air réprobateur de la descendante Vircolac, je reprends vite mon expression impassible.

— Coiffe-moi comme tu sais si bien le faire !

J'empoigne sa brosse sans me poser de questions et commence à lisser ses cheveux afin qu'ils soient le plus brillants possible.

— Je dois être la plus belle des héritières !

Elle a fort à faire pour se distinguer par sa beauté. Toutes les prétendantes sont magnifiques, la concurrence est rude. Malgré tout, aucune ne semble faire l'affaire aux yeux de Tiago. J'en ressens une certaine fierté, pourtant mal placée, puisque je ne peux pas concourir pour le titre de compagne de l'Alpha.

Ma folle adoratrice hurle au sacrilège et mon cœur saigne devant tant d'injustice.

— Horia, ça ne va pas ? Tu es différente !

J'écarquille les yeux d'être si lisible. Je me ressaisis aussitôt.

— Si, bien sûr... J'aimerais tant que tu réussisses, Sabaya !

Je papillonne des paupières pour la convaincre de ma sincérité. Ma maîtresse m'observe, suspicieuse.

— Je suis contente que tu sois de mon côté !

J'ignore son air détaché.

— Que faisais-tu de tes journées chez les Warous, puisque tu ne pouvais pas m'aider ?

Je déglutis, très partagée.

À quel point dois-je lui dévoiler le fonctionnement des Warous, leur puissante magie ?

Je hausse les épaules nonchalamment comme si tout cela n'avait aucune importance.

— Pas grand-chose ! Je ramassais des herbes pour Versipalis et je les mettais à sécher.

Mon visage montre combien je suis désabusée.

— C'est tout ?! demande une Sabaya totalement incrédule.

— Oui ! Tu sais bien que j'ai peu de compétences !

Elle ne peut dire le contraire puisqu'elle me répète sans cesse qu'en restant à son service, je serai protégée toute ma vie et que je n'ai pas besoin d'en apprendre davantage ! C'est un moyen de me conserver au bas de l'échelle.

J'enrage !

Ma folle adoratrice hurle à la mort en voyant tous nos projets tomber à l'eau.

Je la cajole intérieurement, comme si je lui caressais la tête. Elle m'observe de ses yeux larmoyants.

Je renifle pour jouer la comédie et m'apitoyer un peu plus sur mon sort. Je suis la première surprise de mentir aussi facilement. Je crois que je suis en train de perdre de ma naïveté. Être au contact d'une autre meute m'ouvre l'esprit et des perspectives, même si je ne saisis pas lesquelles.

Sabaya plonge dans une intense réflexion.

— J'espérais que tu m'apprendrais des éléments que je pourrais utiliser !

J'opine de la tête et commence à tresser savamment ses beaux cheveux.

En cet instant, je rêve de l'enlaidir. Je ne supporte pas l'idée qu'elle puisse devenir la compagne de l'Alpha, dormir dans les bras de Tiago et plus encore.

Certes, nous n'avons jamais refait l'amour, même si je le désirais ardemment. Tiago s'est comporté comme un vrai gentleman et je ne suis pas assez audacieuse pour avoir provoqué une nouvelle étreinte... Ou peut-être que je ne lui plais pas finalement. Je ne suis pas rompue au jeu de la séduction.

J'espérais avoir le temps !

Mais voilà, je suis de nouveau chez les Vircolac.

— Et où passais-tu tes nuits ?

Je sursaute sous sa question et observe Sabaya.

Se doute-t-elle de quelque chose ?

— Chez Velkan et Ava...

Je cache mes doigts pour qu'elle n'en aperçoive pas les tremblements.

— Hum... Pourquoi mon père t'a-t-il mise à la porte ?

Je réfléchis avant de répondre.

— Ça ne s'est pas passé ainsi... Comment dire ?

C'est la faute de Sabaya si je suis allée dormir ailleurs, mais toute vérité n'est pas bonne à entendre.

— Dis-le simplement !

Son regard se fait acéré et je crains qu'elle ne découvre le plaisir que j'ai ressenti durant ces derniers jours.

— Euh... Il y a eu beaucoup de tension un soir et l'Alpha a formulé qu'il valait mieux que je reparte ! (je hausse les épaules) Je suis allée voir Velkan... Je m'étais déjà occupée de leur petite Jade. Depuis, ils m'hébergeaient et cela convenait à tout le monde.

Sabaya examine la moindre expression qui pourrait passer sur mon visage, suspicieuse encore une fois.

— Oui, ça a dû être tendu... C'est vrai que Velkan, ce lâche, est chez les Warous maintenant !

Je me tais, ne préférant pas commenter. Velkan a été maltraité par les nôtres. Il a demandé à ce que sa compagne Ava et leur bébé soient épargnés et restent humains en échange de sa totale abnégation. Malheureusement, leur enfant a disparu, comme par hasard, et Ava est devenue une Mordue.

On ne peut pas dire que les Vircolac soient des protecteurs et inspirent la confiance. Ils sont incapables de tenir leurs promesses.

Est-ce l'un des nôtres qui a assassiné le bêta d'Orféo ?

Liviu ou mon père en seraient capables !

— Sabaya, descends ! tonne l'Alpha des Vircolac.

Nous sursautons toutes les deux. Ce ton ne me dit rien qui vaille. L'Alpha peut être aussi violent que mon père, même si l'héritière n'en a jamais fait les frais. Sa lignée est à son image et sa sournoiserie a systématiquement été légitime auprès de son paternel.

— Reste dans ta chambre, exige-t-elle.

Je ne me le fais pas dire deux fois. Quand l'Alpha est en colère, son bêta devient plus féroce que jamais. Je dois éviter d'être sur leur passage.

Intérieurement, je remercie Sabaya. Elle a toujours cherché à me protéger dans une certaine mesure et ça, je ne peux l'ignorer.

Une corne sonne.

Je reconnais l'appel aux morts pour honorer l'un des nôtres.

Seule la tristesse devrait jaillir en moi en cet instant. Toutefois, je n'y arrive pas. Ma folle adoratrice gambade et m'invective à me hâter. Je suis tout aussi pressée qu'elle de rejoindre la Dalle pour rendre hommage à Ilario.

36 – Horia

Je descends quatre à quatre les escaliers.

Pressée de quitter les miens, pressée de retrouver les Warous.

Je stoppe net en bas des marches. Liviu et Sabaya sont en grande conversation. Leurs regards sombres ne m'enchantent guère. Mon père est en retrait, attendant les ordres de notre chef.

Au moment où j'ouvre la bouche pour leur rappeler l'appel de la corne funèbre, que refuser d'honorer un mort serait un affront, les sourcils paternels s'arquent de stupéfaction en me toisant. Soudain, je n'ai plus les mots. Mes paroles restent coincées dans ma gorge.

Je prends conscience de la bévue que j'allais commettre, moi, la simple oméga, la louve monomorphe.

Mon père observe Liviu un moment et me fait signe de déguerpir. Dans la plus grande surprise, je m'échappe, me retenant de courir aussi vite que possible.

Comment se fait-il que mon paternel ait exigé que je parte si rapidement ?

Non seulement je n'en reviens pas, mais je ne comprends pas non plus.

J'oublie aussitôt. N'étant pas dans le secret des dieux, il est inutile que je me torture la cervelle.

Dans le même esprit que ma folle adoratrice, je me précipite vers la Dalle. Seule la raison m'enjoint à la retenue.

Un loup est mort !

Mais je ne considère que le bonheur de revoir Tiago. Je n'arrive pas à m'apitoyer sur ce malheur.

Sur le chemin, je croise Ava, Velkan et Jade. Je me sermonne pour me fondre dans l'ambiance générale. Les Mordus ont peur : eux savent qu'ils seront les premiers à être éliminés en cas de conflit, tout comme moi d'ailleurs. Si nous ne trouvons pas de protecteur, nous sommes foutus.

Les Warous sont tristes. Comme je les comprends. Ils ont connu quantité de malheurs. Que le chef prenne une compagne leur assurera plus de puissance et moins de convoitise. Leur avenir vacille en cet instant.

Les Danois avancent, impassibles. Ces derniers paraissent toujours d'humeur égale. Je les envie presque. Leurs états d'âme semblent simples et confortables.

Aucun Italien sur mon passage, mais j'imagine qu'ils sont déjà à la Dalle. Quand nous arrivons en haut de l'hémicycle, je constate que j'avais vu juste.

Tous s'installent. Certains à des places attitrées, et probablement que les autres s'asseyent par affinité. Lorsque je me retourne avant de descendre, je ne vois pas les Vircolac.

C'est bizarre... Que se passe-t-il ?

— Viens avec nous, dit Velkan en me prenant par le bras.

J'acquiesce et je les suis. Nous nous posons vers le milieu.

Les arbres composent un cocon autour de nous. Dans cette chaude soirée, l'ambiance est pesante. Les métamorphes sont au bord de la rupture, mi-homme, mi-loup. Le ciel est nuageux, formant comme un plafond sombre et bas. Je ne sais si c'est la magie ou le brouillard. Il y a comme une brume épaisse qui nous entoure. Mon instinct me dit qu'elle n'est pas naturelle. Je ne reconnais pas la sorcellerie lupine, ce n'est pas la même empreinte. Probablement que les sorcières alliées des Warous sont à l'œuvre.

Est-ce pour nous protéger d'éventuelles attaques ?

Je baisse les yeux en contrebas. Le corps d'Ilario repose sur la Dalle, recouvert d'un linceul blanc. Sa tête au bord de son cou me rappelle soudain toute l'horreur de la situation.

La corne retentit à nouveau. Les Vircolac descendent l'escalier central et se mettent avec les délégations.

Dois-je y aller ?

Sentant mon incertitude, Ava saisit ma main pour me garder auprès d'elle. Je profite de sa chaleur. Son parfum s'est fait rassurant pour moi. Je n'ai que de bons souvenirs dans sa maison, que des occasions de retrouver Tiago, que de l'espoir d'avoir une vie meilleure.

J'observe nos mains jointes sur sa cuisse et j'acquiesce.

Après tout, je ne pourrai probablement pas rester dans leur chalet. Sabaya ne le permettra jamais, et par conséquent Liviu non plus.

Je soupire de désespoir et enfin mon cœur résonne en triste harmonie avec tous ces métamorphes.

De l'agitation en bas me ramène à cette funèbre situation.

Chiara sanglote dans les bras de sa servante. Cette dernière la maintient afin qu'elle ne s'écroule pas. Son père coule un regard vers elle. C'est presque malsain. L'Alpha italien semble satisfait de cette démonstration de douleur.

— Nous voilà réunis pour honorer Ilario, clame Tiago. Chers amis, il n'est pas commun de rendre un tel culte sur les terres d'une autre meute. Malheureusement, les circonstances font que vous resterez ici pour l'instant. Préserver notre sécurité à tous est ma priorité. Nous trouverons les mesures nécessaires pour vous protéger jusqu'à votre retour. Notre Dalle assurera le départ d'Ilario vers d'autres contrées, afin de restituer son corps et son âme à Mère Nature. Il renaîtra comme il lui plaira. N'oubliez pas mes amis : « Le vrai tombeau des morts, c'est le cœur des vivants »[4].

Tiago fait un signe à Versipalis et Orféo pour célébrer cette cérémonie.

Moi, je n'ai d'yeux que pour Tiago, ses ambres luminescents, sa prestance... Ce dernier se connecte à moi. Je sens sa présence dans ma magie. Ma louve gémit de plaisir. Elle se calme enfin et se love, se nourrissant de l'énergie de l'Alpha. Je sais que cet échange est équilibré. Je perçois le flux entre nous.

Extatique, je m'humecte les lèvres. Des frissons recouvrent mon épiderme. Mes poils se dressent. À chaque fois, j'ai l'impression que je suis au bord de retourner ma peau. C'est comme s'il manquait le déclic. En vain : ce dernier ne se produit jamais. J'ignore cette difficulté.

Je clos mes paupières pour profiter de cette communion qui n'appartient qu'à nous. Je n'entends même pas les mots d'Orféo. En revanche, la litanie sublime de Versipalis s'élève au bord de la Dalle.

La magie jaillit soudainement.

Mon duo avec l'Alpha est vite interrompu pour former un trio. Le

---

[4] Jean Cocteau.

chaman lupin s'ajoute à cette fusion. Mes cellules frétillent. Nos auras se mêlent et s'enroulent. Tout à coup, la Dalle fait écho. C'est comme si un tam-tam ancestral montait du tréfonds de mon âme. Un palpitant assourdissant se réveille en moi. Un pouvoir ancien éclate au creux de mes entrailles.

Je gémis presque de souffrance, ou de plaisir, je ne sais pas. Toutefois, je fais tout pour cacher mes émois. Ce qui se passe est hors du commun.

La main d'Ava se serre pour me soutenir quand une larme dévale ma joue. Elle ignore ce qui m'habite.

En moi, c'est une délivrance, une reconnaissance de ce que je suis peut-être. Je ne saurais dire. Néanmoins, une chose est certaine. Tout comme cette fameuse nuit où j'ai répondu au rituel d'abondance, la Dalle m'appelle à nouveau : elle me veut.

J'écarquille les yeux tellement c'est fort.

Mon cerveau vrille sous cette révélation déroutante.

Je suffoque.

Muette, j'adopte une attitude la plus imperturbable possible, devant cette puissance qui me ronge et me brûle.

Je fais partie du pouvoir de la Dalle !

Comment est-ce possible ?

37 – Tiago

Cette communion est fabuleuse. La magie explose en moi. Celle des Warous, celle d'Horia. NOTRE magie. Celle-ci est unique, cela me saute aux yeux et se révèle alors que je suis au pied de cette Dalle dont les Warous sont les protecteurs.

J'en suis époustouflé, ne saisissant pas qu'une louve Vircolac résonne ainsi avec nous.

La Dalle s'enflamme.

La dépouille d'Ilario entre en combustion.

Le chant de Versipalis devient plus intense encore. Le pouvoir ancestral jaillit et imprègne chaque cellule de mon corps. Mon loup rugit de plaisir et appelle Horia. Sa puissance s'infiltre dans mon enveloppe corporelle alors que son aura ne bouge pas. Elle ondule seulement autour d'elle en toute discrétion.

Est-ce quelque chose qu'elle commande ?

Si c'est le cas, elle est plus forte que je ne le pensais.

Autour de nous, les sorcières Duroy nous ont installé un dôme pour préserver les éclats de tout ce pouvoir. Si nous avons des espions dans les parages, ils n'y verront que du feu.

Orféo commence à bondir autour de la Dalle en démonstration de force, pendant que le corps de son bêta se désintègre. Mère Nature emporte déjà les cendres qui s'élèvent dans une légère brise.

Les griffes acérées de l'Alpha italien s'étirent, tout comme ses crocs. Sa puissance est phénoménale, attisant mes instincts conquérants. Je laisse mon loup prendre le relais. Pour autant, je demeure sous forme humaine. Mes mâchoires claquent. Mes muscles se gorgent de sang. Mes pupilles flamboient, alertant à elles seules tout ennemi potentiel.

Les chefs danois et roumains peinent à se contenir devant cette démonstration de force.

Les dernières cendres d'Ilario disparaissent. Un vent ensorcelé s'élève subitement et tourbillonne au-dessus de ce tombeau ancestral, balayant toute essence du défunt.

Ma Dalle retrouve son état naturel et rayonne pour les Warous. Mes loups grognent de plaisir, comme à chaque rituel. La magie est ainsi. Elle gouverne les êtres et ces derniers ne sont là que pour la servir.

Soudain, Orféo se plante devant moi.

Je cille devant son air conquérant. Je n'aime pas ce qu'il dégage.

— Il est temps pour toi de réparer cette terrible perte, Alpha ! tonne-t-il.

J'acquiesce. Je redoute ce qu'il va requérir, même si je n'ai aucune idée de ses exigences. S'il veut se battre, j'avoue que je répondrai volontiers à ce combat. J'emmagasine tant de frustration depuis qu'ils sont là que cela me fera un bien fou.

Je roule des épaules pour lui montrer que je suis son homme. Orféo est bien plus vieux que moi, bien plus expérimenté. Cependant, mes gènes et notre magie sont hors du commun dans notre espèce. Et c'est bien pour cette raison que nombreux ont répondu à mon invitation pour devenir nos alliés.

J'acquiesce en fixant férocement Orféo, puis me tourne vers l'assistance.

— Mes amis, retournez chez vous !

Mes Warous se lèvent aussitôt et reprennent le chemin de leur chalet, sans discuter. J'ignore leur coup d'œil fébrile. Redressé, mes bras puissants croisés sur mes pectoraux bombés, je leur montre combien ils peuvent compter sur moi. Et dans cette marmite bouillonnante où nos liens se mêlent, je perçois toute cette confiance monter en moi.

De la même manière, je suis à peine du regard Horia s'en allant avec Velkan. Cela me rassure qu'elle demeure avec mes Warous. Cependant, je dois rester concentré.

Un grondement guttural s'élève : les autres délégations ne l'entendent pas de cette oreille. Les Alphas se rapprochent de la Dalle, hargneux. Tout cela pourrait vite dégénérer, j'en ai bien conscience. Je verrouille mes mâchoires et j'attends.

— Vous ne pouvez pas nous écarter ! clame le Danois.

Liviu opine du chef pour témoigner son soutien à Jörgen. En

même temps, je les comprends. L'exigence de l'Italien peut avoir une incidence sur les négociations que j'ai entamées avec chacun d'entre eux. J'ai repoussé au maximum les discussions, prétextant que les héritières avaient besoin de temps pour prouver leur valeur d'Alpha et montrer leur savoir-faire. Une seule d'entre elles sort du lot : la Danoise. Si je devais m'arrêter aux meilleures compétences, Nilsa deviendrait sans conteste ma compagne.

Mais voilà, je suis dans l'impossibilité d'effectuer ce choix. Mon loup est condamné à en aimer une autre. Et cette autre m'est simplement interdite. Elle ne fait pas partie du marché.

Alors, une bonne baston me ferait du bien !

Mon comité directeur me soutient et s'approche, tentant de tempérer les grincements de crocs autour de nous. Un effluve de mécontentement nous entoure. Chaque délégation a ses raisons, et moi aussi d'ailleurs. Cette expérience tourne mal, alors que je ne voulais que le bien de tous.

— Soit ! Restez. Nous sommes tout ouïe, Orféo !

Nous campons tous sur nos positions pendant que l'Italien se fait désirer. Sa fille, à ses côtés, se dandine, mal à l'aise. C'est rare chez Chiara, un tel comportement. À chaque rencontre, je l'ai vue plutôt centrée sur elle-même, s'occupant de parader et totalement désintéressée de ce qui se passe autour d'elle.

Orféo se redresse encore, serre et desserre ses poings, ses griffes râpant ses paumes. Il se contient difficilement.

— Il n'y a qu'une possibilité, avoue-t-il, les iris ténébreux, tentant de m'assujettir avec ses ondes d'Alpha.

Il n'en est pas question !

En réponse, mon loup lève instantanément un bouclier. Je suis jeune, certes, mais je n'ai pas volé ma place. Je suis à la hauteur des exigences des Warous et ma maturité m'aide à demeurer raisonnable. La preuve : j'ai su contenir ma part animale afin qu'elle ne revendique pas Horia et je tiendrai tête à tous ces Alphas.

Mon rempart érigé autour de moi englobe mes bêtas, Versipalis et Inanna, nous conférant une armure. Mes Warous réagissent à l'unisson et nos auras gonflent.

— Nous t'écoutons, j'insiste.

Orféo grimace sous cette démonstration de force.

— Tu dois prendre Chiara pour compagne ! m'impose-t-il, enfin.

Les Alphas mugissent sous cet affront. Je me retiens d'en faire autant. Mon loup beugle dans ma poitrine, prêt à déchiqueter tous ces émissaires autour de nous. Je suffoque sous sa rage fougueuse. Cet âne bâté va tout foutre en l'air, alors que nous sommes déjà au bord de la guerre avec ces malheureux événements.

Mon loup griffe et la douleur me déchire à l'intérieur.

Je coupe ma respiration et ferme les yeux pour me recentrer et le contenir.

Liviu est au bord de la rupture lui aussi. Sa férocité nourrit mon loup. La tâche pour l'apaiser va être encore plus difficile.

Quand j'ouvre à nouveau les paupières, tous se reculent !

38 – Tiago

— Il n'en est pas question ! Ce serait un affront pour les autres délégations.

Mon ton n'a pas tremblé, malgré la colère et la frustration.

Le Danois se redresse et se calme aussitôt. C'est celui qui se maîtrise le plus parmi nous. Le Roumain peine à reprendre ses esprits. Ses poils ont poussé sur ses bras, il est prêt à retourner sa peau. Sa sauvagerie rejaillit sur Orféo. Ce dernier bave et se contient difficilement.

Je ne vois pas en quoi choisir sa fille va remplacer son bêta.

Chiara recule, effrayée devant cet affront de la refuser.

Les De Luna sont arrivés bien trop confiants sur mon territoire.

— Orféo, personne n'est venu ici pour trouver la guerre. Le but était de passer des marchés et de se faire des alliés !

— Bien parlé ! conclut Liviu, en soufflant difficilement, tentant de reprendre figure humaine.

Je sursaute. Ses efforts sont manifestes. C'est bien le dernier dont je pensais entendre ces mots. Moi qui peine à ne plus envisager les Vircolac comme des ennemis, lui semble avoir tourné la page. Enfin, on pourrait le croire.

Serait-il plus sage qu'il n'y paraît ?

— Tiago, tu ne t'intéresses pas plus que ça à nos héritières... Presque deux semaines que nous sommes ici, et rien de concret n'en ressort ! me reproche Orféo.

Je me tais. Ce n'est pas faux. Et pour cause : Horia me hante.

— Il dit vrai, Tiago. Maintenant que les candidates sont à nouveau avec nous, il faut reprendre activement les négociations. Nous n'allons pas nous éterniser sur ton territoire. Tu les as suffisamment vues à l'œuvre pour juger de leurs compétences de cheffe.

Jörgen a raison. Je me dois d'être honnête envers les miens et envers eux aussi. Mon destin d'Alpha me rattrape, et avec, l'obligation d'assurer un avenir prolifique pour les miens.

Une sueur froide coule dans mon dos. Me voilà au pied du mur. Mon loup gémit et je coince ses lamentations dans ma gorge, formant une boule m'empêchant presque de respirer.

— Vous avez raison ! dis-je à contrecœur. Dès demain, nous parlementerons en parallèle de l'enquête pour découvrir le meurtrier d'Ilario.

Tous acquiescent. J'ignore leur hésitation et je me détourne, la mort dans l'âme.

Je n'ai qu'une envie en cet instant : fuir !

Mais dans quel pétrin je me suis fourré !

Je dévale la forêt, Marko sur les talons.

— Tiago, que se passe-t-il ? demande-t-il.

— Rien ! Ça va aller...

Je serre les dents et poursuis mon chemin. J'ai besoin de m'éloigner de chez moi pour la première fois de ma vie, alors que c'était le lieu que je considérais comme mon refuge, celui où la paix devait régner.

Mon bêta m'empoigne le bras et me stoppe aussitôt. Sous le coup de la surprise, j'écarquille les yeux devant lui.

— Je suis ton Alpha !

C'est plus un grognement rocailleux qui sort de ma gorge. Je suis à bout. Mon aura enfle sous ma colère et l'audace de mon Warou. Jamais je n'ai eu à faire cela. Jamais il n'y a eu un geste plus haut que l'autre.

Mon champ électromagnétique percute Marko, lui faisant lâcher instantanément mon poignet. Ses épaules s'affaissent.

— Je ne te veux aucun mal, Alpha... Je suis là pour te seconder, quel que soit ton choix...

Son murmure de souffrance me heurte et je libère la tension sur mon second.

— Pardon, Marko, dis-je en posant ma main dans son dos.

Ce dernier n'ose plus parler et patiente.

J'opine du chef.

— Je suis contrarié, Marko. Accompagne-moi. Je souhaite voir Teruki.

Nous reprenons plus calmement le chemin du château des

Duroy. Je savoure cet instant au milieu de ma forêt. Je respire son parfum. J'écoute le bruissement des feuilles, des oiseaux qui s'envolent sur notre passage ou se taisent, puis piaillent de plus belle une fois que nous les avons dépassés. Toujours, ces bois m'apaisent. J'y suis chez moi.

... comme dans les prunelles d'Horia, de la même couleur.

Un gémissement de douleur m'échappe.

— Tiago, je perçois que quelque chose ne va pas. Si je peux t'aider, je le ferai.

— Je le sais...

Nous poursuivons en silence.

— As-tu été séduit par l'une des héritières ? demande-t-il timidement.

Je grimace pour toute réponse.

— Es-tu prêt à te sacrifier pour en sélectionner une quand même ?

Je souffle de désespoir.

— Mon loup ne l'entend pas ainsi !

Il tique et la réalité se dévoile à lui.

— Il a choisi sa louve...

Je pivote brusquement vers Marko. Ce n'est pas une question. Il le sait. Son rictus m'enjoindrait presque à sourire si les circonstances n'étaient pas aussi graves.

— Je vous ai couverts à la maison des plaisirs. Vous avez failli vous faire surprendre. Heureusement, Etsuko m'a alerté.

Je hoche la tête. Tout à l'euphorie que je ressentais, il est bien possible que j'aie été négligent.

— Merci, Marko !

Je remercierai la geisha dès que j'en aurai l'occasion.

— Comment comptes-tu te sortir de cette scabreuse situation ?

Je souffle comme un bœuf alors que nous sommes en descente.

— Aucune idée ! Il y a un mystère autour de la magie d'Horia. Ni Versipalis ni moi ne comprenons.

Il hoche la tête plusieurs fois dans une profonde réflexion. Nous remontons une pente raide pour atteindre le ponton de l'entrée des Duroy.

— Tu penses que Teruki peut t'aider ?

— Ma foi, j'y compte bien, dis-je, plein d'espoir. Dans le cas contraire, ou si je ne trouve pas une brillante solution, les Warous sont foutus.

Marko maugrée contre le destin. Pour autant, il ne me fait aucun reproche. Si mon loup a élu Horia, d'une certaine façon, nous sommes condamnés à la guerre ou à être envahis par une autre meute. Si je ne prends pas de compagne, je ne pourrai pas rester Alpha de cette meute.

Choisir Horia nous conduira à la guerre.

Horia n'a pas toutes les compétences d'une métamorphe. Je ne peux pas régner avec elle. Et quand bien même, que deviendrait notre lignée si elle avait la même incapacité que sa mère ? Dans ces conditions, nous serions vite renversés.

— Alpha ! me salue le vampire.

Je n'avais pas vu que nous étions devant le poste de garde, tant je suis bouleversé par ce qui m'arrive.

— Nous venons rencontrer Teruki !

Le vigile téléphone et revient tout aussi vite.

— Mademoiselle Duroy s'entraîne au dojo. Elle vous recevra là-bas !

La porte s'ouvre et nous entrons.

— J'espère qu'elle est habillée si elle est avec le second, ricane Marko.

Notre jeune sangsue file le parfait amour et nous sommes tous vigilants pour ne pas les déranger quand ils sont tous les deux.

— D'ici à ce qu'on arrive, ils seront prêts !

Nous traversons la cour extérieure qui domine toute la région à des kilomètres à la ronde. La nuit, on aperçoit les lumières des hameaux au loin.

Les Duroy nous saluent régulièrement. Pour eux, j'ai gagné l'appellation d'Alpha. Avant, certains me donnaient des sobriquets plutôt taquins. Ayant grandi dans cette ambiance, je l'ai toujours pris pour de l'affection.

Nous pénétrons dans le bâtiment et le couloir qui donne accès à leur salle d'entraînement.

— Maxence ! Sont-ils visibles ?

Le majordome fait les cent pas devant la salle des tatamis.

— Je suppose que maintenant, oui ! Bon courage, Tiago.

Il nous ouvre la porte et nous découvrons ce couple de vampires qui défraie la chronique chez les Duroy.

39 – Tiago

— Ah ! Voici le jeune chien fou, rigole Léo.

— Vieille sangsue, dis-je en m'inclinant respectueusement.

Les deux vampires ricanent. J'aurais aimé les taquiner davantage, mais le cœur n'y est pas. Voyant mon trouble, mes amis m'évaluent plus attentivement.

— Que nous vaut cet honneur ? demande Teruki.

Je fais la moue.

Par où commencer ?

C'est tellement compliqué dans ma tête. Puis je décide de reléguer le pire pour la fin.

— Avez-vous complété les enquêtes concernant mes invités ?

Avec la base de données du Grand Conseil, j'ai accès à des informations officielles, celles déclarées par les Alphas. Mais nous nous attachons davantage au contrôle de la population lupine et des naissances qu'aux trafics de chacun. Évidemment, nous tâchons de limiter les dégâts. Notre système n'est pas infaillible et comme chaque meute prend cette responsabilité pendant deux ans, il est difficile d'avoir une politique et une justice à long terme.

Le rictus de Léo s'étire.

— Que du beau monde ! dit-il d'un ton railleur.

Marko grogne pour que nos problèmes soient pris au sérieux. Je crois qu'il est à cran et n'est pas en mesure d'apprécier l'humour vampirique.

— Tout doux, Marko.

Mon rappel à l'ordre le fait taire et Léo fait mine de recouvrer son sérieux. D'ailleurs, il sort du tatami pour nous rejoindre.

— Nous avons trouvé pas mal d'informations qui recoupent ou non les dossiers qu'ils vous ont envoyés.

— C'est-à-dire ?

— J'y viens, Tiago... Les Danois sont clean. Leurs entreprises de pêche sont très rentables. Le bémol, ce sont leurs terres trop près des mers qui rendent les cultures difficiles. Je comprends qu'ils veuillent négocier un terrain plus favorable pour se diversifier. Ils sont travailleurs et honnêtes. Nous n'avons rien découvert de compromettant. Ils feraient de bons alliés.

Je l'observe, suspicieux. Je le crois, évidemment, mais ça ne m'arrange pas !

— Tu es sûr ?

— Eh bien, nous pouvons commettre des erreurs, bien sûr... mais tu connais notre sérieux.

Le vampire tortille ses boucles blondes, signe d'une intense réflexion.

— Pourquoi as-tu des doutes, Tiago ? demande-t-il brusquement.

Je hausse les épaules. Puis j'avoue :

— Rien ne semble perturber Jörgen, malgré les différents événements depuis qu'ils sont ici... Et puis, Nilsa me cache quelque chose. Son regard sur moi n'est pas à mon avantage lorsque je l'observe à la dérobée.

— Peut-être que tu ne lui plais pas, annonce Teruki.

— C'est possible, bien sûr. Pourtant, elle a joué le jeu des mini-meutes à la perfection. Elle aurait pu se saboter toute seule si elle avait voulu échouer. Mais non ! Elle remporterait le challenge haut la main si je ne l'avais pas interrompu brusquement. Elle est très souriante quand je suis avec elle, même si elle ne fait rien pour me séduire. Quelque chose ne va pas dans son comportement.

— Il a raison, conclut Marko.

— Vous n'avez pas vraiment d'éléments, mais je le note. Nous allons continuer à creuser...

La proposition de Léo me rassure. Alors, je poursuis :

— Et pour les autres ?

— La meute des Vircolac semble faire amende honorable et respecter désormais les règles de votre espèce. Ils sont borderline, bien sûr, mais je crois que c'est dans leur nature...

— Ils ont beaucoup de brutalité en eux, dis-je, songeur.

— C'est vrai. Ces loups composaient les combattants des vampires. Ils ne connaissent que la violence. Leur héritière te plaît ?

Léo me scrute activement, tentant de découvrir mes moindres secrets.

— Pas vraiment !

— Mmmm... Alors, il reste les Italiens, mais je te les déconseille ! clame Léo.

— Pourquoi ?

Non pas que je veuille de Chiara. Si je peux au contraire contrecarrer les plans du père, ce sera parfait !

— Derrière leur industrie pharmaceutique se cache un gros trafic de drogue. Savais-tu que Naples en est la plaque tournante en Europe ?

Non, je ne m'intéresse pas aux marchés illégaux. Les Warous recherchent plutôt une vie calme au milieu de la nature, loin des intrigues et des complots.

— Malheureusement, je ne peux utiliser cet argument, dis-je, déçu.

— Effectivement, tu ne peux pas ! Tu es dans une impasse, Tiago, annonce sinistrement le second des Duroy.

— Il y a peut-être une autre option ! sourit Teruki, comme si elle avait trouvé la solution.

Je la regarde, à la fois affolé par ce qu'elle pourrait révéler et plein d'espoir.

— Cette louve... Sa magie est forte... et elle résonne avec les Warous.

Je vacille, soudain fébrile.

Alors, je n'ai pas rêvé.

Je me ressaisis aussitôt en me redressant.

— Que peux-tu me dire de sa magie, Teruki ?

Elle hausse les épaules. Cette créature hybride n'est que sensations. Des trois sorcières Duroy, pas une n'a les mêmes dons. Ayant toutes des « anormalités » différentes, elles sortent les manuels, les vieux grimoires et font des brainstormings avant d'expérimenter.

— Je ne saurais l'expliquer, mais il est évident que sa magie lupine partage la source de celle des Warous. Peut-être qu'elle a été adoptée ?

Je médite sur les informations qu'Horia a bien voulu me révéler.

— Elle est la fille de Radu, le bêta Vircolac. Sa mère, une louve-garou Vircolac de pure souche, est morte à sa naissance. Horia n'a jamais retourné sa peau !

Léo écarquille les yeux. Sa bouche grande ouverte lui donne une expression risible en cet instant. Jamais je ne l'ai vu désemparé par ce genre d'information. La seule chose qui l'a ébranlé, c'est son histoire d'amour avec Teruki. Maintenant qu'ils ont réglé leurs différends, ils s'adonnent à leur passion commune démesurément.

Je soupire de désespoir.

Qu'est-ce qu'ils ont de la chance !

Teruki m'observe et je me ressaisis. Je vaux mieux que cette loque accablée.

— Ça t'en bouche un coin, vieille sangsue, dis-je pour reprendre contenance.

Marko semble tout aussi désemparé par cette drôle de nouvelle. Il est vrai que seuls Versipalis, son fils et moi le savions. Pour l'instant, nous avions gardé cette information secrète.

— Jamais sa louve n'est sortie ? demande Léo, comme pour vérifier qu'il a bien compris.

— Jamais !

— Comment l'explique-t-elle ?

À mon tour de hausser les épaules.

— Horia se dit « cassée »… (puis je me tourne vers Teruki) J'ai repéré une faille à l'intérieur d'elle, profondément cachée, quand j'ai voulu attiser son pouvoir et faire jaillir sa louve. Immédiatement, je me suis senti mal, face à cette béance. Ce terme de « cassé » n'est pas tout à fait faux, ou c'est comme si elle n'était pas « terminée ».

Teruki acquiesce plusieurs fois, intégrant mes paroles.

— Je n'ai jamais entendu parler de ce phénomène. Je ne savais même pas qu'un loup pouvait être dans l'incapacité de retourner sa peau…

— De mémoire de Warous, ça n'existe pas, sauf éventuellement pour quelques enfants de Mordus. Mais c'est très rare ! La partie animale d'Horia est puissante et à fleur de peau, mais elle semble emprisonnée. Si nous pouvions la débloquer, elle ferait une louve magistrale.

Tout à coup, tous me regardent, ébahis.

— Ton loup l'a choisie, conclut Léo.

Je baisse le visage. Tant de désespoir et de dégoût m'assaillent devant cet avenir sombre.

— Nous devons voir Maius ! tranche Teruki. L'Ancien aura peut-être des réponses.

— Mmmm... Il est malheureusement absent... Occupé à contempler je ne sais quel tourment sur cette planète...

Léo est désabusé par ce vampire à l'origine de tous les autres. Il est notre allié. Néanmoins, le scepticisme de l'Ancien est à toute épreuve.

— Je vais le faire appeler !

Le ton déterminé de Teruki m'amène à penser qu'elle aura gain de cause. Je commence à me détourner pour sortir du dojo, entraînant Marko avec moi.

— Eh, les cabots, c'est pas fini ! Venez ici sur le tatami. On va vous enlever vos regards de chiens battus !

Je pivote immédiatement vers Léo et grogne sous cet affront amical. Ses crocs s'allongent. Il frappe son poing dans sa main.

— Allez, une bonne baston à mains nues nous fera du bien, convient sa compagne. Vous nous avez interrompus !

40 – Horia

— Tu vas dormir à la maison, Horia, me somme Velkan.

Je me crispe. J'aimerais tant. Toutefois, la compétition des mini-meutes étant terminée, je ne pense pas pouvoir rester ici. J'ai si peu confiance en moi et tellement pas la capacité de m'affirmer. Mon père m'a tant rabaissée que les quelques moments passés avec Tiago et Versipalis ne m'ont pas guérie de tous ces traumatismes.

Je tremble de peur à l'idée des mauvais traitements que je pourrais encore subir... Et puis, je n'appartiens pas aux Warous. Je n'ai aucune légitimité à demeurer chez eux.

— Je dois aller voir si les miens ont besoin de moi, dis-je, mortifiée.

Ava acquiesce et pose le bras sur Velkan qui s'apprête à protester.

— Tu connais les Vircolac, dit-elle en le regardant droit dans les yeux.

Les deux hochent la tête. Aucune nécessité de dire les mots.

Je sors de chez eux la mort dans l'âme et prends le chemin des Vircolac. Même mes pieds traînent par terre pour freiner ma progression. Quand j'arrive au pied de notre chalet, je monte les marches de bois et y pénètre. Avec la chaleur, la porte et les fenêtres sont ouvertes.

— Il était temps, ma fille. J'ai cru devoir aller te chercher...

L'air mauvais de mon paternel me fout la frousse. Je me tais, triturant mes doigts, attendant les ordres.

— Va voir Sabaya, soupire-t-il avec agacement.

Comme il me montre l'étage, j'en déduis qu'elle est dans sa chambre.

Je ne me fais pas prier et la rejoins aussitôt. Au moins, Sabaya ne m'a jamais frappée.

Je toque à sa porte.

— Oui !

J'entre et referme derrière moi. Je la découvre tout sourire, alors que nous venons de rendre hommage à un mort.

Que s'est-il passé ?

Je reste sur mes gardes.

— Tiago a refusé Chiara ! annonce-t-elle, comme si c'était une excellente nouvelle.

J'attends, interdite quant à la conduite à tenir.

— Cela signifie que j'ai une chance sur deux d'être retenue. Clairement, l'Alpha ne veut pas d'elle. Je n'ai plus qu'à évincer la Danoise !

Je suis choquée qu'elle choisisse d'éliminer quelqu'un plutôt que de tenter de se mettre à son avantage, voire de s'améliorer.

Oublie-t-elle qu'elle n'a rencontré que des difficultés dans sa fonction factice d'Alpha ?

Sabaya m'étonnera toujours.

— Si tu réussis, nous pourrons vivre ici...

Je souris à peine à cette belle parole pour ne pas attirer l'attention, juste ce qu'il faut afin qu'elle me néglige.

Je passe la soirée à hocher la tête devant ses élucubrations, pressée qu'elle me renvoie dans ma chambre. Quand enfin, ce moment vient, je me retire, soulagée.

J'attends que tous s'endorment. Je ne désire qu'une chose : rejoindre Tiago !

***

Quand enfin, ce moment arrive, je sors par la fenêtre. Je cours à pas feutrés, évitant les sentinelles plus nombreuses désormais. Les Warous ont augmenté le niveau de sécurité. J'ignore ce que je pourrais dire si j'étais surprise.

Une boule dans la gorge, je me dissimule tant bien que mal pour rejoindre la forêt. Par chance, notre chalet en est assez proche. Je souffle, comme une bête apeurée, et j'écoute autour de moi.

Et s'il y avait du danger ?

Après tout, il y a eu un meurtre !

J'observe à nouveau les alentours. L'obscurité est totale et je n'ai pas la vue aussi acérée que mes congénères. Mais mon envie de rencontrer Tiago est trop forte. Mon besoin de me blottir contre lui est impérieux, addictif. Je ne peux résister à cet appel.

Alors, je prends mon courage à deux mains. Je regarde dans la direction de la maison des plaisirs. Je ne la discerne pas d'ici, mais c'est là-bas que je dois aller. Nous n'avons pas rendez-vous, mais peut-être qu'il m'y attend déjà.

Le cœur battant la chamade, je m'élance.

Aussitôt, je suis arrêtée par une masse qui me tombe dessus. Je suffoque sous le choc et gémis de souffrance. Mon dos a rencontré une branche au sol et une main s'aplatit sur ma bouche. Je tressaille devant mon infortune.

— Chuuuttt...

Marko !

Je reconnais sa voix grave. Son corps est plaqué contre le mien. Il m'écrase tant que je ne peux bouger. Son souffle chaud à mon oreille me terrifie.

Je lève les yeux vers son visage. Le bêta est aux aguets, observant le moindre détail autour de nous. Soudain, ses iris me braquent.

— Je vais enlever ma main et te libérer, uniquement si tu ne fais aucun bruit.

J'opine du chef et son poignet suit le mouvement de ma tête. Il acquiesce. Sa main quitte à peine ma bouche qu'il empoigne mon bras, et me voilà debout, comme si je ne pesais rien. Aussitôt, je suis plaquée contre un arbre. Les yeux écarquillés, j'attends, n'en revenant pas de son comportement cavalier.

— Où vas-tu ? murmure-t-il.

— À la maison des plaisirs...

— Mmmm...

Il me fixe, mais ne dit rien. Je me sens jugée et je n'aime pas trop son visage impassible.

Que va-t-il penser de moi ?

Je suis si jeune et je me rends en cachette dans un lieu où la jouissance et la luxure règnent. J'aurais dû mentir.

— Il n'y sera pas ! assène-t-il.

Ses mots tombent comme un poids sur ma poitrine.

Est-il au courant de mes rencontres avec l'Alpha ?

J'ouvre la bouche pour parler, mais il me coupe aussitôt la parole.

— Rentre chez toi !

Mon cœur meurtri saigne. Ma folle adoratrice hurle à la mort.

— Je... Je... pourrais attendre...

— Non, c'est trop risqué ! Tu vas être une gentille fille et retourner sagement dans ta chambre !

Je déteste son ton.

Pour qui se prend-il ?

« Le bêta des Warous » m'assène ma raison.

La mort dans l'âme, je rebrousse chemin. Marko me guide, s'assurant que je ne sois pas surprise.

Est-ce qu'il dit vrai ?

Et si Tiago ne voulait plus me voir ?

Arrivé sous ma chambre, le bêta attend que je grimpe jusqu'à ma fenêtre. Il ne va malheureusement pas me lâcher comme ça. Trouvant même que je ne monte pas assez vite, il m'empoigne par les fesses et me lance !

Sous l'effet de surprise, je me rattrape au rebord.

Quel malotru !

41 – Tiago

Et si Horia était une Warou ?
Comment une telle chose serait-elle possible ?
À ma connaissance, aucun bébé de ma meute n'a été enlevé. Aucun métamorphe n'est parti depuis belle lurette.
Est-elle bien la fille du bêta Vircolac ?
Radu le rappelle régulièrement, comme s'il ne fallait pas l'oublier, et pourtant il ne la traite pas comme telle.
Mais comment être sûr de sa filiation ?
Je poserai la question à Velkan dès que possible. Toutefois, ce Mordu est bien trop jeune. Il n'a pas pu connaître la mère d'Horia. Peut-être a-t-il entendu des rumeurs qui seraient différentes de l'enregistrement officiel de sa naissance.

Marko et moi nous sommes séparés en sortant du château des Duroy. Je suis libéré de toute cette tension nerveuse. Une bonne bagarre amicale se révèle toujours utile et efficace. J'ai quelques bleus qui fleurissent, mais ils disparaîtront vite. Ceux de Teruki sont déjà oubliés. Le métabolisme de ces sangsues est bien plus performant que le nôtre en termes de guérison. Nous avons terminé dans une ambiance bon enfant et nous sommes repartis plus légers.

Je tourne dans mon lit, ne pouvant dormir. Toutes ces questions tournent dans ma tête. J'essaie désespérément de me remémorer le moindre détail qui pourrait se révéler intéressant.

Toutefois, la question qui virevolte sans cesse dans mon esprit et me hante est : comment puis-je revendiquer Horia ?

Je ne peux dire que sa magie résonne avec celle des Warous, cet élément doit rester secret... pour l'instant. Les Vircolac ne peuvent en prendre conscience. Pour eux, c'est une louve monomorphe, POINT ! Ils ne vont pas plus loin que ce handicap.

***

Le lendemain, je suis à peine levé qu'Orféo me saute sur le poil. Mon humeur en prend immédiatement un coup.

— Que donne l'enquête sur Ilario ? demande-t-il en posant un pied chez moi.

— Un café ?!

Il arque les sourcils comme si c'était un affront.

— Allons discuter sur la terrasse... Un café ? j'insiste.

D'un hochement de tête, il accepte. Je remplis un second mug et il me suit. Nous nous installons en contrebas de ma demeure sur un plancher spacieux. Des claustras me donnent un semblant d'intimité. Je m'assieds, hume ce divin breuvage et lève les yeux pour observer la cime des arbres. Ce vert des feuilles qui ne peut que me rappeler Horia. Je soupire et reviens à mon hôte imposé.

— Pour l'instant, je n'ai pas davantage d'éléments. Les Duroy n'ont absolument rien décelé sur les caméras de surveillance. Toute la forêt n'est pas quadrillée, bien sûr. Aucun ennemi ou visiteur inconnu n'a été surpris dans les parages.

Il acquiesce avec une moue pleine d'insatisfaction.

— La seule chose qui est certaine, ce sont les traces de crocs de vampire sur la peau d'Ilario. Nous en avons fait des photos...

— Les Vircolac ont raison, assène Orféo comme si c'était une évidence. Les seuls vampires dans le coin sont les Duroy !

Bien entendu, toute conclusion hâtive mènerait à cette supposition.

C'est si pratique !

— Nous n'avons aucune preuve, Orféo.

J'avale une nouvelle gorgée, espérant faire passer mon agacement.

— Pourquoi ne veux-tu pas de ma Chiara, Tiago ?

Nous voilà au fait de sa venue.

Je m'accoude sur la table, le fixant droit dans les yeux. Il est primordial que je lui montre qu'il ne m'impressionne pas.

— J'ai une entreprise pharmaceutique qui engendre beaucoup de bénéfices. Allier nos meutes permettrait de vous enrichir davantage, et de nous implanter en Allemagne, sous ton nom. Cela te rapporterait un beau pactole !

Évidemment, il ne parle pas de ses trafics illicites.

— C'est vrai, dis-je. Tu sais, Orféo, vous avez tous des affaires florissantes à négocier. De notre côté, nos investissements nous génèrent suffisamment pour assurer notre avenir sur plusieurs générations. Alors, l'argent n'est pas mon leitmotiv...

— Arg... Ma fille est belle ! clame-t-il.

Pas faux...

— Toutes les héritières le sont. Le véritable problème est que Chiara n'a pas brillé pour commander sa meute expérimentale.

Et mes loups récalcitrants n'ont même pas eu le temps de se manifester !

C'est heureux pour l'Italienne, mais je le tais.

— Chiara est une princesse ! Je l'ai élevée pour qu'elle soit douce comme un agneau et qu'elle te donne beaucoup d'enfants !

— J'ai besoin d'une compagne qui soit à la hauteur de la magie des Warous. Tout déséquilibre mettrait en danger la meute ancestrale que nous sommes...

La colère brille brusquement dans son œil malicieux. Toutefois, c'est si rapide que je me demande si j'ai rêvé.

— Nous aurions pu être cette meute ancestrale... Peut-être que nos magies sont bien plus compatibles que tu ne le penses !

Orféo se lève, mécontent, et part sur le champ.

Qu'il aille bouder dans son coin, je ne m'acoquinerai pas avec des trafiquants de drogue !

Il est vrai que Maius nous a dit avoir démarré sa vie vampirique à Côme, tout comme le premier Warou. C'est, effectivement, près de Naples. Je ne connais pas suffisamment l'histoire des De Luna. Orféo a raison quand il affirme qu'il aurait pu être de la meute ancestrale. Son ancêtre lointain l'a probablement été.

J'espère que Teruki va réussir à faire venir l'Ancien rapidement. Notre dernière conversation a tellement été nébuleuse pour moi qu'il m'a peut-être révélé des informations que je n'ai pas saisies.

De méchante humeur, je rumine mes idées sombres.

Velkan !

Je tire sur le lien de mon Mordu pour qu'il vienne à moi. Entre nous, pas besoin de téléphone ! Enfin, c'est le privilège de l'Alpha.

Velkan arrive en trottinant.

— Alpha ! me salue-t-il.

— Va te chercher un café si tu le souhaites et assieds-toi avec moi !

Mon loup s'installe directement et patiente. Alors, je le questionne sans détour.

— Que sais-tu de l'histoire d'Horia ?

Il tique. Je devine qu'il a de l'affection pour elle.

A-t-il peur de la trahir ?

Chacun de mes Warous me doit honnêteté et obéissance. Un grondement sourd s'échappe de ma gorge. Il se résigne et il me dira tout ce dont il a connaissance.

— Elle est la fille de Radu. Sa mère est morte à sa naissance.

— En es-tu sûr ?

Il réfléchit, repart mentalement dans son passé avec les Vircolac.

— Ma foi, je n'ai jamais rien entendu d'autre, avoue-t-il en toute sincérité.

— Et sa mère, qui était-elle ?

— Une Vircolac. Je ne l'ai pas connue.

— Les Vircolac accueillaient-ils beaucoup de métamorphes étrangers ?

Il fait non de la tête et ajoute :

— Leur meute est déjà conséquente et ils l'étendent avec des Mordus.

Velkan grimace. S'il est ce qu'il est, c'est bien à cause de ce procédé de transformation que nous bannissons chez les Warous.

— J'ai toujours entendu dire que la mère d'Horia était une guerrière. Elle était même une des filles d'Inanna. Donc, d'une lignée de grand pouvoir et d'abnégation. Il est très surprenant qu'elle ait mis au monde une telle enfant, dit-il en haussant les épaules d'un air penaud.

En effet...

Je suis sous le choc.

42 – Horia

— Que fais-tu là, Horia ?

La voix grave de Versipalis résonne dans mon dos. Son ton est amical.

Assise dans l'hémicycle au plus près de la Dalle, je la contemple. Cette pierre m'irradie sans que j'en comprenne les raisons. C'est puissant, attractif. D'une certaine manière, elle nourrit quelque chose en moi que je ne saisis pas, mais je ne peux y résister.

— Je m'ennuie, dis-je, espérant que ma fébrilité ne trahisse pas mon mensonge.

Il grogne. Ce vieux chaman n'est pas dupe.

— N'as-tu rien à faire chez toi ?

Malheureusement, je ne travaille plus pour Versipalis.

Heureusement, Sabaya n'a pas toujours besoin de moi.

— Je suis en pause.

Il rit.

— Et tu n'as pas trouvé d'autre occupation que de regarder cette vieille pierre ?

À vrai dire, je ne peux détourner mes yeux. La Dalle m'appelle... alors, je viens. Je m'assieds devant elle depuis hier, dès que j'en ai l'occasion, et j'attends.

Quoi donc ?

Qu'une révélation survienne, probablement !

Je l'ignore. Toujours est-il que ce lieu de culte m'apaise. Ma louve se couche, la tête sur les pattes. Elle aussi patiente.

Peut-être que j'espère aussi que Tiago passe par ici.

Trois jours que je ne l'ai pas vu...

Je n'ai pas osé réitérer mes sorties en cachette. Malgré tout, ce soir, je retente le coup d'aller à la maison des plaisirs.

Je n'ai aperçu Tiago que de loin. Marko, quant à lui, me surveille.

Régulièrement, il est dans les parages. J'espère lui fausser compagnie. La nuit dernière, il ne rôdait plus autour des chalets. Comme je ne suis pas connue pour ma témérité, il a dû en conclure que j'abandonnais.

Un autre sujet me préoccupe.

— L'Alpha Vircolac négocie en ce moment avec l'Alpha des Warous...

Mon ton faiblit.

— Ah !

C'est la seule réponse que je tire de Versipalis.

Nous nous taisons et retrouvons les silences que nous cultivions ensemble.

— Et ces négociations t'inquiètent ? demande-t-il brusquement.

Je plisse le front.

Bien sûr !

J'aimerais tant demeurer chez les Warous. Toutefois, ce n'est pas le poste de servante du couple d'Alpha que je vise. Voir Sabaya et Tiago dans une intimité que j'ai connue avec cet homme serait une véritable torture.

Alors, je me tais. Il y a des choses qui sont inavouables !

Soudain, Irmo apparaît. Il stoppe net son avancée lorsqu'il me découvre. Je me ratatine un peu plus sur moi-même pour me faire oublier.

— Alors ? demande Versipalis à l'attention de son fils.

Ce dernier fait « non » de la tête.

— Comment une telle chose est-elle possible ?! demande le mage, songeur.

Comme il se parle à lui-même, je demeure muette, interdite.

Que se passe-t-il ?

Un malaise monte en moi.

Puis il lève les yeux vers le ciel, interrogeant les astres. Quand il baisse la tête, il me fixe.

— Et toi, Horia, que sais-tu de la dysmorphie lupine ?

J'ouvre grand la bouche, interloquée, et la ferme dans la foulée. Je n'ai pas de réponse.

Irmo s'approche.

— Est-ce que c'est courant chez les Vircolac ? demande-t-il.

— Non, jamais ça n'est arrivé ! Enfin, jusqu'à moi...

— Avez-vous des recueils qui listent ce type d'anomalie ?

Je réfléchis. Je serais bien en peine de le dire. Je ne suis même pas considérée comme une oméga là-bas, alors je n'ai accès à aucune information.

Je baisse la tête, penaude.

Je ne suis vraiment d'aucune utilité !

***

Enfin, la maisonnée s'est endormie. Quand mon père est passé tout à l'heure, j'ai fait semblant d'être plongée dans un profond sommeil. Il m'a jaugée, puis est ressorti. Je ne souhaitais absolument pas lui parler. Qu'il me fasse ses sempiternels reproches ou qu'il m'annonce que Sabaya sera l'Alpha et que je demeurerai à ses côtés, aucune de ces options n'est audible pour moi.

J'ai suffisamment patienté.

Je jette le drap, m'habille et me voilà en train de m'enfuir à nouveau pour rejoindre Tiago. Bien sûr, j'ai vérifié que le chemin était libre. Je me faufile dans la nuit.

Rapidement, je suis dans la forêt, heureuse de ne rien voir à l'horizon. Cette semi-liberté me donne des ailes et j'accélère un peu plus.

Soudain, un craquement résonne et je sursaute d'effroi.

Mon palpitant tambourine comme un fou. Mes jambes, tout comme mes poumons, m'arrêtent net. Mes sens sont à l'affût.

Nouveau craquement à ma droite. Je me recule contre le tronc derrière moi, espérant me dissimuler.

Totalement effrayée, je scrute la nuit. J'ai beau regarder, je n'y vois rien.

Un bruissement se rapproche et je grimpe aussitôt dans l'arbre. Pas sûr que ce soit le meilleur choix. Si c'est le meurtrier d'Ilario ou celui qui a arraché un bras à Anton, il me fera vite descendre de mon perchoir. Malheureusement, à la course, je n'ai aucune chance contre ces prédateurs qui sont en haut de la chaîne alimentaire.

Mais où est donc Marko ?

Je rêverais qu'il soit là en cet instant, ou mieux encore, Tiago !

Tout à coup, un cerf apparaît, tout aussi terrorisé que moi. Je soupire de soulagement et patiente le temps qu'il s'en aille. Il n'a rien à faire ici s'il ne veut pas se faire manger. Nos yeux se croisent. Ce spécimen est jeune. Il perçoit ma louve, mais il comprend aussitôt qu'elle n'est pas un danger. Je lui fais signe de la main de déguerpir. Mon insistance paie, ou sa volonté, je ne sais pas, mais il s'en va. Satisfaite de le voir partir à l'opposé des Warous, je redescends de mon arbre. Je suis plus proche de la maison des plaisirs, maintenant, que du village des loups.

Je reprends ma progression et soulagée, je toque enfin à la porte.

— Mademoiselle Horia, Marko n'est pas arrivé ! annonce le vampire gardien.

J'ouvre la bouche pour rétorquer qu'il y a erreur, mais une alerte résonne dans ma cervelle et je me tais. Après tout, le bêta me surveillait et connaissait ma destination. Il est malin. Alors, je joue le jeu et fais comme si ce rendez-vous était prévu.

— Je l'attendrai à l'intérieur.

— Bien sûr !

La porte s'ouvre et je tombe sur un terrible spectacle. Sur la scène, des couples dansent dans une chorégraphie si sensuelle que mon ventre se met à bouillonner. Je me recule dans un coin obscur afin de passer inaperçue. Je n'avais jamais été présente à une heure si avancée de la nuit. À cette heure, je dormais entre les pattes de Tiago.

Autour de moi, de nombreux spectateurs sont subjugués. Les alcôves sombres dissimulent les visiteurs. Les phéromones saturent l'air.

Quelle idiote j'ai été !

Je cherche autour de moi, espérant trouver Etsuko, en attendant que Marko arrive, ou mieux encore Tiago. Le bêta me ramènerait à mon chalet, tandis que Tiago me conduirait dans notre chambre. Je rêve de connaître une nouvelle nuit avec lui. Mes hormones sont en ébullition. Pas une seule fois depuis le rituel d'abondance, il n'a tenté une approche charnelle. Je n'ai récolté que des baisers chastes ou des coups de langue sur le visage de la part de son loup.

Ma folle adoratrice gambade comme une dingue à l'idée des images qui sévissent dans ma tête. Toutes sont plus indécentes les unes que les autres.

De peur d'être accostée, je sors précipitamment de ce lieu de débauche. Moi qui espérais tant revoir Tiago et passer la nuit avec lui !

C'est raté.

Mon cœur meurtri doit se faire une raison. Je n'ai aucun avenir avec cet Alpha. Les yeux embués de larmes, je m'enfonce à nouveau dans la forêt.

Soudain, je sursaute en réalisant que j'ai choisi inconsciemment la mauvaise direction, m'éloignant davantage des Warous.

Un nouveau bruit surgit et je rampe pour me cacher derrière un tronc d'arbre couché au sol. Je m'allonge et en épouse la forme. Je prie fort pour ne pas être repérée. Ma louve reprend son drôle de comportement. Elle émet des ondes que je reconnais. Chaque fois qu'elle fait ça, nous disparaissons des radars des créatures surnaturelles. C'est une faculté que j'utilise peu, car cela me fatigue énormément, rendant mes mouvements difficiles. De plus, je ne sais pas vraiment comment ça marche.

— Tout se passe comme prévu ?

Je sursaute en entendant ce murmure. Cette voix, je la reconnais.

C'est Demetriu, un vampire Vircolac.

Il ne devrait pas être ici !

— Oui, tout est en place !

Mon père !

43 – Horia

Mon réveil sonne, agressant mes oreilles. Je ne rêve que d'une chose : qu'il s'arrête, bon sang ! Je suis épuisée. J'émerge d'un brouillard épais. Tout à coup, je réalise que je suis dans mon lit.

Comment suis-je arrivée là ?

C'est un mystère !

C'est le problème avec cette capacité surnaturelle. Non seulement je ne la maîtrise en rien, mais en plus, si ma louve puise trop fort dans cette drôle d'aptitude, je tombe dans l'inconscience. Ma partie animale le fait uniquement quand nous sommes en grand danger. Ce qui devait être le cas dans la forêt. Et là, quelqu'un m'a trouvée, ramassée, déposée sur mon matelas et recouverte.

Et si c'était mon père ?

Comment vais-je lui expliquer ce que je faisais en pleine nuit au milieu des bois ?

Je soulève le drap et je me découvre en chemise de nuit.

Je blêmis. Ça ne peut être mon père.

Qui a osé me déshabiller ?

C'est extrêmement dérangeant !

Je me lève, la tête totalement embrumée. Dans cet état, ma louve disparaît. Elle doit se remettre d'un terrible effort. Je ne suis guère en meilleure forme. Ma conscience s'est évaporée et le pilotage automatique est enclenché.

Puis les souvenirs de la nuit reviennent brusquement. Tout d'abord, ce sont les émotions qui m'habitent. La frustration de ne pas avoir revu Tiago est grande. Un couinement au fin fond de mon esprit me rappelle que ma partie animale n'est pas loin et partage le même désespoir.

Soudain, les paroles que j'ai surprises surgissent dans ma cervelle engourdie.

Mon père était avec Demetriu, un vampire Vircolac !
Ce dernier n'a rien à faire ici.
Que fomentent-ils tous les deux ?
Je suis atterrée.
Une épée de Damoclès s'élève au-dessus de ma tête.
Je vais devoir choisir un camp !
Peu importe l'option, j'ai tout à perdre !
Ne rien révéler à Tiago, c'est le faire courir vers sa chute. Je sais déjà que je ne m'en remettrais pas s'il disparaissait.
Avertir l'Alpha des Warous qu'un vampire Vircolac est ici dans le plus grand secret à manigancer quelque chose me mettra les miens à dos à jamais. Et si Tiago ne désire pas m'accueillir dans sa meute, je mourrai. Aucun loup ne peut survivre bien longtemps en solitaire.
Une angoisse sourde croît et tord mes entrailles.
Dans tous les cas, je suis foutue !
Je tombe assise sur mon lit, réalisant que je me suis douchée et habillée machinalement. Ces absences mentales m'inquiètent. Elles sont peut-être signe que je n'ai pas une grande espérance de vie. Elles aussi vont m'envoyer au trépas.
Je dois faire comme si de rien n'était. Alors, je descends pour le petit déjeuner, tentant d'ignorer l'angoisse qui me ronge. Mon père me fixe méchamment, attablé avec l'Alpha devant des assiettes bien garnies. Les Warous livrent des paniers-repas pour honorer leurs invités.
Se doute-t-il de quelque chose ?
Non, je crois qu'il me regarde de la même façon que les autres jours. Je déglutis et rase les murs pour aller me servir un café. Je m'assieds à l'opposé d'eux.

— Ces Duroy sont-ils vraiment dignes de confiance ? demande Liviu.

Mon paternel hausse les épaules.

— Probablement tout autant que nos vampires...

L'Alpha grogne.

— As-tu avancé avec les négociations ? interroge notre bêta.

Liviu pince la bouche, mécontent.

— Ce jeune est dur en affaires. Il nous voit sans doute encore comme des ennemis. Qui peut lui en vouloir ?

Mon père ricane.

— Radu, nous devons le convaincre. C'est important pour notre avenir !

— Bien sûr, Alpha !

Le bêta semble sincère en cet instant. Je demanderais bien de quel avenir il parle, mais il ne me répondrait pas. Pire, je pourrais me prendre une rouste pour ne pas rester à ma place d'oméga.

Soudain, mon père m'observe et m'évalue. Quand son œil brille malicieusement, je me raidis.

Ai-je commis un impair ?

Est-ce que je pue ?

Ou peut-être hume-t-il l'odeur d'un Warou ?

Je viens de me doucher.

J'ai bien dû utiliser le savon tout de même ?

— Horia, va aider Sabaya à se préparer. Elle va passer du temps avec l'Alpha des Warous aujourd'hui. Qu'elle soit prête dans une heure !

Je fais tout pour ne pas blêmir et m'agrippe à ma tasse. L'œil de mon père se fait sournois. Il aime me voir en difficulté. Ne pouvant parler, l'estomac noué, je hoche simplement la tête, termine mon café et remonte à l'étage.

Mon palpitant malmené cogne dans ma poitrine. Je suis estomaquée de cette entrevue.

Tiago passe-t-il du temps avec toutes les héritières ou seulement Sabaya ?

Arrivée en haut de l'escalier, je vacille, des points noirs plein mon paysage. Je me rattrape à la rambarde. Je dois me ressaisir !

Que croyais-tu, pauv' fille ?

Je suffoque, m'astreignant à reprendre une respiration normale. Un mouvement en bas m'enjoint à me dépêcher de recouvrer mes esprits. Je clos fermement les paupières. Lorsque je les ouvre à nouveau, ma vue s'est stabilisée.

J'inspire un grand coup et je toque à la porte de Sabaya.

— Oui !

Je plaque un sourire placide sur mes lèvres et entre.

— Ah, Horia ! Je t'attendais. Tiago doit me voir comme une guerrière, prête à tout pour se battre pour sa meute. Sors ma tenue de cuir. Il sera sensible au fait que je suis en mesure de défendre les siens.

Mes pieds me traînent malgré moi jusqu'à sa penderie. Je dépose à contrecœur ses attributs sur son lit.

— Jamais il ne choisira une princesse. Chiara peut aller se rhabiller (elle ricane de mépris). En revanche, il est séduit par l'attitude cavalière de la Danoise. Nilsa est ma véritable concurrente.

Je lui dirais bien que les Warous l'apprécient et que s'ils devaient voter, aux dires de Velkan, c'est elle qui remporterait les suffrages.

Malgré tout, Sabaya reste une porte de sortie. Enfin, peut-être plus avec ce que j'ai découvert cette nuit.

Je dois réussir à m'échapper d'ici et rencontrer Tiago.

Puis je réalise que ça ne va pas être possible. L'Alpha sera avec ma maîtresse !

Écœurée, je me rabats sur son bêta.

Marko est toujours sur ma route d'une manière ou d'une autre. Oui, je vais voir avec le bêta, il saura en référer au chef de meute. J'ai aussi une relation privilégiée avec Versipalis.

Ai-je vraiment des alliés au sein des Warous ?

Toute à mes préoccupations, je prépare Sabaya afin qu'elle ait l'air la plus conquérante possible !

Une fois qu'elle se rend à son rendez-vous, je m'éclipse et me retiens de courir jusqu'à la Dalle.

Marcher m'est extrêmement difficile tant l'attraction de leur lieu de rituel est forte. J'avance à pas mesurés, m'enivrant de toutes ses ondes qui montent jusqu'à moi, me stimulent. Plus je m'approche, plus ma louve se réveille. Quand j'arrive en haut de l'hémicycle, elle rugit dans mon esprit.

44 – Tiago

J'attends Sabaya sur ma terrasse. C'est une belle matinée. J'ai promis à son père de faire un effort et de discuter avec elle, comme je l'ai fait avec toutes les héritières. Je n'ai aucune raison valable de l'écarter.

Le passé ?

Je ne peux me raccrocher à cela. Dans le cas contraire, je devais refuser de recevoir les Vircolac. Toutefois, c'était aussi le meilleur moyen de déclencher une guerre.

Inenvisageable !

Je trépigne d'impatience qu'elle arrive. Plus vite elle sera là, plus vite nous en aurons terminé.

Enfin, je l'aperçois. Elle avance, déterminée, dans une tenue de cuir.

Elle vient en combattante.

Mes sourcils se froncent.

Que désire-t-elle démontrer ?

— Tiago !

Elle s'incline, témoignant de la déférence qui m'est due.

Dommage qu'elle n'ait pas fait preuve de davantage de respect envers mes Warous !

Mon loup grogne à cette drôle d'idée.

Il a raison, elle n'aurait pas eu plus de chances de me convaincre. Le passé pèse trop lourd dans mon esprit. Sa férocité me rappelle trop les manières brutales et sanguinaires de sa horde.

La mort de mon frère aîné, de ma sœur, ma mère et enfin mon père...

Jamais je ne pourrai leur pardonner.

Mon loup glapit.

Et pourtant, pour Horia, nous accepterions tout, même si c'est la

fille du bêta de nos « anciens » ennemis.
— Viens, dis-je.
Mon sourire est poli, contenu.
Surprise, elle s'exécute. Elle pensait pénétrer dans mon antre...
C'est hors de question !
Je préfère la confronter à mes Warous, qu'elle voie leur présence partout autour d'elle. Ces chers métamorphes sont tout pour moi. C'est le poids de l'Alpha. Je ne vis que pour eux.
Est-elle consciente des responsabilités de chef de meute ?
— Tiago, je sais que je me suis mal conduite pendant l'expérimentation d'Alpha. Je n'ai malheureusement pas les mêmes repères que toi.
J'acquiesce, satisfait qu'elle réalise aussi bien nos difficultés que nos différences, mais je me tais, attendant de voir où cette conversation nous mènera.
— Je suis forte, Tiago, je suis une combattante. Je livrerai bataille à tes côtés !
Sa bravoure est admirable. Elle a parlé avec son cœur. Toutefois, elle ne m'émeut pas. Bien au contraire.
— Même contre les tiens s'il le fallait ?
Elle cille et pivote pour déchiffrer mon expression. Néanmoins, je ne la regarde pas.
— Pourquoi voudrais-tu que je me batte contre les Vircolac ?
Je hausse les épaules comme si c'était évident, fixant toujours devant moi.
— Nous ne sommes plus les guerriers des vampires. Nous ne sommes plus sous leur joug. Nous avons repris les rênes de notre destinée. Tout n'est pas encore facile et nous n'avons pas constamment les bons réflexes, c'est certain... mais je peux aider à réparer, et je le ferai. J'ai été élevée pour occuper la position d'Alpha !
— Hum...
Sa bouche se plisse. Je perçois qu'elle est ennuyée.
— Vous nous avez sauvés du joug des vampires, Tiago ! À ce titre, je te suis redevable... mais tu ne crois pas à ma bienveillance !
Son ton hargneux m'indique toute sa frustration.
Alors, on est deux !
— Je comprends que ce soit difficile pour toi, Tiago. Mais grâce aux événements passés, tu accèdes aussi à un poste bien plus glo-

rieux !

Je grogne de déplaisir et de colère à cette simple mention.

Cette fonction, je n'y étais pas destiné. Je ne l'avais même jamais envisagée.

Mes Warous nous saluent au fur et à mesure que nous marchons dans le village. Aucun ne m'adresse la parole. Ils sentent tout le ressentiment qui déborde de moi en cet instant. Par prudence, ils s'écartent, même s'ils savent qu'ils ne risquent rien. Probablement que mes ondes les piquent un peu. En revanche, ce que je fais passer par notre lien doit être particulièrement désagréable.

— Pardon, Tiago. Ce n'est pas ce que je voulais dire.

Sabaya s'arrête et s'incline. C'est honorable de sa part ; j'apprécie son geste.

— Nous pouvons conclure maintenant une paix durable, Alpha. Je ne suis pas responsable des erreurs de mon père.

Elle baisse davantage la tête, démunie. Lorsqu'elle pose un genou à terre, je lui saisis la main pour l'en empêcher.

— Je n'exige pas que tu te prosternes devant moi, Sabaya.

Je la redresse. Son regard est franc en cet instant. Cette jeune femme est sincère.

Et le pire ?

Elle a raison. Je ne peux la rendre responsable de décisions qu'elle n'a pas prises. Elle n'a même pas dû se battre il y a sept ans. Tout comme moi, elle était trop jeune.

— Je te remercie pour ta franchise, Sabaya.

— Vas-tu y réfléchir ?... Sincèrement ?

Nos mains restent jointes. Elle scrute la moindre de mes expressions. Sabaya est belle. Hormis cette violence exacerbée, probablement due à son éducation, elle aurait pu me convenir dans d'autres circonstances. Elle est honnête, intelligente, déterminée et puissante.

Mon loup grogne devant cet inventaire élogieux.

Oui, nous connaissons une louve plus puissante encore, celle qui nous est réservée, notre élue !

— Je vais y réfléchir, Sabaya. Toutefois, je ne peux te cacher que le passé est difficile à oublier.

— Je comprends.

Elle s'écarte, se libère de notre contact, et cela m'apaise immédiatement.

C'est extrêmement curieux, cette différence de ressenti entre Horia et Sabaya. Les deux sont des Vircolac et pourtant mon cœur ne bat pas de la même façon pour elles.

Dois-je vraiment croire cette héritière ?

Au fond de moi, je n'en ai pas envie. Cela ferait de Sabaya une candidate potentielle.

Je file vers la Dalle. Là-bas est mon refuge.

— Tiago !

Marko m'arrête en chemin.

— Nous devons trouver un endroit pour parler, murmure-t-il.

Devant son sérieux, mon inquiétude grandit.

Que s'est-il encore passé ?

— Allons chez moi !

Je fais demi-tour. Ce silence soudain me pèse.

Nous rentrons et je ferme la porte.

— Cette nuit, j'ai découvert Horia, évanouie, dans la forêt.

J'arque un sourcil de surprise, attendant la suite.

— Elle était de l'autre côté du village, prostrée contre un tronc d'arbre couché.

— Est-elle blessée ?

— Non.

— Comment est-ce possible ? Souffre-t-elle de somnambulisme ?

— Aucune idée. Il était 4 h du matin. Pas âme qui vive autour d'elle. Je n'ai aucune explication.

Je réfléchis. Je ne trouve aucune supposition valable parmi toutes les pensées qui me viennent.

— Qu'as-tu fait alors, Marko ?

Il hausse les épaules.

— Je l'ai ramassée et déposée dans son lit. Elle ne s'est jamais réveillée !

Mon bêta est perturbé.

— Je l'ai déshabillée pour donner le change... au cas où, murmure-t-il.

Mon loup gronde méchamment à cette révélation.

Cette louve est à NOUS !

Mes mâchoires se contractent par réflexe. Je gamberge, oscillant entre l'idée de le sermonner pour l'avoir déshabillée et celle de le remercier de l'avoir ramenée en sécurité.

Tout à coup, j'expulse l'air de mes poumons.

— Merci, Marko. Continue de veiller sur elle en secret.

Mon loup grogne. Ces simples mots nous arrachent la gueule !

45 – Horia

Je résiste à l'appel de la Dalle et me faufile jusqu'à l'atelier de Versipalis. La porte de sa maison étant fermée, il ne peut être qu'en train de préparer ses décoctions.

Au début, j'avais peur de le découvrir en plein rituel, comme cette fameuse nuit à la Dalle. Puis il m'a avoué que les cérémonials étaient bien plus efficaces sous le magnétisme de la lune. Il se concentre donc sur la période nocturne pour les réaliser. Comme il fait jour, je ne risque pas de le surprendre.

Je longe la pierre ancestrale, tentant de l'ignorer, mais c'est difficile. Son attraction est si forte. Ma louve me pousse à la toucher. Je ne peux résister. Sans que je le commande, mes doigts effleurent ce granit patiné par les siècles et par toutes ces générations.

Il me faut une immense fermeté pour la dépasser et poursuivre mon chemin. Au fur et à mesure que je progresse, mes pas ralentissent. J'interdis à mes pieds de faire demi-tour.

Les Warous sont en danger !

Je suis en danger !

J'ignore ce qu'il va advenir de moi, mais une chose est certaine, je ne suis pas promise à un grand avenir, alors si je dois me sacrifier pour que les Warous survivent, je le ferai. Ce n'est pas MA meute, j'en suis bien consciente. Malheureusement, au fond de moi, je suis liée à l'Alpha. Je ne comprends pas comment cela a pu se produire. Le seul élément dont je suis sûre est que ce phénomène concerne ma louve. Comme nous ne sommes pas véritablement connectées, je n'en saisis pas les conséquences. Toutefois, je n'ai aucun doute sur le fait que la vie de ce chef est bien plus importante que la mienne. Il dirige une meute !

Toute à ces bonnes résolutions, je quitte la Dalle pour rejoindre l'atelier du mage.

Comme d'habitude, je reconnais l'odeur des herbes qu'il fume. Cette simple fragrance me rassure. Peut-être que son mélange est apaisant, à moins que ce soit la présence du chaman.

Je frappe à sa porte ouverte, n'osant pénétrer sans son invitation.

— Entre, Horia. Comment vas-tu ?

Je roule des yeux : ce n'est pas le plus important en cet instant, même si je risque ma vie avec ce que je suis en train de faire.

— Qu'est-ce qui te faire peur comme ça ?

Ses iris perçants analysent mon expression, mon comportement. Son regard affûté voit tout. Je suis bien loin de l'aisance habituelle dans laquelle il avait réussi à me mettre.

— Viens m'aider à ranger ces herbes sèches, Horia.

Je comprends immédiatement qu'il veut m'occuper afin que je baisse en pression, que je me détende. Ma louve gémit du danger qui nous attend. Elle a choisi son camp, mais nous ne sommes pas une Warou, nous sommes une Vircolac.

L'imitant, je rassemble une poignée de tiges pour les attacher en un petit fagot. La tâche est plus minutieuse qu'il n'y paraît. Je ficelle harmonieusement toute la longueur des tiges, puis nous les entassons sur une étagère. Les paquets doivent être équilibrés afin qu'ils soient faciles à prendre sans faire tomber toute la rangée.

Au fur et à mesure, l'ouvrage fait son œuvre : je respire de mieux en mieux. Je suis toujours résolue, bien sûr, sans avoir toutefois la peur de mourir dorénavant.

— Voilà qui est mieux, conclut Versipalis.

Le mage était concentré sur moi et ce n'est que maintenant que je perçois son aura onduler autour de moi.

Je soupire une dernière fois, résignée, et je me lance :

— J'ai été témoin d'une rencontre cette nuit… dans la forêt.

Mon murmure est à peine audible, mais Versipalis a entendu. Son regard est rivé fixement sur moi.

— Faut-il te demander ce que tu faisais en pleine nuit à braver le danger ?

Je hausse les épaules.

— … Je sortais de la maison des plaisirs.

Il sourit.

— Ne vous méprenez pas, Versipalis… Je n'y suis pas restée !

Honteuse, je baisse la tête sur mes fagots.

— Ton rendez-vous n'est pas venu ?

J'écarquille les yeux. Il sait qui j'espérais rencontrer, ça ne fait aucun doute.

— Je n'avais pas vraiment rendez-vous. Bref ! Toujours est-il que je suis sortie de l'endroit, totalement chamboulée, et je me suis trompée de direction.

Versipalis me sonde, puis sourit.

— Ce qu'on y voit parfois peut faire tomber les yeux.

Comment fait-il pour lire en moi aussi facilement ?

J'acquiesce.

— Et dans quel sens es-tu partie ?

Je réfléchis.

— Je dirais à l'opposé du village des Warous... Quand je m'en suis rendu compte, j'étais bien enfoncée dans la forêt et le château des vampires était sur ma gauche... un peu en arrière.

Il me jauge encore.

— Tu es allée loin, Horia. Ce n'est pas prudent de te promener seule la nuit !

Je prends une expression contrite devant son reproche. Il a raison. Les Warous ont déjà assez de problèmes comme ça. Entre la blessure d'Anton et le meurtre d'Ilario, j'aurais pu faire une victime de plus.

— Et qu'as-tu vu qui te précipite ici ?

Je respire une grande goulée d'air pour me donner du courage. Je vais trahir ma meute... Je vais trahir mon père. Mes doigts tremblent brusquement et je ne peux plus les contrôler.

Je suis prise entre deux feux !

À qui dois-je allégeance, moi, l'oméga Vircolac, la louve dont la folle adoratrice a choisi l'Alpha des Warous ?

Ma louve grogne et gratte pour que je m'exprime sans tarder. Je comprends en cet instant qu'elle fera tout pour l'Alpha. Et ça me soulage finalement, car je suis d'accord avec ça.

— Mon père a rencontré en cachette Demetriu, un vampire Vircolac...

Voilà, je l'ai dit !

J'angoisse à nouveau, attendant une possible sanction.

— Mmm... C'est une bien grave accusation...

À qui le dit-il ?

Néanmoins, je réalise qu'il me croit. Il ferme les yeux, ses paupières papillonnant comme s'il entrait en transe. Son champ électromagnétique gonfle et je me ratatine sur moi-même. Puis ce phénomène s'arrête aussitôt.

— Merci, Horia. Il fallait beaucoup de courage pour me faire une telle révélation !

Je me tais et Versipalis ne pose plus de questions.

Tout à coup, Marko arrive et pénètre dans l'atelier. Versipalis lui rapporte immédiatement mes paroles.

— L'endroit où tu étais cachée, c'est là où tu les as surpris ? demande le bêta.

Mes yeux s'ouvrent comme des soucoupes.

— Oui, c'est moi qui t'ai trouvée et qui t'ai ramenée... Je préférerais que tu arrêtes de sortir la nuit. J'ai besoin de dormir, moi aussi !

Alors, il me surveille.

Je n'ose me renseigner sur le fait que je me suis réveillée en chemise de nuit. Clairement, je connais la réponse. Il a dissimulé mon méfait pour me protéger.

Je leur rapporte les paroles que j'ai surprises. L'inquiétude envahit aussitôt leur visage.

— Viens, Horia, je vais te raccompagner chez toi, exige Marko soudainement.

Je suis congédiée !

Désabusée, je le suis. Après tout, je suis une Vircolac. Là-bas est ma place.

Nous remontons l'hémicycle dans un silence pesant. Arrivée devant chez Versipalis, je m'arrête net. Tiago est face à moi. Malheureusement, son expression montre clairement qu'il ne désire ABSOLUMENT pas me voir.

Mon cœur saigne.

46 – Tiago

Marko est encore avec Horia.
Il l'a déjà tenue dans ses bras cette nuit !
Il l'a même déshabillée !
Elle est à nous !
Mon loup devient fou. Il est prêt à étriper notre bêta, notre ami, notre conseiller, notre bras droit, celui qui nous soutient corps et âme, qui nous a donné sa vie lors du rituel pendant lequel j'ai été promu son Alpha.
Mais mon âne bâté ne veut rien savoir.
Marko est trop proche de celle que nous avons choisie.
Mes poils se dressent sur mes bras. Nos muscles se gonflent. Notre colonne vertébrale s'étire et se courbe. Je suis si près de retourner ma peau.
C'est si difficile de résister, de ne pas l'étriper.
Sang !
Vengeance !
Je tente d'inverser le processus.
Mon corps tremble sous cette terrible épreuve. Mes poils se dressent à mi-chemin entre l'homme et la bête. Je hurle à mon loup de me laisser la main, de garder la raison.
Je ne souhaite pas tuer Marko.
Je désire tellement Horia, mais je ne peux pas la revendiquer.
Horia nous appartient !
Je discerne la tristesse chez la jeune femme, l'incrédulité chez mon bêta. Alors, je m'accroche à leurs émotions pour rester sous forme humaine.
Mon combat intérieur est trop intense et mon crâne se serre dans un étau, celui qui va en modifier son apparence. La lutte est vaine. Ce combat est perdu d'avance.

Soudain, Marko bondit pour s'éloigner d'Horia.

À nouveau, je respire. Ce simple éloignement me redonne de l'espace, ma raison s'y immisce aussitôt, me rappelant tout ce que je vais perdre si ma partie animale agit. Toute cette patience qu'il me faut pour trouver une solution.

Laisse-moi du temps et nous l'aurons !

Mon loup couine et se retire.

Je souffle difficilement, épuisé d'avoir bataillé si intensément contre moi-même.

Marko se tient maintenant à l'écart, en position de soumission, la nuque offerte. Ma respiration erratique se calme un peu plus à chaque inspiration et je sens que je reprends le dessus sur mon loup. Horia est tétanisée par cette scène de violence. Elle ne bouge plus, ratatinée sur elle-même.

— Désolé, je maugrée. Marko, je te vois tout à l'heure chez Versipalis. Ramène-la immédiatement !

Mon bêta fait signe à Horia de le suivre à distance. Ma louve part comme une gazelle apeurée. J'en suis tellement accablé.

Je fais tout pour éviter Horia depuis le meurtre. Je parviens de moins en moins à contenir mon « âne ». Tant que je n'aurai pas de remède pour concrétiser notre lien ou le supprimer à tout jamais, je suis condamné à demeurer loin d'elle.

La voir disparaître me fait autant de bien que de mal. Une déchirure me parcourt de part en part. Nous allons devoir trouver une solution, et ce rapidement. Toute cette alchimie est en train de nous mener tout droit à la guerre !

Enfin, je me ressaisis et je reprends mon chemin. Je dois discuter avec Versipalis. J'espère avoir incorrectement interprété les informations qu'il m'a passées au travers du lien. Je me suis précipité trop vite pour voir mon mage. Je pensais qu'Horia serait déjà partie de son atelier.

J'arrive, les traits tirés de ce combat intérieur.

— Ah, tu as croisé Horia, conclut mon mage, avec un sourire ironique.

Versipalis est toujours d'humeur égale. Toutefois, je ne suis pas capable de rire de cet étrange phénomène que je subis.

— C'est une malédiction !

— C'est vrai, mais tout sera oublié quand vous serez ensemble.

— Si on réussit !

Il acquiesce, le visage fermé.

Dans le cas contraire, c'est la mort qui nous attend.

Inutile de le formuler. Ce n'est pas à un vieux singe que l'on apprend à faire des grimaces.

— Ai-je bien saisi ? je demande pour en revenir à ce qui m'a précipité jusqu'ici.

— Je crains que oui ! Les Vircolac fomentent quelque chose. Radu a rencontré Demetriu, un vampire Vircolac, pour lui confirmer que tout était en place.

— Les Duroy m'ont assuré ne pas avoir décelé de mouvement particulier dans la région.

— Peut-être qu'ils ne sont pas nombreux. Horia n'a entendu que Demetriu.

Versipalis a raison.

— Un seul vampire ne peut pas nous retourner.

— Tout à fait. C'est une chance qu'Horia les ait entendus !

— Je vais demander aux Duroy de braquer leur surveillance sur la Roumanie, dis-je, déterminé.

— Que fait-on maintenant, Tiago ?

Nous nous jaugeons gravement.

— On ne peut confronter Radu à cette rencontre...

Je cille à mes propres mots.

— Tu as raison, Alpha. Si le bêta Vircolac découvre que sa fille l'a trahi, il la tuera... Tu seras condamné par la même occasion, même si ça mettra plus de temps, et notre meute avec.

Je suis totalement dépassé.

Il fallait qu'une telle malédiction me tombe dessus. Les Warous ont déjà payé un lourd tribut. Je suis le dernier descendant de la lignée ancestrale.

Est-ce que nous sommes voués à disparaître ?

Tant de questions et si peu de réponses.

Versipalis pose affectueusement sa main sur mon épaule.

— Des instances plus importantes que nous et que nous ne connaissons pas nous gouvernent. Nous renaîtrons de nos cendres d'une manière ou d'une autre...

— Est-ce que cela doit me rassurer ?

— Bien sûr ! rit mon mage.

Je dodeline de la tête, désemparé.

— Alors, protégeons Horia et advienne que pourra ! Nous allons encore renforcer la sécurité et mettre un Warou derrière chacun de nos invités !

— C'est une bonne décision, Alpha.

La main de mon chaman retombe et il s'affaire à nouveau à confectionner ses remèdes.

— Ce soir, je ferai un rituel d'abondance ! dit-il.

Je me raidis.

— Est-ce raisonnable ?

Je ne pourrai jamais tenir mon loup.

— Fais-toi enfermer au château ! C'est indispensable pour nourrir les instances !

— Alors, ce sera l'occasion de déterminer une stratégie avec les Duroy !

— Excellente idée !

Marko nous rejoint, blasé.

— Est-elle en sécurité ? je demande aussitôt.

— Tout est relatif, Alpha ! Elle est avec les Vircolac.

— Pour l'instant, c'est sa meute !

Marko acquiesce, dépité.

— Marko, navré, mon loup est bien trop possessif !

Mon bêta m'observe, penaud. En cet instant, il n'en mène pas large dans ses baskets.

— Est-ce que tu désires que j'arrête de la surveiller, Alpha ?

Son attitude est plus respectueuse que jamais.

— Surtout pas. Tu dois continuer et la sauver du moindre danger.

Il opine du chef.

— Seras-tu capable de ne pas m'étriper ?

— Je ferai de mon mieux ! Tu dois la protéger, elle doit vivre ! Nous sommes dorénavant en danger, et Horia encore plus.

47 – Tiago

Assis dans mon bureau, je me connecte au registre du Grand Conseil. En tant qu'Alpha, je suis le seul à y avoir accès. Je ne vois pas l'ensemble des informations, hormis pour la durée pendant laquelle les Warous prennent le commandement de cette institution pluricentenaire. Même si nous n'avons pas fait notre coming out comme les vampires, il n'en reste pas moins que cela fait longtemps que nous avons dépassé le stade du papier pour tenir un répertoire des matricules de toutes les hordes.

Ici, au fin fond de la forêt allemande, ma meute ancestrale est plutôt paisible, loin des guerres pour conquérir des territoires. La Dalle y fait probablement beaucoup. Nous en sommes les gardiens depuis toujours, la nature nourrit notre puissance peut-être plus que pour nos congénères. À moins que ces derniers se soient égarés en chemin...

Par le passé, mon grand-père a failli être renversé par une horde avide de pouvoir. C'est Eiirin, l'actuel maître des Duroy, qui nous a sauvés. Grâce à lui, nous sommes toujours les gardiens de la Dalle, sans ambition de conquérir le monde. Notre pierre détient un pouvoir particulier. Maius m'a d'ailleurs rappelé que nous devions la protéger, qu'elle ne devait pas tomber dans n'importe quelles mains. Ces secrets ont donc été bien conservés.

Mais que pourrait-il arriver ?

Le discours de l'Ancien est bien trop énigmatique pour en mesurer les conséquences et mon père n'a pas eu le temps de me livrer toutes les informations nécessaires à ma nouvelle fonction !

Lorsque nous acceptons un nouveau métamorphe, au-delà de l'allégeance qu'il doit porter à l'Alpha, nous nous assurons d'avoir des valeurs communes : ce métamorphe sera à « l'essai » un moment avant de s'unir à un des nôtres.

Notre longévité d'environ cent cinquante ans et l'accueil de nouveaux membres nous ont permis d'éviter les problèmes de consanguinité.

Et est-ce que des Warous quittent la meute ?

C'est ce que je suis en train de vérifier actuellement. Le dernier départ de loup date de presque deux cents ans. Je n'en ai même pas entendu parler.

Est-ce que notre base est à jour des passifs de toutes les hordes ?

Je l'espère bien.

Ce Warou a préféré rejoindre un autre clan après les événements qui ont failli coûter la vie à mon grand-père et aux Warous. Ce fameux Caliste a intégré les De Luna. Il est forcément mort à l'heure actuelle. Belle lurette que nous n'avons pas eu de problème avec les Italiens. Comme nous n'entrons dans aucune conquête de territoire ou de trafic, nous avons la paix avec nos congénères avides. Hormis la Dalle, nous n'avons rien de précieux dans le village. Et encore, s'emparer de la Dalle sans avoir un Versipalis avec une magie compatible ne servirait à rien. Enfin… C'est ce que j'ai compris !

La descendance de notre Versipalis est assurée. Cette fonction requiert de se consacrer à la puissance de la meute, il ne vit donc pas avec sa famille. C'est ainsi.

Autre recherche que je dois faire : Horia !

Sa naissance est bien enregistrée chez les Vircolac, comme fille du bêta et de l'une des descendantes d'Inanna. Leur arbre généalogique est bien renseigné. Aucune ramification avec un Warou ou Caliste.

Alors, comment se fait-il qu'elle détienne la même signature de magie que moi ? Je connais la théorie de ce phénomène. Il est similaire à celui des âmes sœurs. Toutefois, c'est extrêmement rare.

Et il fallait que ça tombe sur moi !

Je soupire de lassitude et referme mon portable.

Quel merdier, vraiment !

Cette malédiction ne pouvait pas élire une des héritières ?

Le lien est si fort que nous nous serions aimés sans déclencher une guerre !

La journée s'achève enfin et je file chez les Duroy. À peine arrivé, je suis accompagné directement dans le bureau d'Eiirin, le maître du clan. En cet instant, je suis content de m'éloigner de mon village et d'Horia. Mon comité directeur gérera la situation pendant les quelques heures à venir. En cas de débordement, les Duroy diurnes, ainsi que leurs humains, agiront pour notre compte. Nos alliés rôdent autour de mon territoire à titre de sécurité renforcée.

— Ah, Tiago, viens t'installer avec nous ! m'accueille le maître Duroy.

Teruki, Léo et Ismérie sont présents. Leur sorcière humaine et descendante d'Ismérie, Aveline, est ici aussi, ce qui n'est pas surprenant. Je les salue tous et après quelques mots aimables, j'entre dans le vif du sujet.

— Ce soir, j'ai besoin que vous me renfermiez dans une de vos cellules. Je ne dois pas pouvoir en sortir !

Mon aveu fait ciller Eiirin, mais il acquiesce sans poser de questions. Alors, j'explique :

— Versipalis honore à nouveau l'abondance pour nous fortifier. Ma présence serait fâcheuse, car je suis certain qu'Horia répondra à cet appel. Mon loup ne rêve que d'une chose : la marquer.

Nouveau hochement de tête du chef vampire impassible.

— Nous avons effectué des recherches, annonce Teruki. Ce lien dans un couple métamorphe est non seulement rare, mais il ne peut être supprimé. Seule la mort libère les âmes. Malheureusement, quand un des conjoints décède, le survivant demeure seul et dépérit, ce qui n'est pas compatible avec ta fonction d'Alpha !

Je souffle d'exaspération.

Voilà qui règle la situation !

Soit je trouve une solution pacifique pour revendiquer Horia, soit nous sommes condamnés. Et encore, Horia ne retournant pas sa peau, quelle est notre espérance de vie finalement ?

— Nous avons trouvé peu de littérature sur ce type d'alchimie, Tiago. Alors, s'il existe d'autres options, nous les découvrirons.

Un rictus se forme malgré moi sur mes lèvres. Je reconnais bien la bienveillance d'Aveline, toujours prête à ne fermer aucune porte. Elle est un peu trop optimiste de nature. Je préfère le sarcasme de Teruki et Léo.

— Avec nos connaissances actuelles, je n'ai qu'une option : revendiquer cette oméga Vircolac si je désire rester à la tête des Warous. Mon loup n'acceptera aucune autre compagne. Néanmoins, choisir Horia, c'est déclarer la guerre aux délégations m'ayant amené leur héritière.

— Peut-être que les Vircolac seraient disposés à rallier ta cause ? Cela leur permettrait de s'allier aux Warous, propose Eiirin.

— Je ne pense pas, non. Liviu ne reconnaît pas vraiment Horia en tant que membre de sa meute. Il ne la regarde jamais, même lorsqu'elle est l'objet de la discussion. Horia n'ayant jamais retourné sa peau, il la tolère uniquement parce qu'elle est la fille de son bêta. De plus, choisir la servante de son héritière sera vécu comme une trahison par Sabaya et l'Alpha !

Tous sont maussades. Nous ne pouvons lutter contre ce lien. Nous ne pouvons que limiter les conséquences de ce qui va advenir.

— Nous avons consulté nos différentes bases de données, nous n'avons récolté aucune information contradictoire sur la naissance d'Horia, annonce Eiirin.

— J'ai vérifié nos registres, moi aussi. Il n'y a aucun doute sur le fait qu'Horia soit une véritable Vircolac.

Nous tombons dans une profonde réflexion.

— Nous avons ajouté des sortilèges de protection autour de ton village, dévoile soudain Teruki. Toute intrusion nous alertera maintenant. Cependant, nous n'avons trouvé aucune trace de Demetriu. Il a dû s'éloigner au-delà de notre sortilège de protection... Probablement prêt à revenir au coup de sifflet.

Eiirin reprend la parole.

— Nous n'avons relevé aucune agitation suspecte en Europe de l'Est, ce qui ne veut pas dire que ces Vircolac sournois n'ont rien organisé. Ils ont pu jouer sur la discrétion en limitant leur nombre pendant les déplacements. Cependant, depuis la rencontre entre Demetriu et Radu, aucun mouvement n'a été décelé. Nos drones restent au-dessus de leur territoire à très haute altitude.

— Et les meutes des autres délégations ? je demande.

Le maître vampire demeure de marbre.

— Teruki nous a informés de tes doutes. Depuis l'arrivée de tes invités, nous surveillons la circulation de chaque clan. Nous n'avons rien repéré de suspect.

— Pourtant, il se trame quelque chose...

— C'est certain !

Je me plonge dans une intense réflexion en entortillant mes rouflaquettes.

— Tiago, nous sommes prêts à te porter assistance nuit et jour à la moindre difficulté. Nous gérons notre nouvelle capacité à être diurne de manière à assurer une présence vampirique sur les vingt-quatre heures.

J'opine du chef, satisfait.

— Reste à savoir d'où va venir la menace !

48 – Horia

J'ai passé ma journée à faire le ménage dans notre chalet. Cela m'a permis de laver cette sourde angoisse que mon cœur avait emprisonnée. Le rejet de Tiago m'a meurtrie bien plus que je ne le croyais.

Mais qu'est-ce que j'espérais ?

Ce n'est pas une étreinte contre un arbre et trois nuits à la maison des plaisirs qui me donnent des droits sur cet Alpha. Hormis une certaine tendresse à cette période, il n'y a eu aucune démonstration supplémentaire.

Ma louve geint. Nous sommes en total désaccord. Pendant qu'elle est contrariée, moi je suis excédée. Il nous faut oublier ce loup. Je ne saisis pas les messages qu'elle désire me faire passer.

Nous n'avons jamais été véritablement de connivence toutes les deux. Nous cohabitons, contraintes et forcées. Toutefois, nous n'avons jamais été dans cette animosité. En cet instant, la seule chose qui nous réunit est cette envie de prendre chacune notre route.

Moi qui rêvais d'emménager chez les Warous pour vivre paisiblement, j'ai hâte de rentrer en Roumanie. J'ai été rejetée par ma meute, il y a bien longtemps. Le stade de l'ignorance n'était, ma foi, pas si intolérable que je le pensais.

Alors, j'astique tout ce que je trouve.

J'ai à peine mangé ce midi. Je m'installe pour le dîner et j'en ai la nausée tellement mes entrailles sont nouées. Une boule épaisse obstrue ma gorge. Jamais aucun aliment ne passera.

Malgré tout, je picore dans mon assiette.

— Il y a des Duroy partout, annonce Radu, le front plissé.

A-t-il peur d'être découvert ?

— Je les comprends, grogne l'Alpha.

Ces deux-là cachent bien leur jeu !

— Finalement, eux aussi montent des combines avec les sangsues, crache Sabaya.

Depuis son rendez-vous avec Tiago, elle a perdu tout espoir de devenir la compagne de l'Alpha.

— C'est différent, ma fille. Aucune des deux espèces n'est soumise à l'autre. Ils s'entraident depuis deux siècles, alors que nous étions assujettis aux vampires.

— Oui, mais nous ne le vivions pas si mal, papa.

Liviu sourit.

— Parce que tu étais la fille de l'Alpha. Nos plus braves guerriers étaient probablement satisfaits, eux aussi.

Ce qui n'est pas le cas de tous ces Mordus, comme Velkan ou Ava, que l'on a métamorphosés sans leur demander leur avis. Le rang de chacun dans la meute amenait son lot de bénéfices ou d'injustice. Évidemment, souffrant de dysmorphie lupine, j'ai été tenue à l'écart de tous leurs stratagèmes. Je n'en ai aucun regret.

Je suis désespérée de retourner à cette vie. Malheureusement, je n'ai aucun avenir.

— Allons à la maison des plaisirs, ce soir, Radu.

Le bêta hoche la tête devant la proposition de son Alpha. Mon père ne peut refuser, quelle que soit l'invitation, car finalement, c'est toujours un ordre.

— Je peux venir, papa ?

L'Alpha jauge l'héritière.

— Ce n'est pas une bonne idée, ma fille. Tant que Tiago n'a choisi personne, mieux vaut être irréprochable.

Sabaya fait la moue.

J'espérais aller de nouveau en cachette là-bas, même si Marko a exigé que je ne sorte plus sans escorte. J'ai une attirance malsaine pour Tiago. J'ai besoin de le voir, de m'approcher, même si je le dégoûte maintenant.

Ce mélange d'émotions est pesant !

Une fois le repas terminé, je monte dans ma chambre. J'ai la chance que Sabaya boude. Dans ces cas-là, elle désire rester seule.

Je m'endors comme une masse. Dans une semi-inconscience, je réalise que je n'ai pas pris le temps de me déshabiller. J'étais si fatiguée !

***

Je sursaute. C'est comme si ma louve me léchait la joue pour me réveiller. Elle couine d'impatience.
Que se passe-t-il encore ?
Sommes-nous en danger ?
J'écoute...
Rien.
Je tire sur mon tee-shirt. J'ai tellement chaud. Cet été est particulièrement brûlant dans tous les sens du terme.
En Roumanie, j'ai le lac pour me baigner quand les températures sont trop hautes. Malheureusement, ici, il n'y a rien, ou dans tous les cas, on ne m'en a pas informée.
Je tente de me détendre pour me rendormir, mais ma louve ne l'entend pas ainsi. Elle grogne pour me sermonner de ne pas sombrer.
Qu'est-ce qu'il lui prend ?
Et soudain, je le perçois.
Cet appel...
Versipalis !
Sa magie est en pleine action et toutes mes cellules s'affairent et chauffent.
Je me redresse aussitôt et bondis à la fenêtre.
Un tam-tam ancestral s'élève. J'écoute son chant hypnotique. Je ferme les yeux pour mieux savourer cet instant de grâce. J'entre dans une espèce de transe. Le bonheur m'envahit. Je suis chez moi. Je résonne à l'unisson de cette mélopée. Quand cette dernière accélère, je n'y tiens plus. Ma jambe passe par-dessus le rebord sans que je la commande. Je DOIS y aller.
Aussitôt, je me ressaisis, observant autour de moi pour vérifier que la voie est libre.
Mes capacités animales exacerbées, je descends sans bruit. Ma vision nocturne est plus affûtée que jamais. Je laisse tout pouvoir à ma louve. Je ne suis plus qu'instincts. Ma folle adoratrice ne désire qu'une chose en ce moment : rejoindre son loup !
Je reconnais cet appel.
Versipalis s'adonne au rituel d'abondance !

Je suis pressée de rencontrer Tiago, mais je redoute aussi qu'il me repousse encore une fois. Au fond de moi, je sais que je n'y survivrais pas.

Un sanglot m'échappe à l'idée de ce refus. Ma folle adoratrice gronde devant mon défaitisme. Elle est plus combattante que jamais. Alors, je recule plus loin dans mon esprit, lui donnant toute la place. Après tout, grâce à ses facultés, j'ai parfois réchappé du pire.

Nous progressons entre les chalets et les arbres, bondissons dès que nécessaire pour ne pas nous faire repérer. Je n'ai pas vu Marko, étonnée qu'il ne soit pas là à me surveiller.

Enfin, nous arrivons aux abords de l'hémicycle. Personne n'est venu dans cette direction. Comme la première fois, personne n'entend cette convocation.

Pourquoi moi ?

Je jette un œil en contrebas pour vérifier ce que fait Versipalis. Sans surprise, son bras s'agite à hauteur de ses hanches. Je détourne immédiatement le regard afin de lui laisser son intimité. J'en rougis. Entre l'appel et cette scène obscène, je surchauffe. Mon basventre est en feu. Ma folle adoratrice et lui ne désirent qu'une seule et unique chose : que l'Alpha vienne se planter en nous.

Aussitôt, j'observe autour de moi, je le cherche, pressée de le voir arriver. J'ai beau regarder dans toutes les directions, je ne le discerne pas. Il devrait déjà être là. Je le sens au fond de moi. Toutefois, quelque chose cloche.

Le feu m'embrase, lèche ma peau et me brûle. Comme une traînée de poudre, il m'envahit. Je ne suis plus qu'un brasier en pleine combustion. J'ai mal. J'ai besoin de Tiago. Je saisis que lui seul peut me soulager. La magie ne peut me sublimer comme elle l'a fait auparavant. Je tombe à genoux dans mon plus grand malheur. Impossible de m'enfuir, de faire un pas. Je suis clouée sur place, écroulée sur cet arbre qui a accueilli notre étreinte.

Mais même à genoux, je ne tiens plus. Mon visage glisse le long du tronc. L'écorce m'érafle la joue. Toutefois, ce n'est rien à côté de la douleur que je ressens au fond de moi. C'est une véritable torture. Ma louve rugit devant notre malheur et nous tombons, prostrées, inconscientes.

49 – Tiago

Enfermé dans un cachot situé sous le château des Duroy, je transpire à grosses gouttes comme jamais. La fièvre m'a saisi. Ne pas répondre à l'appel de Versipalis est une vraie torture.

Mes os me font souffrir. Dans chaque membre, c'est comme un canal de lave en ébullition. Mon loup hurle à la mort de ne pouvoir rejoindre son élue.

Les mains accrochées aux barreaux de fer, je tente de les écarter malgré moi, de me frayer un passage et de sortir d'ici. Ma raison s'est évaporée.

Je fixe méchamment Teruki et Léo appuyés nonchalamment contre le mur, les bras croisés, en train de jacasser. Je ne saurais dire ce qu'ils racontent. Enfermé dans mon enfer personnel, je n'entends plus. Ah, si, le métal que je presse et déforme chante sa divine torsion dans mes oreilles.

J'écarte plus fort les bras, espérant ouvrir davantage cette satanée prison. Je hurle sous l'effort, sous la douleur que cela engendre.

— Tu n'y arriveras pas ! Va t'allonger, piaffe Teruki.

Ce qu'elle m'énerve, cette foutue sangsue ! En cet instant, je pourrais la décapiter, juste pour qu'elle arrête de raconter des conneries.

— Une bonne bagarre ! je propose en soufflant comme un bœuf.

Ma voix est si gutturale que je prends conscience que je suis à moitié animal. Mon loup a sorti ses griffes. Mes avant-bras sont recouverts de poils lupins jusqu'aux biceps. Bien possible que je bave.

— Pas maintenant, je serais obligée de te faire sauter la tête... J'en ai pas envie !

Quelle emmerdeuse démoniaque !

Jamais elle ne m'ouvrira cette satanée porte.
Jamais je ne pourrai m'échapper de ce foutu endroit.
Quelle drôle d'idée d'avoir exigé d'être enfermé !

En cet instant, je pourrais devenir un loup barbare, mordre à la gorge ces maudits suceurs de sang jusqu'à leur arracher la tête même.

— Cesse de te retenir, se plaint Léo pour une énième fois. Retourne ta peau ! Tes hurlements seront emmurés dans cette falaise. Personne ne t'entendra et au moins, tu arrêteras de dire des sottises !

Je grogne de frustration et d'intimidation. Malheureusement, là où je suis, ces deux-là ne risquent rien.

Ces cellules ont été conçues pour enfermer des créatures surnaturelles. Elles sont à l'épreuve de nos forces et de nos dons grâce à leurs satanées sorcières et leur magie noire.

— Aveline, je gémis.

Elle ne m'abandonnera jamais à tant de souffrance.

— Laisse la trop gentille sorcière blanche. À moins que tu ne veuilles un remède pour la rage de dents ? demande Teruki avec un rictus aux lèvres.

Je maugrée de frustration, de colère. La rage s'empare de moi et je m'excite sur ces barreaux diaboliques. La furie qui prend naissance en moi attise la lave et nourrit la férocité de mon âne bâté.

J'entends l'appel de Versipalis...

Mes oreilles saignent que nous ne puissions nous rapprocher.

Teruki a bien essayé de nous mettre sous cloche imperméable. Néanmoins, cet appel monte du plus profond de mes entrailles, et contre cela, la vampire-sorcière ne peut rien faire.

Je courbe l'échine sous ce nouvel afflux de souffrance qui me terrasse.

— Retourne ta peau ! m'ordonne Léo en avançant jusqu'à moi.

Mon bras s'élance et je lui érafle la gorge. Ses yeux s'écarquillent sous cet excès de violence. Je culpabilise immédiatement.

Léo est notre ami !

Tout à coup, je laisse aller et j'atterris à quatre pattes, tremblant de fureur.

Je fonce dans cette barrière que je ne peux détruire. Mais mon loup ne veut rien lâcher. Mes compagnons se replient, dubitatifs quant à l'état dans lequel je me mets à jouer au bélier pour enfoncer cette grille.

Mon crâne grogne encore. Le sang dégouline devant mes yeux.

Arrête, tu vas nous tuer !

Je chancelle sur mes pattes et recule malgré moi pour prendre de l'élan.

Je me lamente de la stupidité de cette mule qui m'habite.

Ma bestiole fonce à nouveau. Au choc, mon crâne craque dans un vilain bruit. Je gémis de douleur. Ma vision se peint de noir. Je tombe dans un puits sans fond.

***

Je reprends connaissance dans une chambre ensoleillée. Allongé dans un lit moelleux, l'esprit embrumé, je tente de me rappeler ce qui a bien pu se produire pour que j'atterrisse ici.

Où suis-je ?

Mon cou est raide quand ma tête pivote.

Le château des Duroy.

— Ah ! Enfin, te voilà réveillé.

Teruki s'approche de moi et entre dans mon champ de vision.

— Que s'est-il passé ?

La vampire m'observe et me jauge. Sa paume se promène au-dessus de moi pour vérifier mes blessures. Sa magie noire me transperce et m'équilibre.

— Le rituel d'abondance...

Mon corps réagit sous sa magie. Je laisse faire. Je suis fourbu. Mes membres endoloris rechignent à bouger. Les mains guérisseuses œuvrent et le soulagement survient aussitôt.

— Tu t'es fait une belle commotion cérébrale cette nuit !

Mon âne bâté !

— Hum...

— Heureusement, je suis intervenue dès que tu n'étais plus un danger. Tu vas pouvoir te lever ! Mais prends ton temps.

Elle avance les vêtements déposés au bout du lit. Je m'assieds, m'assurant que ma tête ne tourne pas. Elle est lourde, mais ça va le faire. J'attrape le pantalon et l'enfile pendant que Teruki se détourne, respectant mon intimité. Elle se positionne devant la fenêtre face à la forêt, face à mon territoire. Je sais qu'elle perçoit la Dalle. Sa magie noire est puissante et en partie commune avec la mienne.

— Je te propose que l'on fasse une expérience, Tiago !

Je l'observe, attentif aux sentiments qu'elle dégage. Cette vampire n'est qu'émotions, contrairement aux plus vieux de ses congénères qui demeurent blasés. Sa tristesse et son envie d'aider sont fortes en cet instant.

— Je t'écoute, mon amie.

Elle cille, réfléchit bien. J'en déduis que sa suggestion est risquée.

— Tu m'as dit que tu avais incité Horia à retourner sa peau, mais que tu avais senti comme une fracture en elle...

J'acquiesce.

Soudain, elle se tourne face à moi.

— Nous pouvons tenter un rituel. J'associerai ma magie à la vôtre. Je peux essayer de combler cette béance.

Mon cœur bat la chamade aussitôt, rempli d'espoir.

Puis je réalise que le visage de Teruki se ferme. Elle est contrariée.

J'arque un sourcil en guise de question.

— Je ne peux t'assurer que cela fonctionnera...

Songeur, je prends conscience qu'elle ne me dit pas tout.

— Et ?

— Eh bien, entre la magie de Versipalis, la tienne et la mienne, j'ignore comment Horia peut encaisser. Et si elle n'y survivait pas ?

J'écarquille les yeux, horrifié à l'idée de perdre la jeune femme.

— En même temps, si nous ne tentons rien, ma foi, vous êtes tout aussi condamnés.

Alors, je hoche la tête à sa terrible et si réelle conclusion pour donner mon assentiment.

— La bonne nouvelle, rigole Teruki : une fois qu'elle aura retourné sa peau, il ne restera plus qu'à convaincre les délégations que c'est elle, ta compagne !

50 – Tiago

En retournant dans mon village, je médite cette décision prise. Ma foi, je me sens tellement démuni que je suis prêt à tout tenter. Horia me manque tant. Nous avons là l'occasion de nous donner une chance. Je me dois de la saisir.

— Alpha, me salue un vampire Duroy sur mon chemin.

Je hoche la tête machinalement, tout à mes tourments : la proposition de Teruki m'a coupé la chique. Ce soir, dans le plus grand secret, nous ferons le rituel avec Horia. J'ai la journée pour la convaincre !

La pauvre, je l'ai tellement malmenée dernièrement que j'ai perdu à coup sûr toute la confiance que j'avais réussi à lui insuffler.

Je soupire d'exaspération. L'avoir si proche de mon loup me contraignait à une lutte acharnée, je n'avais pas le choix.

J'observe autour de moi, satisfait que les Duroy aient tenu leur promesse. Mon territoire est maintenant entouré d'une armée de vampires. Nos ennemis ne vont pas oser venir aussi facilement.

Lorsque je pénètre dans mon village, je perçois immédiatement une agitation. Elle est sourde et pesante. Je tends l'oreille pour discerner ce qui pourrait la provoquer. Je détecte des murmures rauques... Les trois Alphas se sont réunis.

Je me rembrunis.

Encore des problèmes en perspective...

— Alpha, me salue Velkan.

— Tout se passe bien ?

Il ne répond pas, mais se tourne dans la direction de la coalition.

Vont-ils fomenter à eux trois un coup d'éclat ?

Je remercie Velkan d'un hochement de tête et me dirige directement vers les troubleurs de fête. Les Alphas et bêtas sont effectivement réunis dans une discussion animée. Me voyant approcher,

Orféo s'écarte aussitôt et campe sur ses jambes face à moi.

— Tu n'es probablement pas aussi fort qu'il y paraît si tu as besoin des buveurs de sang pour te protéger, Tiago. Les De Luna sont puissants. Nous ferions de bons alliés !

Je fronce les sourcils et les autres invités s'irritent davantage. Orféo ne rate pas une occasion pour me remémorer la formidable union que nous ferions. Je ne tiens pas à amener son trafic de drogue sur mes terres. Cependant, je préfère évoquer les règles de sécurité que j'ai mises en place.

— Ils ne sont pas là pour me protéger, mais pour VOUS protéger. Je te rappelle que ton bêta a été assassiné, Orféo. J'aspire sincèrement à ce que les De Luna récupèrent leur chef en un seul morceau.

— As-tu avancé sur l'enquête, comme tu l'as promis ?

Je me retiens de soupirer d'agacement. Je ne peux lui dire que j'ai des intérêts plus importants en ce moment. L'avenir des Warous, ma survie et celle d'Horia sont en danger. Malgré tout, je ne peux faire cet aveu de faiblesse.

— Nous avons retrouvé un morceau de chemise. Petit, certes... Bien possible qu'il y ait un symbole byzantin. Nous l'étudions.

Je pivote innocemment vers Radu. Les vampires Vircolac raffolent des blouses travaillées avec des broderies. Radu cille aussitôt et se détourne immédiatement, imperturbable.

C'est un coup de bluff. Nous n'avons aucun bout d'étoffe. Néanmoins, au point où j'en suis, je peux m'octroyer cette fantaisie et cela me permet de pousser le bêta Vircolac dans ses retranchements.

— Bien, bien, répond Orféo, songeur.

— Tiago, nous avons besoin de fixer une date de départ maintenant. Tu connais nos propositions et nos héritières. Je souhaite rentrer chez nous !

J'acquiesce et je réfléchis. Le rituel aura lieu ce soir. Je ne peux laisser disparaître Horia sans vivre un enfer. Soit elle retourne sa peau et il ne restera plus qu'à convaincre ces Alphas. Soit elle n'y parvient pas et nous sommes fichus.

Enfin, peut-être même que dans tous les cas, nous sommes fichus !

— Accordez-moi jusqu'à demain matin. La nuit portant conseil, je vous ferai une proposition !

Puis je pivote vers Liviu.

— Ton oméga serait-elle disponible pour finir la tâche qu'elle a commencée pour Versipalis ?

L'Alpha m'observe, surpris. Je demeure dans un grand détachement. Liviu se tourne vers son bêta et ce dernier hausse les épaules, indolent. Non vraiment, Horia n'a rien à faire dans cette meute.

J'ai tellement hâte de la récupérer, même si notre avenir est plus qu'incertain.

— Je l'enverrai chez Versipalis, annonce Liviu.

Je m'incline, par respect pour son aide.

— Maintenant, je vais vérifier s'il n'y a pas de nouveaux éléments pour l'enquête... et prendre une décision pour demain.

Ils opinent du chef et je pars immédiatement.

Évidemment, Marko se trouve sur mon chemin. Je suis certain qu'il me guettait.

— Viens, dis-je. Attendons d'être à l'abri pour parler.

Mon bêta m'emboîte le pas.

Nous nous installons chez moi. Mon bunker souterrain me met à l'abri des oreilles indiscrètes quand cela est nécessaire. Je ferme la porte derrière nous.

— Alors ?

Je suis pressé de savoir comment Horia a réagi au rituel d'abondance.

Marko se gratte le menton et mon loup grogne. Il peine à émerger ce matin, mais voilà qu'il refait surface.

Que me réserve-t-il ?

Il est à croc en ce moment.

— Horia a répondu à l'appel. Elle est restée en haut de l'hémicycle.

Puis il se tait, ce qui m'enrage.

— Et ?

Son front se plisse.

— Elle a beaucoup souffert.

Je pince la bouche. Je veux bien le croire au vu de ce que j'ai enduré.

— C'est peut-être pour le mieux... Au bout d'un moment, elle a perdu connaissance et je l'ai ramenée dans sa chambre...

Penaud, il ajoute :

— Je ne l'ai pas déshabillée !

Mon air contrit le met aussi mal à l'aise que moi.

Ce que nous vivons est tellement pire que ce détail.

— J'ai toute confiance en toi, Marko.

Je pose ma main chaleureusement sur son épaule et son sourire me fait du bien.

— Et maintenant, quel est le programme ? demande mon bêta.

— J'ai demandé à Liviu d'envoyer Horia chez Versipalis. Je dois la convaincre de tenter un rituel ce soir pour qu'elle retourne sa peau. Teruki sera là pour augmenter notre magie.

Mon bêta opine du chef.

— Et après ?

Mon regard pivote inconsciemment vers le mur, comme si mes yeux voyaient bien au-delà.

— Si elle retourne sa peau, je la revendique. Il me faudra convaincre les Alphas, par les paroles ou la force en dernier recours... Si j'échoue, nous sommes foutus et vous aurez un autre Alpha.

— C'est bien ce que je craignais.

Nous ressortons, prêts à rejoindre mon mage. J'ai tellement hâte de voir Horia.

Tout à coup, Velkan arrive en courant.

— Tu dois vite retrouver Inanna, Tiago. C'est grave !

51 – Horia

Je suis sortie de mon lit manu militari. Je suffoque sous la douleur de mon bras.

Que se passe-t-il ?

Je trébuche et m'écroule à terre.

Totalement déconnectée de mon corps, je ne comprends rien. J'étais sous l'arbre pendant le rituel d'abondance. J'ai cru mourir... Et non, je suis toujours en vie.

Je tiens mon membre éprouvé comme s'il allait tomber. Mon père a manqué de me déboîter l'épaule et l'arracher. Les yeux embués de larmes, je lève le visage vers mon paternel.

— Qu'as-tu fait ? demande-t-il méchamment.

J'ai soudain tellement de secrets que j'ignore lequel il a bien pu deviner. Il se penche sur moi et me hume. Je me prosterne, me fais la plus petite possible, terrorisée à l'avance par la violence dont il est capable.

Muette, j'attends sa sentence en tremblant.

— Tu as écarté les cuisses et tu t'es fait engrosser !

Je sursaute. Mes mains se plaquent sur mon ventre automatiquement.

— Qui est-ce ?

Je n'ose lever les yeux vers lui. Jamais je ne trahirai Tiago.

— Tu ne veux pas me le dire ?

Je blêmis et baisse la tête.

Qu'il me tue s'il le désire, mais je ne dirai rien.

— Très bien, le bourreau se chargera de ton joli cœur !

Je n'ai pas le temps de réaliser ce que cela signifie que mon père m'empoigne par mon autre bras. Il me traîne en me levant. Mes pieds reprennent leur fonction et je dévale les escaliers à sa suite du mieux que je peux pour ne pas le ralentir et ne pas trébucher.

— Que se passe-t-il ? demande Liviu.
— Cette petite traînée s'est fait engrosser ! clame le bêta.
— Qui ?
L'Alpha reste impassible.
— Je l'ignore. Ces Warous sont des saligauds. L'un d'entre eux a déshonoré ma fille. Il doit payer !
Le chef de meute et son bras droit se jaugent et probablement communiquent par leur lien.
— Allons voir Inanna ! conclut Liviu, exaspéré.
Mon père m'empoigne à nouveau et je cavale derrière lui. Ses doigts sont si serrés que je crains qu'il ne me brise l'os. Ses griffes sont plantées dans ma peau. J'ai l'habitude d'avoir affaire à sa férocité, mais là, ça dépasse tout. Je mords mes lèvres pour retenir mes gémissements. Si je fais preuve de faiblesse, ce sera pire. Il raffole de me traîner plus bas que terre.
— Papa ? demande Sabaya, inquiète.
— Tais-toi et viens !
J'ignore la présence de Sabaya. Cette dernière reste en arrière. De toute façon, elle ne peut rien pour ma défense, et si jamais elle apprenait la vérité, elle serait la première à s'acharner sur moi.
Les Warous sont outrés devant ce déferlement de violence, mais n'osent intervenir. Petit à petit, ils se rassemblent autour de nous et nous suivent. Quand nous sommes presque arrivés chez Inanna, j'aperçois du coin de l'œil Velkan déguerpir à l'opposé plutôt que d'accompagner ce terrible mouvement de foule. Sur le moment, je suis choquée qu'il ne soit pas là pour me soutenir, lui, mon ami !
Mes larmes dévalent mes joues.
— Que se passe-t-il, ici ? Lâche cette louve ! ordonne Inanna.
La maîtresse des hautes œuvres est debout devant chez elle. Tous ses muscles sont bandés. Ses griffes acérées allongent ses doigts. Je crois bien que ses canines grandissent. Je les aperçois dépasser de ses lèvres. Son bâton planté dans le sol et qu'elle tient fermement est prêt à s'envoler pour rendre justice.
— Maintenant ! tonne-t-elle en fixant mon père.
— Radu ! ajoute simplement Liviu.
Mon paternel obéit à contrecœur. S'il pouvait passer ses nerfs sur moi en cet instant, il le ferait volontiers et de bon cœur.
— Parlez immédiatement !

Inanna est au bout de sa patience et ce n'est jamais bon.

— Un Warou a mis enceinte mon oméga, annonce l'Alpha Vircolac. Ce Warou doit prendre ses responsabilités ou périr !

Je sursaute et le regarde, interdite. C'est bien la première fois qu'il s'intéresse à moi et qu'il m'évoque en tant que membre de sa meute.

La maîtresse des hautes œuvres avance et me hume.

Autour de nous, les Warous et les délégations se sont attroupées. Les Alphas sont aux premières loges. J'ai tellement honte.

— C'est une gestation récente, affirme Inanna.

— Bien sûr ! Ma fille était vierge en arrivant ici !

Des « oh » se murmurent dans l'assemblée.

Je suis dégoûtée d'être ainsi déshonorée.

— Elle ne veut pas nous révéler qui l'a engrossée. Ce Warou doit se signaler ! insiste Liviu.

— Le sait-elle au moins ?! L'autre nuit, je l'ai aperçue dans la forêt. Je parierais qu'elle revenait de la maison des plaisirs, témoigne Orféo.

J'ouvre de grands yeux devant cette révélation. Et si on m'avait surprise ? Marko connaît celui avec qui je passais mes nuits là-bas. Il n'est peut-être pas le seul.

De nouveaux « oh » choqués s'élèvent autour de moi.

J'ai tellement honte ! Je souhaiterais disparaître à jamais.

Les Vircolac grondent maintenant sous cette accusation.

Je couine sous ce déferlement de violence qui surgit autour de moi.

Inanna m'observe, neutre. Tout à coup, son œil brille de malice.

Elle sait qui est le père de l'enfant que je porte !

Je suis si naïve. Il a fallu que ce soit mon paternel qui s'en rende compte le premier. Nous allions repartir dans les quarante-huit heures, il ne pouvait pas retenir son flair un peu plus longtemps ?

— Alpha ! clame Inanna, en claquant la langue pour requérir le silence.

La foule s'écarte et Tiago apparaît. Ce dernier bombe la poitrine en démonstration de force et se positionne à côté de sa maîtresse des hautes œuvres. Il lui jette un coup d'œil et attend qu'elle lui annonce ce qu'il en est.

Suivant le problème, l'Alpha des Warous lui donnera un ordre et

Inanna rendra sa justice.

Est-ce qu'il me condamnerait à mort pour faire disparaître ce délicat problème ?

Tiago croise ses bras puissants sur son torse et nous toise tous, les uns après les autres. Sauf moi. Jamais il ne me regarde.

Je retiens ma respiration.

— L'Alpha Vircolac demande à ce que le Warou coupable de la grossesse d'Horia prenne ses responsabilités ou périsse !

Je suis choquée qu'elle annonce cela comme si elle parlait de la météo alors qu'elle connaît le géniteur. Je suffoque, à l'affût du moindre coup qui va me faire disparaître à tout jamais. Je suis indigne de ce qui m'arrive !

L'Alpha avance d'un pas. Je clos mes paupières. Je sens son souffle sur ma joue. Il me respire. Immédiatement, son tremblement résonne dans mes chairs. Il se ressaisit et recule aussitôt.

— Je suis le responsable, avoue-t-il fermement.

J'ouvre grand les yeux devant son incroyable confession.

Sur le moment, un silence imposant règne. Personne n'en revient. Moi la première. J'aurais parié qu'il aurait accusé un de ses loups pour se tirer d'affaire. Il faisait tout pour m'éviter.

Mais non, voilà qu'il avoue !

Mes jambes manquent de flancher lorsque je réalise ses paroles. Mon père enfonce ses griffes plus profondément dans mes chairs pour me remettre sur pied. Quand les yeux de Tiago se fixent sur cette main cruelle et qu'un grondement sort de sa gorge, le bêta relâche sa prise.

— C'est un affront ! crie Orféo.

52 – Tiago

— L'Alpha Vircolac demande que le Warou coupable de la grossesse d'Horia assume ses responsabilités ou périsse ! annonce Inanna, calmement.

Cette curieuse nouvelle accélère les choses.

Immédiatement, je veux vérifier. Je me penche sur elle pour la humer. Ce divin parfum éclate dans mes veines comme un aphrodisiaque. L'envie de la serrer dans mes bras me fait trembler.

Horia attend notre enfant !

Je me recule, prenant sur moi, impassible. Alors, contrairement à ce qu'elle m'a affirmé, elle ne prenait pas de contraception ? Elle a l'air si misérable en cet instant. Sa culpabilité me fait mal, alors que c'est le plus beau cadeau qu'elle puisse nous offrir au vu de notre maudite situation.

Cela ne peut être qu'un bon présage !

« Préparez-vous à des représailles ! » je balance dans mon lien de meute.

Mes Warous hochent discrètement la tête et je peux enfin accepter les événements qui nous sont tombés dessus sans crier gare.

— Je suis le responsable et je la revendique ! j'avoue, déterminé à assumer la grossesse d'Horia et faire enfin avancer les choses.

Forcément, les Alphas grincent des crocs. Mes Warous ne comprendront pas que ce soit une oméga qui porte mon enfant plutôt qu'une des héritières, mais une fois certains éléments révélés, ils se rendront à l'évidence qu'il ne pouvait y avoir une autre compagne que celle-ci.

Je ne supporte pas que Radu emprisonne le bras de ma bien-aimée. Mes yeux braquent cette griffe refermée sur les chairs d'Horia. Un grondement sourd sort de ma gorge en guise d'avertissement. En réponse, cette poigne se desserre automatiquement. Il libère même Horia. Cette dernière est sidérée par tout ce qui se passe et d'être l'objet de tant d'attention. C'est sûr qu'elle n'en a pas l'habitude, ou alors, c'est pour de mauvaises raisons. J'ai hâte de la soustraire aux Vircolac.

« *Elle nous appartient* », grogne mon loup.

— C'est un affront ! crie Orféo tout à coup.

Évidemment, il fallait que ce soit le premier à ouvrir son clapet.

J'attrape Horia et la ramène contre moi. Son cœur tambourine dans sa poitrine. Sa respiration courte m'indique qu'elle est apeurée. Je la fais passer derrière moi et la colle dans mon dos afin que nous ne fassions qu'un. Mes bêtas se resserrent autour de nous pour nous protéger.

Inanna se rembrunit. Elle est aux aguets, je sais que rien ne lui échappe.

Ces Alphas sont capables de faire du mal à Horia, voire de la tuer puisqu'elle est maintenant une entrave à l'accession d'une des héritières au titre de chef des Warous.

Quand le visage de ma louve pivote et que je sens sa joue entre mes omoplates, je constate avec satisfaction qu'elle se fond en moi. Nos loups mugissent de plaisir.

Est-ce qu'Horia en bénéficie aussi ?

C'est bien possible, car ses muscles se détendent.

Les Alphas grognent de plus belle et avancent d'un pas.

« *Encerclez-les !* »

Mes Warous bondissent, empêchant tout mouvement de nos délégations. Mes invités se raidissent et bandent leurs muscles, prêts à combattre. Au moindre danger, ils retourneront leur peau et je ne souhaite pas de carnage si je peux l'éviter. Mes alliés Duroy nous ont rejoints en toute discrétion et patientent sagement.

Je lève immédiatement les mains en signe de paix.

— Horia est mon âme sœur ! C'est le destin qui en a décidé ainsi. Vous devez respecter ce fait !

Des exclamations de stupeur surgissent, aussi bien chez nos invités que chez les membres de mon clan. Horia cramponne mon tee-shirt, son anxiété se transformant en soulagement. Je lui dirais bien que tout peut partir en vrille à tout moment et que nous avons un problème de taille à résoudre pour que notre amour puisse s'épanouir, mais je reste concentré sur l'assistance face à moi.

Je profite de ce moment de surprise pour les convaincre de mon bien-fondé.

— Je ne désire en aucun cas la guerre. Peut-être que nous pouvons nous entendre sur certaines négociations afin de nous allier. Aucunement besoin d'impliquer vos héritières !

Clairement, mes invités sont mécontents. Je peux comprendre, même si je n'ai pas cherché à les berner.

— Cette oméga n'a jamais été chassée de ma meute, annonce le Vircolac. Pourtant, elle le mériterait. Elle ne retourne pas sa peau !

Nouvelles exclamations. Cette fois, c'est l'horreur qui en jaillit.

— C'est vrai, dis-je. J'ai justement prévu un rituel ce soir afin de remédier à cette incapacité.

Horia se crispe à nouveau dans mon dos. Je sais qu'elle a vécu mille sévices pour faire sortir sa louve. Je lui envoie toute la paix possible en cet instant afin qu'elle prenne conscience que je ne lui veux aucun mal, et certainement pas la torturer.

Le Danois soupire devant cette curieuse situation.

— Tu as manqué d'honnêteté envers nous ! annonce Jörgen.

J'acquiesce.

— C'est vrai ! Cependant, je cherche des solutions depuis votre arrivée pour que tout se passe pour le mieux. Je n'avais absolument pas prévu que l'un d'entre vous amènerait mon âme sœur et que ce ne serait pas une héritière !

— Mon bras droit est mort, assassiné, pour rien. Tu n'as jamais voulu de ma douce Chiara ! crie Orféo.

— Tiago, cette louve n'est pas digne de toi, commence Liviu. (je fronce les sourcils, craignant le pire) Cependant, Horia est la fille de mon bêta et liée aux Vircolac. Si tu reconnais Sabaya comme compagne, je te céderai cette oméga et ce bât... Cet enfant !

Je gronde à nouveau. La venue de ce bébé n'était pas préméditée ; néanmoins, il ne sera jamais considéré comme un bâtard.

— Pas question ! je crache.

L'Alpha Vircolac laisse pousser ses griffes, il ne se contient plus. Ses avant-bras se recouvrent de poils. Si je n'interromps pas son processus immédiatement, cela va finir en bain de sang et je vais me retrouver avec trois meutes à dos pour avoir éliminé leurs émissaires.

« *Arrêtez-les !* »

Inanna saute sur Liviu. Elle l'attrape par le cou, prête à lui dévisser la tête.

— Laisse-toi enchaîner et tu vivras ! lui souffle-t-elle à l'oreille.

Chaque Alpha, bêta et héritière est sur le point d'être décapité. Leurs yeux écarquillés montrent leur terreur. Seul Liviu cille. Je sais dorénavant que si je l'épargne, il ne me le pardonnera pas. Sa férocité alimente son ego. Même s'il était soumis aux vampires, il était le maître de sa meute.

— Cette nuit, nous ferons le rituel afin qu'Horia retourne sa peau ! Je vous demande de patienter et de vous laisser emprisonner pendant ce temps. Je ne souhaite aucun mort. Demain, vous serez reconduits hors de mon territoire. Si vous ne désirez pas faire affaire avec moi, oubliez simplement mon existence !

— Je veux être présent lors du rituel. C'est ma fille !

53 – Horia

Mon père se rappelle enfin que je suis sa fille !
Pourquoi est-ce soudain si important ?
Alors qu'il m'a rejetée toute ma vie, rabaissée, battue. Voilà maintenant qu'il ambitionne de gagner quelque chose de cette grossesse imprévue.

Je suis abasourdie. Alors que je m'imaginais condamnée à mourir aussitôt, je suis propulsée compagne de Tiago.
Il désire garder cet enfant... et moi avec !
Je n'en crois pas mes oreilles. J'avais menti concernant la contraception, tellement je me sentais indigne qu'il ait pu s'intéresser à moi il y a encore quelques jours. Et puis, n'ayant pas toutes mes capacités, qui aurait pu dire que je pouvais enfanter ?

Avec tout ce qui s'est passé, entre les agressions et le rejet de Tiago, je n'ai plus pensé que mon ventre pourrait accueillir un bébé.
Faut-il s'en réjouir ?
Je n'en suis pas si sûre.
Je ne comprends rien à ce concept d'âme sœur.
Qu'est-ce que cela signifie ?
Pourquoi est-ce si important que je doive retourner ma peau ?
— Je désire être présent aussi, s'indigne Liviu. Horia est non seulement ma louve, mais aussi la fille de mon bêta.

Tiago se crispe.
— Si vous espérez assister au rituel, ce sera uniquement entravé. Quel que soit le résultat, Horia devient une Warou. Elle porte l'enfant d'un Alpha, ma descendance !
— Crois-moi, Radu et notre Versipalis ont tout essayé pour qu'elle retourne sa peau. Horia est...

Il ne crache pas le mot qui lui brûle les lèvres. Probablement une insulte. Tiago grogne à titre d'avertissement et Liviu se tait. Je pourrais parier que mon nouvel Alpha est prêt à le bouffer tout cru, tellement il est penché en avant. Je le tire en arrière pour le rappeler à l'ordre. Aucunement besoin de déclencher une guerre. J'ai connu la violence toute ma vie.

Puis-je avoir moi aussi un havre de paix ?

— Peut-être que vous n'avez pas utilisé les bons moyens. La magie d'Horia résonne avec la mienne ! clame mon Alpha.

— C'est impossible ! Elle semble puissante, mais elle n'a aucun don. Elle n'est pas connectée à moi, avoue piteusement Liviu.

Mon père ne dit rien et au contraire, il paraît réfléchir.

Est-ce une bonne chose qu'il soit subitement si calme ?

Ce n'est pas dans sa nature.

— Nous voulons assister au rituel, nous aussi !

Soudain, j'aperçois la grande vampire brune dans l'assemblée. Un échange semble s'établir entre Tiago et elle. Une pointe de jalousie me transperce le cœur. Ces deux-là sont si proches, alors que je connais à peine mon loup.

Lorsque Tiago acquiesce, je devine qu'ils se sont mis d'accord pour la suite des événements.

— Les Duroy acceptent de vous ramener ce soir dans l'hémicycle, enchaînés et entourés de gardiens. Il est hors de question que vous troubliez le rituel.

Tous hochent la tête.

— Jörgen, tu ne t'es pas manifesté ! insiste mon loup.

— J'y assisterai avec mes homologues !

— Bien ! Emmenez-les !

Leurs poignets sont attachés. Un cerclage est passé immédiatement autour du cou de ces métamorphes afin qu'ils ne puissent pas se transformer. L'alliage est si solide que retourner leur peau les décapiterait, l'encolure du loup étant plus large que celle de l'humain.

Les membres des délégations râlent. Toutefois, dès qu'ils sont invités à avancer, ils acceptent d'être conduits au château.

— C'est indigne de nous ! crie Orféo en s'éloignant.

— Je vous promets que vous serez bien traités et qu'il ne vous arrivera rien, affirme l'Alpha des Warous.

Je suis tentée de lui rappeler qu'il vient d'en faire des prisonniers, mais je me tais. L'ambiance est pesante. Le danger plane autour de nous. Je crois que c'est grave et je dois comprendre maintenant ce qui nous attend.

Moi, je me sacrifierai, s'il le faut.

Tout à coup, Tiago se tourne vers moi. J'ouvre de grands yeux quand mon visage se lève vers le sien. Je suis tellement heureuse de contempler ses ambres lumineux. Lorsque ses lèvres s'étirent dans un sourire épanoui, je fonds. Je le retrouve comme pendant ces nuits que nous avons passées à la maison des plaisirs.

— C'est une sacrée surprise, Horia ! Pourquoi n'as-tu rien dit ?

Je fronce les sourcils. Je ne pouvais révéler quelque chose que j'ignorais.

Ma folle adoratrice gambade comme une illuminée et se roule par terre, renifle Tiago. Je soupçonne qu'elle n'espère qu'une chose : rencontrer véritablement son âme sœur.

Mais pour toute réponse, je hausse les épaules.

— Tu ne savais pas ? demande-t-il, perplexe.

— Non...

— Reprenez vos occupations maintenant, ordonne Inanna aux Warous.

Tiago se détourne de moi et se positionne face à son clan avant que les omégas ne se dispersent.

— Préparez-vous, mes amis ! Les prochaines heures seront décisives et j'ignore ce qui nous attend. Ce soir, venez à mon appel, vous êtes les bienvenus. J'espère sous peu faire le rituel d'accouplement avec Horia. Comme vous l'avez compris, la meute s'agrandit.

Velkan, le premier, lance une ovation enthousiaste que les autres reprennent de bon cœur. J'en suis tout émue.

Et si j'avais vraiment trouvé une famille ?

Tiago pince la bouche et les fait taire en levant la main. J'en suis horrifiée. Que va-t-il dire ?

— Malheureusement, avant cela, nous devons redonner toutes ses capacités à Horia afin d'assurer notre avenir à tous ! Je ne vous cache pas que la situation est délicate.

Son ton grave calme l'assistance.

— Pour autant, je peux vous garantir qu'Horia est complètement compatible avec nous. Depuis qu'elle est présente, elle renforce notre magie. Peut-être avez-vous senti un regain d'énergie ?

Tiago observe ses loups d'un regard interrogateur. Les Warous réfléchissent, puis hochent la tête chacun leur tour.

— Nous allons l'aider ce soir à reprendre sa place dans notre monde et la faire bénéficier de tout ce pouvoir emprisonné en elle qui ne demande qu'à sortir.

Aussitôt, Ava s'avance et tend sa main. Je la rejoins pour la saisir.

Ava est mon amie.

Elle lève nos mains jointes au-dessus de nous.

— C'est vrai qu'Horia est puissante. Les nuits où elle a dormi chez nous, nous étions bien plus calmes. Je ne me suis jamais sentie aussi en sécurité que ces nuits-là... Et pourtant, depuis que vous nous avez recueillis, vous, les Warous, je peux vous dire que je pensais avoir vécu les moments les plus paisibles de ma vie.

Tous hochent la tête et m'examinent de la tête aux pieds. Je me recule, honteuse. Moi, la louve monomorphe, je ne suis qu'une imposture !

— Mais pour concrétiser notre couple et notre avenir en tant que chefs, chers Warous, reprend Tiago, nous avons un léger problème à résoudre. Grâce à Versipalis, Teruki et notre magie à tous, cette nuit, nous redonnerons les pleins pouvoirs à Horia.

54 – Tiago

Enfin seul avec Horia et mon comité de direction !
Je souffle de soulagement. Un gros poids libère ma poitrine. Émerveillé de pouvoir enlacer Horia, je la serre contre moi.

— Tu vas l'étouffer, ricane Versipalis.

Mais je n'écoute pas. J'ai besoin que nos cœurs palpitent l'un contre l'autre. Mon loup est fou de joie et veut sortir pour marquer notre compagne. Il va devoir patienter.

Horia couine de contentement.

Nos étreintes nous ont tellement manqué. Même si nous n'allions pas plus loin, même si nous n'étions pas sous la même forme, le « peau à poil » était divin et nourrissait cette alchimie qui n'appartient qu'à nous.

Mes bêtas sont enchantés de me voir enfin heureux et ont l'air tout aussi béats.

— Il faut que ça marche, revendique Marko, les Warous n'en seront que plus forts !

La promesse dans sa voix me donne la foi.

Nous devons réussir !

Le pouvoir d'Horia ne demande qu'à se déployer. Nos auras gonflent. Mes cellules se gorgent d'énergie.

— Préparons-nous, annonce Versipalis. Nous n'aurons qu'une chance avant que l'enfer ne se déchaîne !

Nous acquiesçons. Mon mage a raison.

— Inanna, je te laisse mettre en place toutes les mesures indispensables pour arrêter ceux qui interrompraient d'une manière ou d'une autre le rituel. Les Duroy sont à ta disposition. Teruki a déjà fait le nécessaire pour réorganiser la surveillance. Elle est allée se coucher... Cependant, monsieur Bourru gérera l'événement. Il faut bien qu'il prenne la relève de monsieur Revêche[5].

— Hum... Ce dernier ne sera pas loin... conclut ma justicière.

— Assurément ! Bêtas, faites le tour des Warous. Vérifiez que tous se sentent bien ! Prévoyez des armes, on ne sait jamais... Rejoignez-nous à la Dalle lorsque tout sera en ordre. Rien ne presse, nos membres avant tout !

Falko et Marko s'inclinent et partent dans la foulée.

Horia n'ose plus bouger. Elle semble groggy tout contre moi. Alors, je me recule pour être sûr de bénéficier de toute son attention.

— Horia, tu dois me faire confiance.

Son expression est incertaine. J'ai cassé quelque chose en elle en la rejetant. Toutefois, je suis prêt à faire tout ce qu'il faut afin de regagner ce territoire dans son cœur.

— Je ne te veux aucun mal, j'insiste. Malgré tout, la magie que l'on va déployer ce soir sera colossale et je ne peux pas t'assurer que ce sera indolore. Je vous veux, notre enfant et toi, auprès de moi.

Ça m'attriste de penser qu'elle pourrait souffrir, mais nous n'avons aucune autre option.

— Tu dois retourner ta peau. C'est le seul moyen de gagner notre survie et notre liberté ! Dans le cas contraire, nous serons vite renversés.

Elle dodeline de la tête et réfléchit intensément.

Soudain, j'ai peur qu'elle refuse cette position qui lui tombe dessus, alors qu'elle n'a rien demandé.

Toutefois, ses lèvres s'étirent.

— Je n'avais pas d'avenir, Tiago, avant de te rencontrer. Par conséquent, je suis heureuse de ce qui m'arrive. Je ferai mon maximum... (ses yeux s'embuent, la tristesse envahit son joli minois), mais j'ai toujours échoué !

— Ta magie résonne avec celle des Warous, annonce Versipalis, alors soyons optimistes.

Elle acquiesce.

— Versipalis, allons-y ! dis-je.

Inanna nous salue. Je sais que sa sécurité sera opérationnelle et efficace.

---

[5] Il se fait vieux, le bougre, et il a vécu beaucoup d'aventures. Je vais devoir le mettre à la retraite puisqu'il ne souhaite pas être vampirisé ^^

— Tiago, si tu l'acceptes, Irmo va se joindre à nous, c'est plus sûr...

Le fils aîné de Versipalis est tout désigné pour prendre sa suite. Pour l'instant, il n'a assisté à aucun rituel en tant que chaman. J'imagine que de la même façon que mon père préparait mon frère aîné à la relève, mon mage lupin doit bien organiser sa succession.

— Si tu estimes que sa place est à nos côtés et non dans l'hémicycle, Irmo est le bienvenu.

— Je vais le faire venir.

Nous cheminons tranquillement. Rien ne sert de se précipiter, nous ne maîtrisons pas le temps qui s'écoule et nous avons besoin de la lune.

C'est bien agréable de tenir Horia par la main, au grand jour. Nos auras se mêlent. Arrivés en haut de l'amphithéâtre, nous nous arrêtons, subjugués par tant de beauté. Les rayons du soleil pénètrent dans la clairière, inondant de lumière la Dalle. Des scintillements apparaissent au-dessus d'elle comme si elle souhaitait nous délivrer un message. Notre pierre prend vie.

Elle est prête à recevoir Horia !

— Que faut-il que je fasse ? demande ma compagne.

Je tourne la tête vers Versipalis et l'interroge du regard. C'est le maître en ce lieu. Lui seul percevra la meilleure façon de procéder.

— Tu vas te reposer dans cette clairière pour la journée. Quand ce sera l'heure, tu t'allongeras sur la Dalle, Horia. Nous te guiderons afin de libérer ta louve.

***

Ces quelques heures qui nous ont amenés à l'obscurité ont passé tellement vite. Versipalis a exigé que je demeure auprès d'Horia.

« Vos auras sont déjà mariées. Vos cellules vont se nourrir de votre champ électromagnétique ! » a-t-il expliqué.

Ma foi, c'est la plus belle journée de ma vie. Je nous ai installés confortablement et nous avons dormi. Moi enlaçant Horia. Elle blottie contre moi. Nous nous sommes réveillés dans un état de béatitude comme jamais je n'avais ressenti. À voir Horia, je sais qu'elle était dans le même état, magnifique, rayonnante.

Si c'est notre dernier jour en ce monde, il aura été un bon jour.

Je la colle contre moi auprès de la Dalle. La nuit est tombée. L'hémicycle se remplit rapidement et mes Warous prennent place, derrière moi. Serrés les uns contre les autres en une chaîne lupine qui ne forme plus qu'un bloc.

Aussitôt, notre magie monte en puissance et m'abreuve.

C'est l'heure !

— Allonge-toi maintenant, Horia !

— Mon père, murmure-t-elle, apeurée. Jamais il ne me laissera.

— Tu ne crains rien au milieu des Warous. Les délégations vont arriver d'ici peu, sous bonne garde. Tout se passera bien.

Je discerne le moment où elle accepte d'être optimiste, d'oublier l'avenir sombre qui lui était promis.

Mes lèvres se posent sur les siennes dans un baiser langoureux. J'aurais tellement aimé que l'on ait plus de temps. Mais c'est ainsi. Nos bouches se quittent.

— Commençons maintenant avant que le courage ne me fuie, avoue-t-elle.

Horia n'est pas une battante. Elle est résignée et soumise. J'espère pouvoir lui redonner toute la liberté dont elle a manqué et qu'elle puisse choisir enfin celle qu'elle désire être.

Ma compagne s'allonge sur la Dalle. Je caresse sa joue. Nos yeux se fixent. Notre alchimie est bien présente dans un halo chatoyant. Une faible lumière s'en dégage et ne demande qu'à croître.

Versipalis, Irmo et Teruki apparaissent de l'autre côté en position de recueillement.

Je tombe à genoux devant ma bien-aimée. Ses paupières se ferment. Les miennes les imitent.

J'ignore l'agitation derrière moi lorsque les délégations des héritières arrivent.

— Maintenant, lance Versipalis.

Les magies sombres des trois sorciers face à moi se lient. Ils prennent racine au plus profond dans le sol et y puisent l'énergie. Ils se connectent à la lune et leur pouvoir s'élève. En équilibre entre le ciel et la terre, un cercle se forme autour d'eux, englobe la Dalle dans un premier temps, puis moi avec. Je m'accroche à cet orbe. Ce dernier devient de plus en plus dense.

Horia frémit et pince la bouche.

Je plonge en elle pour attiser sa louve, pour lui faire retourner sa peau. Sa forme animale est là. Elle n'attend que ça, que moi. Mon loup est subjugué qu'elle soit si proche.

Tout à coup, je tombe face à cette béance qui m'avait rendu si mal à l'aise et la nausée me saisit.

55 – Horia

Je suis cernée par des puissances surnaturelles.

Mon corps épouse la Dalle. Si lourd que j'ai l'impression de m'enfoncer et c'est peut-être même ce qui se passe en vérité.

La magie résonne de chaque côté de moi, monte et me pénètre. C'est divin et terrifiant à la fois.

Le tam-tam ancestral s'élève de la Terre, m'hypnotise. Je m'évapore dans les méandres du temps.

Ma louve couine, m'alertant.

Mais de quoi ? Je ne vois rien !

Et quand bien même, je ne peux plus bouger. Mon corps ne répond plus. Ma raison s'est échappée. Je ne suis plus qu'une humble spectatrice.

Soudain, des symboles dorés apparaissent. Ils s'évadent de la Dalle et s'éparpillent en volutes de fumée. Jamais je n'ai vu un tel spectacle. Au fond de moi, je sais que c'est de la sorcellerie.

Des runes...

Malgré mes paupières closes, je les observe s'élever vers le firmament et se désintégrer dans un « ploc » qui pourrait rappeler la pluie tonitruante qui claque sur le toit percé de ma chambre en Roumanie.

Roumanie...

Des flashes apparaissent. Si vifs, ils repartent aussitôt qu'ils arrivent sans que je puisse en discerner l'image. Ils ne sont que fragments.

Du passé, du présent, du futur ?

Je l'ignore.

Dans mon esprit, tout tourbillonne et se confond.

Bien cachée à l'intérieur, dans le plus grand secret, je décèle une porte, ahurie de ne la découvrir que maintenant. Néanmoins, sa noirceur m'alerte. Ma louve gémit de terreur et se ratatine au plus profond de moi, au plus loin de cette barrière.

Un voile ondule...

Limbe !

C'est le mot qui m'apparaît aussi brusquement que douloureusement.

Qu'avons-nous fait ?

Un relent de soufre chatouille mes narines. Une émanation m'effleure à l'intérieur, visqueuse et froide.

Horreur et stupéfaction me saisissent sans que j'en comprenne les raisons. Mon palpitant accélère. J'aimerais me crisper, résister. Toutefois, mon corps ne m'appartient plus.

Quelque chose, quelqu'un s'en est emparé ?

Je ne saurais le dire.

Brusquement, les images me bousculent et se figent. Comme sur un écran de cinéma, des scènes apparaissent.

Les paupières closes, je suis effrayée. Peut-on fermer les yeux de son esprit ? Je tremble à l'idée de ce que je pourrai y découvrir.

Mon père plus jeune...

Une louve au ventre rebondi, heureuse, souriante, préparant mon arrivée !

Maman...

Une larme dévale ma joue. Le bonheur tout d'abord, mais aussitôt la culpabilité. Je l'ai tuée !

Je m'excuse !

Je voudrais tant le crier, qu'elle l'entende. Mais mes lèvres demeurent scellées. Aucun son ne passe. J'en suis tellement désolée.

Coupable à jamais ! Ce fardeau, je vais devoir le porter.

Les visions disparaissent, alors que j'aimerais les retenir, les conserver avec moi, les graver dans ma mémoire.

Le visage de ma mère attendri, caressant ce giron tout rond.

C'est à nouveau le désordre et cette perception se dissipe.

Trop de flashes, trop d'images, je ne reconnais plus rien.

J'ai soif, j'ai trop chaud. Je transpire à grosses gouttes. La sueur s'écoule le long de ma poitrine, de mon ventre.

Une tension incroyable presse mon esprit sous ce bombardement. C'est un raz-de-marée qui me traverse, me laboure, me lamine. Je suffoque.

Et soudain, les flashes se suspendent à nouveau. Les images se figent. Des silhouettes apparaissent et reprennent vie.

Le film recommence.

Mon père tout aussi jeune, enlaçant passionnément une femme.
Alors, il a aimé ?

Ça me fait chaud au cœur de savoir qu'il a été heureux.

L'angle de vue bascule.

Cette femme n'est pas ma mère.

Je voudrais crier, protester, l'insulter... Les mots se meurent dans ma gorge.

Ecaterina !

Cette sale sorcière de sang. Cette démone prête à toutes les expériences, pour satisfaire ses vampires, pour détenir tous les pouvoirs !

Mon père promet !

Que promet-il ?

Mon père de nouveau avec ma mère. Il caresse son ventre... Il a l'air si doux... Je ne le reconnais pas.

Le bébé bouge et ondule sous cette peau tendue.

Est-ce moi ?

Je n'en suis pas si sûre...

L'angle de vue change encore.

L'œil sournois de mon père brille dans la nuit... Une lame scintille et s'élève... Ecaterina apparaît dans le dos de mon père, avec son sourire cruel et satisfait, celui qu'elle affichait quand elle obtenait victoire.

Je crie de nouveau pour que ma mère s'écarte. Je perçois un grand danger. Ma louve hurle à la mort.

Le couteau plonge dans le ventre maternel. Ma mère est choquée. Son rugissement de souffrance me vrille les oreilles. Ce hurlement si vite étranglé par la main paternelle pendant que la lame fait son office et ouvre son giron.

Je m'étouffe. Ma poitrine ne veut plus respirer. Mon cœur manque un battement.

Va-t-il s'arrêter ?

La sorcière sort un joli bébé des entrailles béantes. Il vit !

Est-ce moi ?

En cet instant, je suis certaine que non !

Mon père asphyxie ma mère et son corps vacille. Elle est morte en conservant une expression horrifiée.

Les larmes redoublent de plus belle. La colère, la violence s'empare de moi. Je désire le tuer à mon tour, ce bêta ignoble.

Le nouveau-né pleure. La diablesse le pose avec dégoût. Puis elle retrousse sa robe sur ses hanches. Mon père s'active entre ses jambes.

L'angle de vue change à nouveau.

La nausée me saisit. Je ne sais pas encore quoi, mais je suis certaine que le pire arrive !

Le bébé est placé sur le ventre de la démone pendant que mon père déverse sa semence dans la sorcière. La lame ensanglantée plonge dans la poitrine du nourrisson. Les pleurs s'arrêtent brusquement.

Mes larmes se tarissent. Je suis sidérée. Je rends l'âme devant tant de violence et de cruauté.

Le petit cœur est extrait. Tout chaud... Il palpite encore. La démone l'avale goulûment. Immédiatement, elle se tortille et psalmodie des mots dans une langue que je ne reconnais pas.

Les runes s'élèvent à nouveau de la pierre et montent haut dans le ciel.

Qu'elles nous préservent !

Hélas, un mauvais présage apparaît aussitôt. Il remonte tout droit du passé.

La sorcière de sang tombe à quatre pattes et hurle de douleur.

Qu'elle crève !

Son ventre pousse et s'arrondit. De plus en plus grosse, la démone est soudain sur le point d'éclater.

Des contractions virulentes la terrassent et elle sombre à terre. Mon père l'allonge et lui tient la main. Les soubresauts sont si forts que les deux sont secoués. Un orage terrible explose au-dessus de leur tête. La tempête s'élève et fait rage. Les éléments se déchaînent si fort qu'ils étouffent les hurlements de douleur de la sorcière.

Soudain, sa robe est ensanglantée. Quand mon paternel soulève le tissu imbibé, un bébé tout rose apparaît.

Une petite fille...

C'est moi !

Je le sais.

56 – Tiago

Cette béance, je ne la sens pas.

Elle me presse et quelque chose résonne en moi. Quelque chose de très très vieux. Un élément dont j'ignorais même l'existence.

Gardien !

Cette fonction s'éveille dans ma tête.

Mais je n'en saisis pas complètement les responsabilités.

Depuis toujours, je sais que nous gardons la Dalle, que nous sommes connectés à elle, à la nature, que nous la protégeons comme elle préserve notre meute.

Gardien !

Des voix féminines montent et scandent ce nom.

Je perçois une lignée.

Mais de qui sont-elles nées ?

Des créatures surnaturelles, à n'en pas douter.

Je dois défendre cette antique pierre.

Nos magies se mêlent, celle de la Dalle, celle des loups, celle des sorcières de la lignée de Teruki. La lune brille plus que jamais dans le cosmos. La terre tremble sous mes genoux. La Dalle devient luminescente. Mille étoiles dorées la parcellent. Des ondulations s'en échappent et pénètrent dans le corps d'Horia.

Sa louve est terrifiée. Mon loup grogne pour écarter tout péril.

Horia, elle, est envahie par la catalepsie. Elle est paralysée. Aucun muscle ne bouge, hormis son cœur qui pompe et pousse le sang dans ses veines.

J'ouvre les yeux pour observer Teruki. Ses mèches de cheveux volent autour d'elle. Son visage est serein, mais concentré. Elle ne semble pas percevoir le moindre danger.

Le bâton de Versipalis cogne le sol à un rythme lent et sec, donnant la variation nécessaire au pouvoir pour circuler. Irmo suit la cadence assénée par son père grâce à ses hochements de tête. Les cheveux de Teruki l'effleurent. Leurs champs électromagnétiques se mêlent. Tout comme avec celui de mon mage en titre, une coupole partant d'eux nous recouvre et nous englobe.

Derrière moi, je perçois mes Warous, si fort. Une transe s'est emparée d'eux. Mon hémicycle vibre au rythme du chef d'orchestre.

Qui est-il ?
La Dalle ?
Versipalis ?
Teruki ?

C'est tellement confus dans ma tête et autour de moi, tout tourne et se mélange.

Nous ne sommes plus qu'un seul cœur qui palpite, cogne fort en nous, autour de nous. Nous ne sommes plus qu'un.

L'unité parfaite !

Je la regarde, empli de béatitude.

Hypnotisé par cette frénésie surnaturelle, j'en ai oublié cette déchirure à l'intérieur d'Horia. Je l'ai perdue de vue.

Affolé, je veux comprendre, la trouver.

Qu'est-elle devenue ?

J'ai beau chercher à l'intérieur de ma compagne, je ne perçois plus qu'une ondulation sombre. Elle se meut avec indolence.

Qu'est-ce donc ?

Soudain, Horia se crispe, attirant mon attention, me faisant négliger de traquer cette chose.

Ce soubresaut la lâche et son corps se détend.

Ses lèvres frémissent, bougent à peine.

Une larme dévale sa tempe... puis une autre...

J'ai peur pour elle. Une terreur viscérale me vrille les entrailles.

Que se passe-t-il ?

— Maman... souffle-t-elle dans un murmure.

Je plisse les yeux.

Ai-je bien entendu ?

Du mouvement derrière moi et je pivote pour observer. Radu s'est redressé, à l'affût.

Mais de quoi ?

Léo l'assied aussitôt et l'entrave. Son collier le tuera s'il retourne sa peau. Les traits du bêta sont crispés. Le vampire lui chuchote quelque chose à l'oreille et le métamorphe se calme instantanément.

Mes Warous se balancent en chœur. Je suis émerveillé par l'harmonie de leur mouvement. Je me concentre à nouveau sur ma bien-aimée. À présent qu'elle est immobile, les expressions de son visage passent par bien des émotions. Je devine le bonheur, mais celui-ci est vite remplacé.

Ses poings se serrent.

— Papa... souffle-t-elle avec horreur, comme si c'était un vil secret.

La colère jaillit d'Horia. Encore une fois, j'observe Radu : ses lèvres s'étirent dans un rictus cynique qui me fait froid dans le dos.

Mauvais présage !

Je suis pétrifié par ce terrible spectacle.

Je me tourne vers Teruki. Sa litanie monte avec ses bras. Ses cheveux accompagnent le mouvement, formant une pieuvre tentaculaire autour d'elle.

Une nouvelle crispation envahit le corps d'Horia.

Tout à coup, je suis inquiet, me demandant s'il n'y a pas un problème.

La Dalle s'active et m'attire.

Je pose mes paumes à plat sur le granit patiné par le temps. La douceur en est incroyable. Sa puissance monte dans mes mains et me nourrit. Je courbe l'échine. Mon dos hurle du pouvoir qui nous traverse.

Gardien !

Je tremble. Mon visage s'élève vers le ciel. Cette immensité obscure s'ouvre à moi, pleine de mystère et d'enchantement. J'ai besoin d'une réponse. Je suis perdu.

Un hoquet de stupeur secoue Horia.

Aussitôt, je couine. Mes paumes se posent maintenant sur son ventre. Je tente de me connecter à elle. Malheureusement, je n'y parviens pas. Je la cherche, mais ce n'est plus qu'une enveloppe, une coquille vide allongée sur cette pierre. Horia est imperméable à ce qui se passe autour d'elle. Son corps s'agite. La jeune femme est ailleurs, dans une autre dimension.

Est-elle même encore au présent, avec nous ?

J'ai un mauvais pressentiment.

J'observe, impuissant, cette larme qui s'écoule, rapidement suivie d'une nouvelle.

— Ecaterina ! souffle-t-elle.

Aussitôt, le rire sournois de Radu s'élève. Un coup l'oblige à se taire dans la foulée, lui faisant sauter quelques crocs.

Non !

Tout à coup, des éclairs déchirent la nuit noire. Le tonnerre gronde. Les lames de lumière s'enchaînent et fendent le ciel, malmènent la nature autour de nous. Un roulement de tambour puissant accompagne cet orage venu de nulle part.

La Dalle s'éclaire de mille feux.

Les lèvres d'Horia frémissent et sa peau devient blafarde. Si blanche que l'on pourrait la confondre avec une sangsue.

Le vent se soulève, s'enroule et forme des tornades autour de nous, brassant les branches. Les feuilles volent dans tous les sens. Le bruit nous fracasse les oreilles.

— Teruki, il faut tout arrêter ! je crie.

Radu hurle de rire comme un dément.

— Impossible ! Je tiens le dôme pour nous protéger !

La vampire-sorcière tient bon, les traits crispés. Ses cheveux se vrillent et suivent les éléments autour de nous.

Les branches craquent et s'envolent. Je découvre avec horreur qu'elles s'entrechoquent contre une paroi invisible.

— Irmo ! ordonne Versipalis.

Tout à coup, ils unissent leurs mains, créant une chaîne de protection.

Le corps d'Horia s'arc-boute et chute durement sur la pierre.

— C'est moi ! hurle-t-elle.

57 – Horia

Ma louve est ratatinée dans un coin de mon enveloppe corporelle, retirée le plus loin possible de toute menace. Je réalise que je ne suis qu'une aberration de la nature. Ma partie animale provient de ce bébé qu'on a arraché des entrailles encore chaudes de sa mère et assassiné dans la foulée pour créer cette créature que je suis.

Ni sorcière de sang ni métamorphe.

Pourquoi expérimenter une telle chose ?

J'ai forcément une raison d'être, une utilité !

Choquée et honteuse d'être cette abomination, je ne peux qu'observer ce terrible spectacle autour de moi.

La tempête fait rage au-dehors. Je ne vois rien, mais je le sens. Des arcs électriques nous bombardent de maléfices occultes.

Ma louve se cramponne à moi et couine. Son regard me supplie de nous connecter. Nous sommes deux êtres à part entière enfermés dans cette enveloppe corporelle. Cette partie animale, je l'ai toujours aimée. Nous nous sommes soutenues l'une et l'autre au fil de nos mésaventures. Nous nous sommes réconfortées après toutes ces tortures que nous avons endurées.

Notre père nous a trompées.

Il est à l'origine de cet horrible secret. Ecaterina avait un certain regard sur nous du temps où elle vivait encore. Il n'était qu'expérimental. Sept ans que nous n'avons pas été ainsi observées. À sa mort, nous avons été libérées. Nous ne sommes qu'un composant d'une machination plus grande pour cette horrible démone.

Mais laquelle ?

Ecaterina était à la botte des vampires. C'est en tout cas ce que nous avons cru. Et si elle avait été à l'origine de toutes ces manigances ? Il faut croire que la vieille bique avait des desseins personnels plus grands qu'élaborer des sortilèges pour les bêtes à crocs.

Et maintenant, nous avons notre loup. Cette âme sœur que nous avons rencontrée chez les Warous. Ce bébé que nous portons.

Comment sauver tout ce bonheur qui vient de surgir pour la première fois de notre vie ?

Soudain, la Dalle vibre sous moi. Un puits de lumière s'ouvre et m'englobe. Ma louve gémit. Je vois ce tout petit cœur dans mon giron. Si minuscule. Il bat déjà si puissamment. J'aimerais sourire, mais je n'ai pas retrouvé l'usage de mes lèvres, de mes membres. Et à vrai dire, je suis sous le choc de tout ce qui m'arrive.

Alors, clouées sur la Dalle, nous subissons.

Je me contente de respirer. Seules mes fonctions vitales fonctionnent encore. En revanche, je suis soudain inquiète. Ma louve est de plus en plus épuisée. Ses plaintes ne trouvent plus le son pour résonner en moi. Pourtant, elle souffre, je le perçois et ça me fait mal pour elle.

Quelque chose aspire sa force, son énergie. Sa tête dodeline. Elle tombe. Alors, dans une semi-conscience, elle s'allonge au fond de moi de tout son long.

Une nouvelle larme dégouline le long de ma tempe. Ma louve est cette partie de moi que je suis en train de perdre.

Je veux ardemment la retenir, la garder avec moi. Je l'aime, ma folle adoratrice.

Mes sanglots restent muets, même si mon visage est baigné d'humidité.

Je discerne les sons extérieurs et la tempête autour de moi, comme deux entités bien distinctes, comme si nous étions dans deux espaces-temps.

Ma partie animale pèse au fond de moi. Sa respiration s'essouffle, son rythme cardiaque ralentit. Je l'enserre mentalement.

Ne me lâche pas. Tu ne peux pas m'abandonner !

Brusquement, ce puits de lumière change de couleur.

Ce jaune flamboyant se transforme en rouge sang.

J'ai peur à nouveau.

Quelque chose se prépare...

Mon corps se met à trembler. D'abord les bras, les jambes, puis mon abdomen, ma tête. Sans que je puisse le contrôler. Soumise à ces terribles éléments maléfiques, je ne peux que constater encore une fois cet effroyable spectacle. Des canaux s'éveillent dans mes jambes et montent, envahissent mes bras, se fondent dans ma moelle épinière. Le feu inonde chaque route ouverte et me consume de l'intérieur. Mes poumons s'arrêtent, tout comme mon cœur. Quand ce brasier conquiert mon crâne, ma tête se renverse en arrière. Mon corps s'arc-boute. Mon dos ne touche plus la Dalle. Tellement courbée que je suis au bord de la rupture. Mes chairs si lourdes sont devenues si légères en une fraction de seconde.

Ma bouche s'ouvre et laisse échapper un hurlement de souffrance.

J'évacue toutes ces flammes qui m'embrasent et me consument.

Mon corps retombe... lourdement. Le choc me brûle les reins.

Épuisée, je n'ai pas l'énergie de faire l'état des lieux.

Tout à coup, quelque chose remue en moi.

Je n'ai pas la force de regarder ce que c'est, de faire face encore à une mauvaise nouvelle. Cette chose ne fait plus qu'un avec moi. Elle est connectée à mes bras, mes jambes, ma tête.

J'ai peur.

Et si c'était Ecaterina ?

Est-elle au fond de moi ?

Un rire cruel résonne autour de moi.

Les runes s'emballent dans un ballet tournoyant, s'enroulant autour de moi à une vitesse vertigineuse. Je ne suis plus que lumière.

Un jappement retentit du tréfonds de mes entrailles.

Je reconnais aussitôt ma folle adoratrice.

Alors, elle a survécu !

Le bonheur s'empare de moi.

J'ignore ce qui nous attend, mais nous avons toujours fait face à deux. Lorsqu'elle bouge en moi, je réalise que nous sommes enfin connectées.

Puis-je retourner ma peau maintenant ?

Je ne saurais le dire. Toutefois, une chose est sûre, nous ne sommes plus qu'une même entité : mi-femme, mi-louve.

La Dalle s'apaise. Les symboles qui couraient sur nous disparaissent. La lumière faiblit. Tout redevient calme.

Une évidence apparaît au fond de mon esprit : un cycle est terminé.

Est-ce enfin un bon présage ?

Des doigts s'agrippent à ma main. Une paume m'effleure avec tendresse.

Tiago !

Un bonheur m'envahit avec la conscience qu'il est là, à mes côtés, comme il l'avait promis.

Malheureusement, la Dalle reprend du service.

Une couleur verte me traverse et fend l'air.

Un nouveau cycle commence...

Je déglutis. Un relent de soufre remonte de plus belle des limbes. La nausée me surprend.

Et je saisis enfin que ma louve et moi, nous ne sommes qu'un ingrédient.

Je suis la clé pour réactiver la Dalle et ressusciter Ecaterina.

La démone avait tout prévu !

Mon père, cet assassin, avait juste à me mettre en contact avec les Warous.

58 – Tiago

Clairement, c'est la catastrophe !

Pendant que les sorciers tiennent le dôme pour nous protéger de cette tempête maléfique, mes mains posées sur le ventre d'Horia, j'envoie tout mon pouvoir.

Cette intuition vient du profond de mes entrailles.

Gardien !

J'ai un rôle à jouer dans toute cette histoire, même si je n'ai pas bien compris lequel.

La chaleur remonte dans mes paumes. La température augmente. Je serre les mâchoires pour ne pas me retirer. Je dois rester en contact. Je dois secourir mon âme sœur. Je la sens en grand danger.

Mon loup grogne pour m'encourager, pour éloigner les mauvais esprits. Ils sont nombreux à tournoyer autour de nous, à l'extérieur du dôme qu'ils veulent pénétrer.

Nos sorciers en bavent, je le perçois.

Mes Warous scandent la litanie de Versipalis pour renforcer notre pouvoir. Nous ne lâcherons rien. Il en va de notre survie !

Concentré sur Horia, je suis à l'écoute de tout ce qui pourrait se passer en elle. Autour de nous, tout est noir, seuls les éléments tempétueux chahutent le peu de lumière que la lune nous procure. Son attraction est terrible en cet instant. Mes racines profondément ancrées dans la terre, je tiens le cap. Je protège la Dalle. Je protège mes Warous et ma bien-aimée.

Gardien !

Oui, je le suis !

Soudain, avec horreur, je vois le corps d'Horia s'arc-bouter au-dessus de la Dalle. Ce n'est pas possible. Jamais elle ne survivra à une telle tension.

Alors, j'ai peur !

Je suis effrayé comme jamais à l'idée de la perdre, alors que je viens juste de trouver ma compagne de vie.

Je prie. Je supplie. Je donne toute mon énergie. Si elle meurt, nous partirons ensemble.

Aussi brusquement, son corps retombe et rebondit.

Je perçois des milliers de canaux à l'intérieur, comme si une nouvelle vie l'animait. Tout à mon euphorie, je ne peux que me réjouir : Horia vit.

Mes doigts s'agrippent à sa main et la pressent. Elle doit savoir que je suis à ses côtés, que je la soutiendrai contre vents et marées. Ma paume glisse sur son bras, remonte sur son épaule, puis sa joue. Je la caresse avec tendresse.

Elle est chaude.

Elle est vivante.

Le bonheur m'envahit.

Des vibrations s'élèvent du tréfonds de la Terre, stoppant net cette euphorie qui montait en moi.

La Dalle tremble comme jamais elle ne l'a fait.

Tout à coup, une lumière vive jaillit. C'est un soleil vert qui traverse Horia et nous éblouit.

Les yeux écarquillés, la bouche bée, je ne peux que constater, terrorisé par ce qui pourrait se produire. Je prends le corps d'Horia. Elle n'est plus qu'une poupée de chiffon que j'enlace et cale tout contre moi.

— Je te protégerai.

Les nuages s'écartent et je réalise que l'aube apparaît.

Je jette un coup d'œil à nos sorciers. Crispés sur eux-mêmes, ils sont à bout de force. Ils ne tiendront plus longtemps ce dôme de sécurité.

Les bourrasques font rage à l'extérieur. Quand la protection éclatera, nous serons perdus, tous et à jamais.

Un rire de dément retentit derrière moi.

Radu !

J'ordonnerais bien de le décapiter, mais je verrai plus tard. Pour l'instant, seule Horia compte. Son cœur bat faiblement contre le mien. C'est la seule chose qui me rassure en cet instant.

Un relent de soufre remonte de la Dalle. L'odeur nauséabonde en est écœurante. Je pince la bouche, n'ose plus respirer. Le soleil vert croît aussitôt, nous englobant. Je cille pour protéger mes yeux, serre plus fort ma louve contre moi.

Mes paupières se crispent devant cette explosion de lumière.

Soudain, le temps est suspendu. Nous sommes tous paralysés.

Les vibrations recommencent de plus belle. La Dalle s'élève, nous emportant, Horia et moi.

Un « clac » déchire l'air. Mes yeux s'ouvrent. Une ombre se matérialise sur un portail magique.

Une silhouette féminine prend forme, tout d'abord indistincte. De la dentelle noire se dessine sur une peau blafarde, sur une crinière de feu.

— Ecaterina ! crie Radu. Je suis là, mon aimée !

Je sursaute sous cette révélation, horrifié de ce que nous venons de faire.

A-t-on ramené la sorcière de sang à la vie ?

Ses traits se profilent, de plus en plus nets. Mon cœur s'affole. Je la reconnais.

Un rire cruel s'échappe de cette bouche qui revient d'outre-tombe.

— Elle m'appartient ! annonce la démone d'un ton carnassier.

Je serre Horia contre moi à l'écraser.

Non, je ne la lui laisserai pas !

Le portail grandit. Horia est aspirée dans cet enfer qui n'appartient pas aux vivants. Je la presse de toutes mes forces pour résister.

La Dalle vibre plus fort sous toute cette puissance déchaînée. Le combat entre l'au-delà et ici-bas est terrible.

Mes joues se plissent sous la poussée de cette énergie malfaisante, j'ai mal aux bras. Je crains qu'ils ne me soient arrachés. Je ne tiens plus.

— Arrg... Laisse-la-moi ! crie Ecaterina.

— Aidez-moi ! j'ordonne aux miens en retour.

Mais lorsque j'observe autour de moi, tous sont paralysés. Les yeux écarquillés, ils ne peuvent que contempler ce terrible spectacle.

Mes épaules me font tant souffrir, mais je ne peux ouvrir les bras.

Je n'abandonnerai pas Horia.

Au moment où je crois me disloquer, le portail se ferme violemment dans un claquement tonitruant. Ecaterina s'évanouit. Mes bras sont vides. Horia s'est évaporée.

La Dalle tombe et je roule à terre.

Stupéfait, je contemple avec horreur ma clairière totalement dévastée, et tous autour, nous sommes sidérés, démunis. La tempête s'est stoppée net à la disparition du portail. Mes sorciers s'écroulent au sol dans un bruissement de tissus. Plus qu'une légère brise qui secoue les feuilles. Tout semble ravagé autour de moi.

Horia et Ecaterina ont été absorbées dans une autre dimension.

— Mais qu'avez-vous fait ?

La voix de Maius éclate à nos oreilles.

Fin du tome 1 de *La Meute des Warous*.
Retrouvez vite la fin des aventures d'Horia et Tiago.

Remerciements

Merci d'avoir lu la suite de cet univers qui ne fait que grandir !
Est-ce la dernière saga ?!
Oui et non. (rire !)
Dans cet univers, le tome 2 arrivera vite. Après, je ne prévois pas de suite... pour l'instant. En revanche, je prévois une nouvelle saga fantasy bit-lit avec une toute nouvelle héroïne, un tout nouvel univers, des créatures surnaturelles et...
...
... Kanine ! Oui, j'ai vraiment envie de lui donner un rôle important, mais ce sera une tout autre histoire.
Grâce à vous, chers lecteurs, chaque jour, je m'accomplis un peu plus. Alors, sincèrement : merci <3
Merci aux groupes de communautés d'auteurs qui poussent un peu partout, donnent de la présence, de la bonne humeur et la joie de partager nos expériences, nos tranches de vie, nos private jokes et du soutien.
Merci, Ingrid, chère alpha-lectrice. Tes commentaires m'enchantent. J'ai hâte de reprendre l'écriture et de faire sortir Terminator de son enveloppe Pokémon ^^
Merci, mon comité de lecture, mes bêta-lecteurs. Aurélie, Samantha, Florence, Ludivine, vos retours sont toujours source de joie et de carburant pour me dépasser sur chaque roman un peu plus.
Merci, Florence, pour la correction... qui sublime mon texte et efface toutes ses coquilles.
Merci, Caroline, pour cette magnifique couverture. Ah, *Sangs éternels*, puis *Sangs éternels forever* et maintenant *La Meute des Warous*... Quelle sublime collection !
Et s'il vous reste un peu de temps, mettez plein d'étoiles à cette histoire et un joli commentaire pour convaincre les autres

lecteurs de lire mes aventures. Quelques petits mots me soutiendront énormément et aideront de nouveaux lecteurs à choisir mes histoires. Merci.

Vous avez aimé ?

1- Vous souhaitez faire découvrir cette histoire ? Publiez un commentaire dans les boutiques en ligne m'aidera à faire découvrir mes romans. Votre avis compte.

2- Téléchargez vos lectures gratuites :

www.florencebarnaud.fr

3- Retrouvez-moi sur…
Facebook :
https://www.facebook.com/FlorenceBarnaudRomanciere/
Instagram :
https://www.instagram.com/florencebarnaud_officiel
Par e-mail : florence.barnaud@gmail.com

4- Parlez-en autour de vous, vous êtes mes meilleurs ambassadeurs ^^

Biographie

Tel le chat, Florence Barnaud a eu plusieurs vies. Leurs empreintes cheminent dans ses histoires. Suivez la flamme qui l'anime et guide sa plume pour vous transporter vers d'autres univers, riches d'émotions, de suspense et d'humour.

De la même autrice :

<u>Fantasy – Bit-lit – Romance paranormale</u>
Sangs éternels, Tome 1 – La Reconnaissance
Sangs éternels, Tome 2 – L'Éveil
Sangs éternels, Tome 3 – La Loi du sang
Sangs éternels, Tome 4 – La Troublante Fascination
Sangs éternels, Tome 5 – La Traque
Aux origines de Sangs éternels *– Ismérie*
    (lecture <u>offerte</u> sur site auteure)
Aux origines de Sangs éternels *– Léo*
Aux origines de Sangs éternels *– Eiirin*
Sangs éternels forever, Tome 1 – Le Poids de l'héritage
Sangs éternels forever, Tome 2 – Le Poids de l'éternité
Sangs éternels forever, Tome 3 – Le Poids de la liberté
La Meute des Warous, Tome 1 – Complot
La Meute des Warous, Tome 2 – Résurrection

<u>Fantasy – Romance paranormale – Dystopie</u>
Nature captive, Tome 1 – Lendemain de cendres
Nature captive, Tome 2 – Rédemption
Nature captive, Tome 3 – Coeurs purs

Romance militaire – espionnage
(Collection "Enflammés" – Histoires indépendantes)
Combats Enflammés, Tome 1 - Rendez-vous Explosif
Combats Enflammés, Tome 2 - Choisis ton Combat
Combats Enflammés, Tome 3 - Feu sacré
Baisers Enflammés
Prélude de Protection Enflammée (lecture offerte sur site auteure)
Protection Enflammée
Etreinte Enflammée
Assauts Enflammés

Romance contemporaine
Irrésistible Ennemi – réédition de Piégés à Noël

Développement personnel
S'installer dans l'écriture – Guide de travaux pratiques pour réaliser son rêve d'écrivain
S'installer dans la gratitude
To Do List – S'installer dans une journée épanouie